中公文庫

橘外男海外伝奇集

人を呼ぶ湖

橘　外男

中央公論新社

目次

橘外男海外伝奇集　人を呼ぶ湖

令嬢エミーラの日記

一

囂々《ごうごう》たる社会輿論《よろん》のうちにこの凄惨極まる日記を発表するに当っては、まず当時の受けた衝撃なり戦慄なりを、実感そのまま読者にお伝えすることが必要であろうと思われる。そしてそれらの感情を読者に受け取ってもらうためには、まずこの日記の発見された当時の情況や、その前後の顚末を述べることがもっとも早道と考える。

諸君も御承知のとおり、葡《ほ》領西阿弗利加《アフリカ》アンゴラと白耳義《ベルギー》領コンゴーとは、年中国境紛争の絶え間もない植民地であった。というのは、両国とも各々植民地経営にはさしたる卓抜なる手腕を有せず、本国から派遣している官吏また怠惰であって行政乱脈を極め、綱紀《こうき》はいっこう振粛《しんしゅく》していないところへ持ってきて、この近辺一帯は土人密輸の本場と謳《うた》われ、ことにアンゴラの首府ロアンダの北方サンサルバドルよりコンゴーのマタディ港へ通ずるコンゴー盆地条約による自由地帯付近は密輸のもっとも激甚なるところとして注目を惹《ひ》いているのであったが、なにぶんにも国境付近は蜿蜒《えんえん》たる大山脈つらなり、加うるにコンゴー南東部を限る大密林が進出してきているので、その警戒なぞは到底限りある官憲の力の及ぶところではないのであった。そして大規模の密輸が発覚すると、たちまちこの国境画定が両国当事者を騒がせていたのであったが、今も言うとおりその国境たるや、一九一二年、両国の本国委員たちがただ地図の上で線を引いたに止《とど》まり、現地実際においては獅子の棲む無人の荒野《サヴァンヌ》を走り、毒蛇の巣くう灌木《かんぼく》草原地帯を貫き、あるいは大密林、山領重畳《ちょうじょう》たる高山の頂《いただき》を縫い、到底これを実際に画測すべくもないものであった。

したがって従来しばしば、国境は実測の上これを改訂すべく両国当事者間の議に上っていたのであったが、なにぶんにも場所が欧州政局の中心に遠く、辺陬《へんすう》熱帯瘴癘《しょうれい》の蛮地であって、これを画測するにも容易ならざる歳月と費用とを要すべく、加うるに多大の危険と戦わねばならず、すなわち議には上っていても実行すべくあまり多大の負担を要するために、いつもそのまま、本国政府の無気力と、植民地官吏の怠惰とを表白して、沙汰やみとなっていたのであった。そして過去十六、七年来、しばしば国境監視隊員の間に発砲流血の惨事を惹起《じゃっき》しつつ、荏苒《じんぜん》今日に至ったものであったが、一九三四年突然コンゴー総督府側よりの強硬なる提議があって、葡領アンゴラ側またこれに応じ、大規模なる現地測量隊を出し、五年の後ブリュッセルにおいて画定すべき両国々境画定委員会への下準備調査をすることとなったのであった。この現地測量隊として、アンゴラ政府の派遣せるものは、技師二十六人、技手以下測量人夫三百八十人、充分なる食糧と準備を整え、約十八班に分れて、中央国境唯一の土人町ビイサウを基点として約一カ年半の予定をもって、東西蜿蜒《えんえん》千五百哩《マイル》の国境画定測量に従事することとなったのであった。

私はもともと葡萄牙《ポルトガル》人ではなかったが当時ベンゲラの町に滞在中であって、バングボロ湖の水源地方測量を終えて帰ったばかりのところであり、欧州へ引き揚げるのには今少し働いて金を貯えた後に戻りたいという心持であったから、この調査隊は相当危険も大きい代りには待遇もかなりによく、一年半の後には相当纏《まと》まった金を握って欧州へ帰ることができるであろうという希望が、私をして、この調査隊の測量技師を志願させることとなったのであった。そして私は首尾よく選抜せられて、第十二班の班長として、ビイサウの東方さらに九百余哩、第三班と第八班の測量区画の中間、通称オジュラノ高山地方というところを受け持つこととなったのであった。

これが、私がこの不思議なる日記を発見したアンゴラ国境調査隊へ加わっていた理由なのであったが、この熱帯下無人の地域の調査が、いかに困苦艱難《かんなん》を極めたものであったか、そしていくたび猛獣毒蛇の危害のために全班員二十三名が危険に曝《さら》されたかということなぞは事新しく言うだけ余計なことであろうから、ここにはこの日記に関係のない調査隊の活動なぞということは一切省略して申し上げぬこととしようが、ともかく、いよいよオジュラノ高山を囲繞《いにょう》する大密林地域の測量もほぼ終わりかけて——ということは、やがて、私の志願した仕事も予定の約一ヵ年半の期間をほぼ終わりかけていた頃、ということになるのであったが——現地の事情に通ぜぬ委員たちが、ただ地図の上へ盲滅法に線を引いただけの迂愚《うぐ》を笑いつつ、自分たちの一年有半労苦の結晶たる測量図の整理を急いでいた頃には、すでに、熱帯風土病である黒死病《ペスト》のために班員中七名の土人人夫を失い、猛獣のため三名を失い、馬匹《ばひつ》は六頭を斃《たお》され、残る班員の大多数も髯《ひげ》ぼうぼうとして山男のごとく、被服は、汗と塵、垢に塗《まみ》れて破れ裂け、補給の道もなく、皮膚は一年有余にわたる灼熱の太陽に燬《や》かれてアンゴラ土人となんの変わりもないくらいにこげ切っていた。

もしこれが政府の仕事でなかったならば、到底これほどまでに完全なる測量図もできなかったであろうと思われるほどに、その困苦は言語に絶して烈しいものであった。幸いに政府の仕事であったればこそ三ヵ月に一度ずつ、首府ロアンダを発してこれら十八班全部をめぐって食糧の補給、郵便物の連絡をつけてくれる行嚢《こうのう》班があったばっかりに、わずかにそれに慰められて、仕事を継続し得られたのであったが……。

さてそこで、ちょうどその日記を発見したという当日の出来事に移るのであったが、それは私たちの班がオジュラノ高山をめぐる連嶺の一つボラマ連山密林の奥約七十哩ばかりの盆地にキャンプを移動して、ここを本部として付近七、八哩を毎日測量していた時のことであった。もはやこの付近一帯を測量すれば——詳しく言えば東経十九度三分南緯八度四分に達しさえすれば、東方より進出して来る第八班と合隊し得べく、あと二十日間ばかりの努力と思えばまことに気も軽く、仕事の完成にも一層張り切っていたのであったが、ちょうどその日も私は七、八人の人夫相手に朝からキャンプを出て、二、三哩奥の密林中を測量していたのであったが、仕事に熱中しているうちにいつか時間の経つのも忘れて、もう時刻は午後の二時三時頃にもなっていたであろうか。先刻《さっき》から目標にして紅白の向桿《ポール》を立てて佇《たたず》ませておいた土人のニストリが動揺して、経緯儀《セオドライト》を覗いている私の観測がどうしても付かなかった。ふだんから仕事熱心な真面目な土人であったし、もしかすると、この辺に多いといわれるバンタ毒蛇でも足許《あしもと》にいたのかなと眺めているうちに、今度はさらに第二視標のジアンドロという土人の向桿も烈しく震え出してきた。

「おうい、どうしたのだ！　ニストリ！　何かそこにいたのか！」

と、私が大声を出した瞬間であった。ニストリの向桿もジアンドロの向桿も見る間にそこにぶっ倒れて、叢《くさむら》から飛び出した野獣のように、狂気した二人が私のほうへとんで来た。血の気もないほどに蒼褪《あおざ》め切って、しかも口も利けぬくらいにブルブルと手足を震わせているのであった。

「何事が起こったというのだ！　ジアンドロ！　お前までも！」

と言ってもそのジアンドロまでがただ無言で私の袖を引いて、あっちあっちと言わぬばっかりに指さしているのであった。ともかく二人の様子で、よほどただならぬことが起こったと私にも直観されたので、私もすぐに拳銃《ピストル》を引き抜いて用心しながら二人の後について行った。ニストリの向桿を立てていた地点は、私が経緯儀を据えていたところから九十ヤードの距離、ジアンドロの佇んでいたところは、さらに三、四十ヤードの距離であったが、烈しい上り勾配の地勢であった。そしてここまで来て見るとあたりの密林もだいぶ疎《まば》らになって、ニストリのいたところからさらにジアンドロのいたところまではハッキリ足許までも見渡せるくらいに打ち開けていたが、二人の土人が眼をまるくして指さしているのも道理、それは密林が疎らになったのではなく、この辺一帯無風の熱帯下でありながら何物の仕業か、その辺一面の大樹は根こそぎ薙《な》ぎ倒されているのであった。一抱えもありそうな樫《オウク》や胡桃《ウォルナット》の大樹、山毛欅《ビーチ》の大樹、原生マホガニイやパリサンダーの大樹等人力をもってしたならば、到底一日や二日では倒せそうもないくらいの大樹が、まだ折れ口も生々しく、木の香をプンプンさせながら薙ぎ倒されているのであった。しかも、その近辺の勁草《けいそう》はいずれも踏み躙《にじ》られ、柔らかい地膚の中へめり込ませられて、何さまここでよほどの強力なものが大格闘を演じたと見らるべきものであった。

「類人猿《ポンゴー》です！　ハムラ、類人猿です」

と土人二人は震え上りながら指さした。ハムラとは隊長といった風のアンゴラ土人語であり、ポンゴーというのは、同じくゴリラのことを土語ではかく言って恐れ戦《おのの》いているのであった。

「何？　類人猿？」

「ハムラ、そちらへ行ってはいけません！　危ない！　類人猿は恐ろしいです」

と、一歩踏み込もうとしている私の袖を捉えて、ほとんど顔色を変えんばかりにして、土人たちは私を引き留めた。何事が起こったのかとほかの仕事に従事してその辺にい合わせた土人たち五、六人も、ちょうど、その時まわりを取り囲んで来たが、類人猿と聞くと同時にことごとく顔色を変えて逃げ腰をした。この辺はもはやコンゴー南東部を北ローデシヤ国境方面へ限る大密林の連続地帯であったからもちろん類人猿の徘徊することになんの不思議もなかったが、しかし今まではその恐ろしさを話にだけ聞いていて、実際は目撃したこともなかった類人猿の棲息地帯を知らず識らずのうちにいよいよ衝《つ》いていたのかと思うと、一瞬私の血も凍りつかんばかりの寒気を感じたのであった。

「ハムラ！　もう仕事もこれでおしまいです！　類人猿がいたのではとてもこれ以上奥へは踏み込めません！」

と、震えながらジアンドロが言った。ゴリラの醜悪なあの面貌を恐れるのか、あるいはゴリラを忌み嫌う父祖以来の伝統が、その血の中に沁み込んでいるのか、アンゴラ土人の類人猿を恐れることは獅子、虎、バンタ毒蛇、豹にもまさっているのであった。

「何を言うのだ！　類人猿ぐらいが恐ろしくてこんなところで仕事ができるか！」

と私は一喝したが、しかし私とてもこの付近にあの膂力《りょりょく》すぐれた類人猿が潜んでいると知っては、もちろん背筋を冷汗が走るのを禁じ得なかった。そして握りしめていた拳銃の引金に、いと力の籠《こも》ってくるのを覚えたが、土人らの手前弱みを見せるわけにはゆかぬと思ったから、しいて何気ない体《てい》を装って、さらに二足三足歩を踏み出した途端、思わず私は竦然《ぞっ》として立ち止まった。

「ハムラ……ハムラ……あすこに……あすこに……白人の女の足が見えています」

ニストリが途切れ途切れに指さした彼方の叢の陰から、紛れもない白人の女の足が……しかもまだ年若い婦人の素足が、片一方大腿部から突き出しているのを見たからであった。

二

「ハムラ、止《や》めて下さい、止めて！　側へ行ったら大変なことになります。類人猿《ポンゴー》は何をしでかして私たちを恐ろしい目に遭わせるかわかりません」

と、口々に騒ぎ立てている土人を制止して、私は近づいて行ってみたが、一眼見ると同時に思わず呀《あ》っ！　と叫んで顔を掩《おお》わずにはいられなかった。そこに倒れていたのは、若い白人婦人の屍体であった。しかも心持右側を下にして俯《つ》っ伏《ぶ》し加減に眼を閉じているその屍体は、房々と渦巻いた金髪は乱れて地上に長く波うって、右腕は付根から捥《も》ぎとられていた。そして左足も捥ぎとられているとみえて、鮮血はすでにドス黝《ぐろ》く辺《あたり》一帯の草の葉を染め、斑々《はんばん》として地上一面にこびりついていた。しかも閉じたその眼《まなこ》、軽く結んだ豊《ほう》艶《えん》な唇のあたり、熱帯の灼熱せる太陽に蒸《む》されてすでに紫斑を呈しながらも生前の美しさが偲ばれて今にも楚々として微笑み出すかと疑われんばかりの姿であった。

「ハムラ、恐ろしいことです。みんな類人猿の仕業です！　類人猿のしたことに違いありません」

と、さすがに土人たちの眼にも、この無残《むご》たらしさだけは正視することができなかったとみえて、いずれも顔を背けながら口々に喚《わめ》き立てた。もちろん土人たちに教えられずとも、類人猿にあらずして何者がかくまでも惨酷なる殺戮《さつりく》をなし得たであろう。その屍体をそのままにしている点から言っても、鋭い爪のあとから見ても、凄まじい嗜虐《しぎゃく》的な殺しかたから見ても、この婦人を襲うたものが獅子や虎のごとき単なる食肉性の猛獣ではなくて、最も人間に近いゴリラに相違ないことは深く私にも頷《うなず》かれたが、しかも、この人煙皆無の地に――最も近き土人部落すらも、九百哩《マイル》の重畳たる密林の幾峻嶮《しゅんけん》を越えたビイサウの町のみであるこの人跡未踏の地に、どうしてこういう美しい白人婦人の姿が見受けられたのであろうか。

　葡領アンゴラは最も白人の少ないところであって、ロアンダ、ベンゲラの海岸都会地方においてすらも、白人の住するものは近々数千人にすぎなかった。いわんや婦人にいたっては寂々寥々《せきせきりょうりょう》たるものであった。いわんや殊にこんな花恥ずかしき美婦人においてをや！　そして寡聞《かぶん》にして私は自分がベンゲラ滞在中には、いまだ白色婦人の行方不明になった事件のあったのを聞いたことがなかった。しかも旅行者として見ればその同伴者のないことも不思議なれば、馬匹食糧等のあたりに散乱しているものもないことが、いかに考えてみても解《げ》せぬ謎であった。

まるで白昼にまぼろしを描いているような気持で、なおも私は茫然としてその場に佇んでいたが、ちょうどその途端であった。

「ハムラ！　ハムラ！　こういうものが落ちていました……」

と、その辺を眺めていた土人が、一冊の帳簿らしいものを拾い上げて来た。おそらく死ぬ間際まで、この婦人の手放さなかったものであろうか。羊皮の表紙に一杯ドス黝い血がこびりついて、六吋《インチ》に四吋ぐらいの合判《あいばん》の帳面であったが、綴糸《とじいと》はきれて頁《ページ》はバラバラになっていた。生前つけていた婦人の日記帳と見えて、中には日付の下に英文でビッシリと何か丹念に書きつけてあった。一目で屍体となっているこの婦人が、英国婦人である身の上を物語っていたが、頁がどのくらい散逸しているものか、そして中には英文でどういうことが書きつけてあるものか、そんなことを調べている間もなく、

「ハムラ！　こんなものも落ちていました」

と、さらにもう一人の土人人夫が妙なものを差し出して来た。阿弗利加《アフリカ》樫《がし》の二枚の板であったが、どう見てもやはり婦人の持ち物としか思われず、しかもそれは何と考えてみても、三号ぐらいの大きさの油絵のスケッチ板としか思われぬものであった。しかしそこに

描かれてある絵というものは、絵か線か、見ようによっては何かを描こうとした線のようでもあれば、また見ようによっては、他の写生板《スケッチ》をつくるために、ただ木炭をペタペタとなすりつけたものとしか思われぬような、なんとも言えぬ奇異な物象の描かれた二枚の板であった。

私は凝乎《じっ》とこの謎の板を眺めていたが、署名もない頁《ページ》の抜けた日記帳と、こんなスケッチ板とのみでは、この屍体の素性を探るべく何らの手懸りになるものでもなかった。私はさっきから、私の顔とこの凄惨な屍体とを等分に見較べながら戦《おのの》きつつ遠巻きにして犇《ひし》めいている土人たちに言いつけて、さらにその付近一帯をできるだけ綿密に捜させてみたが、これ以外には別段何の落ち散らばっているものとてもなかった。ただそうした捜索の結果として今一つ判明したことは、この婦人の屍体からさらに十二、三ヤードばかり離れた東方の個所に、数本の木が烈しくひし折られて、雑草はねじ倒され、さらにまた斑々とした血痕が残されて、そこで凄絶な格闘が行われたことを語っているのであった。しかも人煙離れたこの無人の境において、目前にこの屍体を眺め、そうした凄まじい格闘のあとを見ていると、熱帯の陽はそこに赫々《かくかく》として輝き、白雲は眩《くら》めかしく悠々と白光のうちに泛《うか》んでいるにもかかわらず、密林は妖しげな陰影《かげ》をうつろわせて、天日もなんとなく仄暗《ほのぐら》く、背筋からもう一度総毛立ってくるような気持が感ぜられてくるのであった。

しかしともかく、その素性もわからぬながらにこうして眼前に屍体がある以上は、これをいかに処置すべきかが今の問題なのであった。穴を掘ってここに埋めようかと思ったが、それはいかにも忍びぬことであった。よって私は、ひとまずここでその日の測量を切り上げてあたりの木を切ってこれを組み合せて急造の担架を拵《こしら》え、一応キャンプまで搬《はこ》んで、その上で、他の技手たちとも相談することに意を決したが、意外にも土人たちは急に強硬な反対を唱え出したのであった。彼らの言うところ、見るところではこうなのであった。

　二匹のゴリラはここでこの婦人を争って、烈しい格闘を演じたのであった。そしてその二匹のゴリラのうち、いずれか一匹が勝って婦人を殺し、しかもそのゴリラは決して婦人の屍体を棄てて去ってしまったものではなく、たとえ屍体となっても、あくまでもこの婦人を自己のものとすべく、きっと夜になれば、またこの場所へ帰って来るに違いない。その場合に、もしこの場所の屍体を自分たちが搬んでしまっていたならば、必ずそのゴリラは憤怒《ふんぬ》して、自分たちのキャンプを襲うて来るに違いないというのであった。

「莫迦《ばか》な！　そんな莫迦莫迦しい理屈がどこにある！　第一、二匹のゴリラがこの婦人を争ったなどという推測がどこからついてくる！」

　と私は苦笑したが、

「ハムラ！　こんなに凄まじく木をひし折ったり、草を薙ぎ倒しているのは類人猿の喧嘩の外にはございませんです」

と土人たちは真剣を面《おもて》に表わして、そこの格闘の痕《あと》を指さした。ゴリラ以外にこれだけの兇暴な振舞いのできぬことは私にも想像はついていたが、しかしこの格闘の痕を見ただけで、この婦人を争って二匹のゴリラが格闘したとは、私には想像し切れぬものがあった。ゴリラは憤怒すれば、一匹でもこれくらいの大あばれは易々《いい》たるものであった。

「いいえハムラ、類人猿はこんな綺麗な人間の女を決して殺しはしませぬ。可愛がって大切にします。けれども類人猿は大変に嫉妬深いのです。怒って、殺したにちがいありません」

　土人たちの頭は単純であった。彼らの言うことはその信であり、その信を破ることは、時としては彼らの凄い怒りを買うことになることを、私も知りすぎるほど知っていた。

「それほどまでにお前たちが言うのならば」

　と到頭私も根気負けがした。「類人猿のことはお前たちのほうが俺よりもよく知っているのだから、お前たちがそうだと言えば何も俺には強《し》いて反対するところもないのだが……」

　と私は口を噤《つぐ》んでしまった。しかし今の私にとってはそんな理屈なぞはどっちでもいいことであった。私としては、今眼前にあるこの白人女性の不幸な屍体を、ただこのままに放擲《ほうてき》してキャンプへ引き揚げてしまうということが、情において何としても忍びぬことなのであった。

「ビスカ、お前はどう思う……俺たちには火もあれば鉄砲もある。何の類人猿の一匹くらい、もし襲うてくれば、撃ち殺してしまうに造作《ぞうさ》もないが皆は危険だという。ビスカ、俺はお前の考えに従う！　お前はどう思う？」

と私は土人頭《がしら》のビスカの顔へ眼を移した。ビスカはこの一隊のうちでは一番に年嵩《としかさ》の土人でもあり、多少の英語、葡萄牙《ポルトガル》語にも通じ、みんなの信頼も克《か》ち得ていれば、土人と白人との間にたって、すべてのことを取りしきっているいわば土人中の知識人《インテリ》なのであったから、もちろん私はビスカだけは、私の意志に従ってみんなの恐怖をなだめ説得してくれることとばっかり考えていたのであったが、驚いたことには、この土人頭のビスカの私を凝乎と瞶《みつ》めている皺《しわ》だらけの落ち窪んだ眼も、静かに否《いな》を表示して、私の意見に反対するように頭を振っているのであった。

「よし！　ビスカ、仕方がない、お前の意見に従おう！　では今夜一晩はこのままにしておいて、明日の朝来てみて何ともなかったならば、俺はこの屍体をキャンプまで搬んで行くぞ！」

と私は失われた威厳を取り戻すべく、クソ忌々《いまいま》しい気持でそう言った。

そして、その一夜こそは、どんなに好奇の心を躍らせながら、灯の瞬《またた》くキャンプの中に、一同とともに眠られぬ一夜を明かしたことであったろうか。三つのキャンプの廻りには、燃やせるだけの篝火《かがりび》を焚いて、銃を持たせた土人の不寝番《ねずのばん》を三人も立たせておいた。そして一同は素破《すわ》と言えば直ちに起き上れるように、施条銃《ライフル》や拳銃《ピストル》を握りしめたまま、床についたのであったがもちろん眠れるものではなかった。その不思議な屍体の美婦人のことのみを語り合いつつ、ばさと木の葉の落ちる音にも胸轟《とどろ》かせ、ただ黒暗々たる無人の密林盆地のうちに天も地も沈々と更けゆく中に、寂寞《せきばく》身を切るような阿弗利加奥地の奇異な一夜を明かしたことであったが、さて陽光のうららかに木々の梢や葉を透かして射し込んできて、篝火の灰のみうずたかく、別段キャンプ付近に何事も起らなかったのを見ると、緊張していただけに、昨日の出来事が自分ながら夢のような気がしてくるのであった。

が今日だけは各方面へ手分けして出かけることを止めて、一同が好奇心半分に、測量器具の代りに、銃をたずさえ、怖《お》じ恐れて、ともすれば逃げ腰をしている土人たちを叱りつけ、また四哩ばかりの道を昨日の場所まで来てみて、さて驚いたことには！　なるほど無智ではありながらも、蒙昧《もうまい》ではありながらも、蛮地に育って生れ落ちるからゴリラの習性を聞かされて成長してきた土人の言は我を欺かずいかに眼を瞠《みは》って見ても、昨日の婦人の屍体はすでに影も形も見えなかったのであった。ただあの屍体の横たわっていた場所には、それだけはゴリラにも用がなかったものと見えて、例の血みどろの日記帳と二枚のスケッチ板とのみが、そのまま夜露を受けていた。

もはや何らの疑いもなく確かに昨夜《ゆうべ》のうちにゴリラは戻って来て屍体を搬び去ったに違いがないと思われる証拠には！　私が屍体の側に置いて行った二枚のスケッチ板中、殊に屍体のすぐ近くにあった一枚のほうは、確かに婦人を抱え上げる時に、ゴリラの足がかかったものと覚しく、板一面に泥がこびりついて、しかも手に取り上げて見ると驚くべし、厚み二糎《センチ》もある丈夫な阿弗利加樫の板が、真ん中からピチンと二枚に折れていることであった。一同は言葉もなく、スケッチ板を眺め日記帳に眼を走らせている私の廻りを取り囲んで来たが、その時土人頭の老いたるビスカが静かにこんなことを囁《ささや》いた。

「ハムラ、類人猿の森へ踏み込んで来ている以上まだ気をつけなければなりませんが、しかしもう昨日の類人猿だけはこの辺にはおりませぬ。もう六十哩《マイル》も向うで木から木を伝わって、昨日の女の屍体を肩へかけて翔《かけ》っている頃でさあ！　類人猿は木さえ伝われば足の早いものだ。一晩で六十哩くらい走ることは造作ありませんです！」

さて読者諸君、以上がこの不思議な日記帳をどうして、どこで、いつ私が手に入れたかということの、極めて大体なる荒筋であった。これから何が書かれてあるか、この血まみれの日記帳を開くわけなのであるが、その前に一言しておきたいことは、今まで述べたことは、決してこの一篇の前置きではなく、この日記を開く上に必要欠くべからざる報告の構成主要部分を勤めているということなのである。

三

五月六日。なんという情《なさけ》ないことであろう。広大なる邸《やしき》に住んで多くの侍僕《じぼく》を使い、人は一代の碩学《せきがく》として称えてくれる。しかし父様のお心の中の苦悶は、私の物心ついてこの方いまだ一日として消えたこともないのだ。思うまいと思う、聞くまいと思う。しかし、碩学として称えられる一面、父様の背には、永久に「偽りの碩学、世を欺ける碩学」という汚名がついて廻っているのだ。世の中の学者たちというものはなんという狭量な心の持主ばかりなのであろう。自分たちは何の冒険もなし得ず、その最愛なる妻を蛮地に失いもせで、ヌクヌクと幸福に暮していながら、自分たちにわからぬ新学説が世に出さえすれば、これをけなし付け、抹殺してしまうのだ。卑怯な学者たちは言う。ゲイレック博士は阿弗《アフ》利加《リカ》におけるゴリラの解剖《アナトミエ》と生態《オエコロジエ》生研究だけで、もはや立派な大学者なのだ！　何を好んでゴリラ言語までを研究する必要があろうかと！

なんという浅はかな人たちなのであろう！　ゴリラ言語までを研究し、遠き第四紀氷河《カイノゾイク・》時代《エラ》において、人類は猿類より出でゴリラより進化せる人猿同祖論に帰結することこそ父様畢《ひっ》生《せい》の御研究なのだ。その確信のためにこそ、父様は六カ年も人も恐るる密林《アンゴラ》蛮土に送り、私をエリオット小父《おじ》様の許《もと》へ預け放しになさっておいて、あの苦心の研究をなさったのだ。ついに母様を熱帯病でお亡くしになりながらも、あの尨大《ぼうだい》なる研究を完成なされたのだ。

それにもかかわらず、人は父様の幾多解剖上の発見のみを称揚して、その言語学上の発見を偽りなりとする。類人猿《ゴリラ》の脳量はマサラ・ブッシュマン族や山獄ダマラ族らと僅少の差にあり、歯、細胞《セレ》、血清《シイラム》も各内臓諸器官も、あるいは感覚知覚系統も妄覚、概念、記憶、観念連合、推理、想像等も人間と何らの差違ないことの学術的立証をなさったのは父様ではないか。そして世間はことごとくその研究の真なることを認め、父様のもたらされた実物標本によって、その価値を認識している。しかもその学者が研究を遡《さかのぼ》らせて発表せる新学説だけは――ゴリラ言語学の新発表だけは、そこに立証すべき生きたる標本のないために、これを虚偽なりとして抹殺し冷評する。

今日も父様のお留守中御書斎を整理しつつ、ふと、御著書――父様の心血お注ぎになって、しかも学界をあげての冷評のうちに葬り去られた『類人猿の心的能力《ファカルテス・メンタレス・デス・ゴリラ》』をとり上げて、父様が悄然としてお帰りになった、私が十二、三歳の頃のあの動物学会の日の痛ましい想い出がまざまざと胸によみがえってきて、思わず暗涙に咽《むせ》んだ。

私は学者ゲイレックの娘なのだ！　世間普通の女とは違う。意志を強く持ってどこまでも恵まれざる父様の研究の成果を信じていることにしよう。そして父様の御説のとおり類人猿間には立派に体系づけられた言語が存在し、その語根《ルート》は前世紀類人《ピテカントロプス・エレクタス》や原始人《ホモ・ハイデルベルヘンシス》、第二直立猿人《ホモ・ネアンデルタアレンシス》らが口にしたと思推し得られる古代セミティック訛成転形語《インフレクショナル・ランゲージ》前の語根《ルート》と同一であったということを疑わずして信じていることにしよう。それが受難の学者の娘の態度なのだ。そして昔ダーウィン博士の娘もおそらくそうであったに違いはなかろうから私もどんなことをしても、父様の御研究が進んでゆくようにこれからはもっと全力を尽して父様をお助けしなくてはならない……なぞといろいろ考える。それにしても、去年以来父様の考えていらっしゃる新しい研究方法はどうなっているのであろう。あの後なんとも阿弗利加からは話がないし、これも立ち消えになってしまったのか、なぞと御書斎に頬杖を突きながら、それからそれへと取り留めもないことを考える。午後の三時、父様大学からお帰りになる。相かわらずムッツリとして御機嫌のよくないお顔！

血みどろな日記は、強烈な熱帯の直射のためにすでに血色素《ヘモグロビン》が変化して、膠《にかわ》のように凝結して清水で洗ってみてもグリセリンで溶いてもいかんとも溶解が利かず、残念ながらこの後三十頁ばかりというものは一字を判読することもできなかったのであった。仕方がないから私はあとを読んでゆく。

九月二十九日。いよいよ待ちに待っていたゴリラが到着した。灰色の粗い毛に被われて見るも獰猛《どうもう》な顔……

と、いきなり日記はどこか蛮地あたりになってきている。前後の事情から察して、この凝血して判読の利かぬ部分が、英国から出発してアンゴラあたりへ来、いかにしてかゴリラを手に入れて、キャンプ生活にでも移っているところが記録されていたのであろうと想像せられた。ともかく、推察を交じえつつ全体の輪郭を作り上げて、私は眼を晒《さら》していったのであった。

……そして見上げるようなゴリラの身長は七呎《フィート》三吋《インチ》、北西バンバデンガ境ムーラ河のほとりで深い陥《おと》し穴の中へ落ちていたのを、十四、五人の死傷者を出してやっと生獲《いけど》したのだということであった。

代金は三千パゴスタ、その外に馬背《ばはい》に積んだおびただしい煙草、アルコオル類、燐寸《マッチ》、子供の玩具類を添えてこの人々は喜んで帰って行った。いずれも恐ろしい兀鷹《ズール》族なのだそうだが、アンゴラ土人とは違って、見るからに屈強そうな丈も高ければ体格も大きく瀝青《れきせい》黒《こく》のような皮膚をしていかにも北西森の住人にふさわしい人々ばかりであった。全体では三、四百人の人たちを要したと土人のアガミは通訳してくれたが、ゴリラについて搬んで来た人々は、約五、六十人ばかりであった。

中には十四、五歳、頭は兀鷹族特有の椰子の油で固めた尖った縮れ毛をして、毒矢をたずさえた少年の眼が愛らしく私に映った。密林の中に育った純朴な民の一点汚れのない眼といえば、こういう瞳を指すのであろう。

ちょうど菓子《キャンデー》の一包みを持っていたから、さしまねいて、

「おいで！　おいで！」

をして手に握らせてやった。どうするものかを知らぬ少年は私が笑いながらパラフィンの包紙を解いて口へ入れて見せたら、自分も真似をして口へ入れた。しかしこの文明人の菓子は、火食《かしょく》を知らぬ生肉を喰《くら》い自然のままの木の実の味しか知らぬこの少年には、到底その味覚の複雑さが理解されなかったのであろう。驚いてペッペッといきなり唾を吐いて逃げ出して行ってしまった。

　ともかく一同は狂喜してさっそくこの獰猛な珍客に、アガミの教えてくれたとおりマフチャズという兀鷹族の名前を与えた。マフチャズというのは「遠来の友」という意味の言葉だそうな。そしてさっそく檻《おり》の補強をして——その檻も兀鷹族の搬んで来たのは丈夫なゼダ蔓《づる》の三重檻であったが、この檻から移すことなぞはとても危険ででき得《う》べくもなかったから、この蔓檻のまま、鉄のボールトを組んだ本檻を拵《しつら》えたのであった。父様のお部屋から三間ばかり隔たった例の録音室《レコーディング・ルーム》とモニタリング室《ルーム》との間へ据えて、これからいよいよ父様のいわゆる自然生のままの、生態研究への録音第一歩を踏み出すことになった。パッカースンはいよいよ交流高周波発電機の廻転を三千七百五十にして周波を五百サイクル、電圧を百ボルトに引き上げるべく、さっきからインターロック電動機《モーター》の手入れに忙しい。ウェンデルは元気づいてディスクのトービス機を引っぱり出して来た。そして振動板《ダイヤフラム》の音域を二千サイクルにまで引き延ばすべくせっせと鼻唄交じりで録音室の四周《まわり》にモンク皮を吊り下げている。キャンプ内とみに活気を帯びてきた。夜一同で祝盃を挙ぐ。

残念ながら日記は再びここで中絶して続けて七、八枚ばかり引き挘《むし》られていた。読み出せば、なんとなくこれから不思議な生活へはいることを暗示して、学術探検隊の一行かとも思われる野営陣営《キャンプ》内の喜びをありありと偲ばせていたが、なにせこう断続していたのでは、地点の概念も、その一行の目的もあらゆるものが一切私の想像に単なるヒントを与えるだけの役にしか立たず、なんとも言えぬ落胆《がっかり》さを覚えてくるのであった。おまけに、北西バンバデンガ境ムーラ河のほとりといえば、ここからイラビジ河に沿うて峻嶮さらに千八百哩《マイル》も離れている。文中記載のゴリラを生獲してこの一行に持ち込んだらしい剽悍《ひょうかん》兀鷹族の一隊というのは、その千八百哩の彼方密林中に住んでいた土人種族にしても、一行のいたところがその密林地帯からどのくらいの距離にあったものか、今まで読んだところではとんと捕捉もつかぬのであった。

婦人としては、もちろん単なる自分の回顧のよすがなり、あるいは、備忘のためなりに認《したた》めている日記であったから、第三者に説明的な書き方をする必要は少しもなかったのであろう。しかし今、私の求めるものは、第一、住んでいた地点であり、第二、この婦人がどういう身の上であったか、そしていかなる事情のもとに、この辺境へ入り込んでいたものであるか、その類人猿に襲われたまでの事情等々なのであった。

しかし途方に暮れて一服しながら、何気なくパラパラとめくった次の頁あたりからは、だいぶ捗られもせずかなりの長さで引き続いているように思われた。あるいは何らかの手懸りでも得られるか知らんと、私はまた無気味な血に手を触れぬよう用心しつつ、水洗いしつつ紙をめくり出したのであった。

四

十一月九日。いよいよ雨季にはいってきた。なんという物侘《ものわび》しさだろう。明けても暮れても荒涼たる蛮土、そしてしとしとと小止みもなく降る雨。身体中の節々も溶けてしまいそうなくらい懶《だる》い暑さ。今日ふとここへ来てから何日くらいになるだろうかと指を折ってみた。早いものだ。もう一年と二ヵ月にもなる。倫敦《ロンドン》の友達たちも、随分変わったろう。中にはもう結婚された方もあろう。子供のお母さんになられた方もあろう。そして私一人はと思うと、なんとも言えぬ淋しい気持がしてくる。ヴァイオリンなぞ弾いて気をまぎらわす。ふと気がつくと、ゴリラも凝乎《じっ》と、檻の中から顔をよせて、聞き惚れている。

「マフチャズ！　お前も退屈だわね。どうして世の中にお前のようなものがいるの？　お前のようなものがいればこそ、父様はこうやって一生涯を棒に振って研究に熱中していらっしゃるし、私たちは倫敦へ帰ることもできないで、こんな山の中で日を暮していなければならないし……」

と檻の側へ寄って零《こぼ》したら、マフチャズも凝乎と聴き耳を立てているように思われた。昼過ぎからマフチャズの檻の前でマフチャズの写生なぞをする。もう油絵を描きたくても画布《キャンヴァス》もないし、次便の来るまでには四カ月も間があるし。……その間木炭だけしか書けないかと思うと心細くなる。しかし蛮土の恵みは木炭だけには事欠かぬ。土人のロサチの見つけて来たスアガという柘植《ボクスッド》のような木を焼いたのは、立派な木炭《チアコール》になる。パラシがまるでヘルキュレス神でも使いそうな厚いスケッチ板を阿弗利加樫で沢山拵えてくれたし、これだけにはなんの不自由もない。夜、些細なことで、コンラッドとジャクスンとが口喧嘩をして二人とも食事なかばに立ってしまう。しかも見ている人のほうでも、少しも気にかけぬ様子。湿熱とこの長雨とでは、人の気も鬱屈《くさくさ》して、みんなただ獣のように心が荒《すさ》んでしまう。しかも獣よりもなお悪いことは、荒んだ心の外に、男たちは年中喧嘩をして、そして……私を見る眼ばかり鋭くギラつく。ゴリラは醜悪だ！　しかし醜悪でもゴリラの檻の前で、絵を描いたりヴァイオリンを弾いている時だけが、私の一番に気の安まっている時だ。

　十一月二十九日。久しぶりで土人女中のイスカーキが湯を立ててくれる。湯といっても正式の浴槽《バス》なぞがあるわけではない。パラシの拵えた木の箱だ。まるでベツレヘムで基督《キリスト》の産湯を使われた厩槽《うまやぶね》そっくりの体裁だ。

しかし、それでもべとべとと身体に纏《まつわ》りついた汗を流して、なんとも言えぬ爽快さを覚える。入浴の時はいつでもイスカーキを入り口に立てておいて入るのだが、今日も湯の中で凝乎と四肢《てあし》を伸ばしていた時に、裏手の土を踏んだ跫音を聞きつける。針のように敏感になっているこの頃の私の感じには、その音の聞き分けがすぐにできるから不思議だ！　また誰かウロウロしているなと思った瞬間、私は怒りで全身が炎のように燃える。

「イスカーキ！」

　と私の叫ぶ前に、土人の女の耳はもっと敏感であった。たちまちパッと飛び出して裏手で揉み合う烈しい音がする。イスカーキの罵《ののし》り声が聞える。急いで着物を引っかけてあがる。イスカーキの突きつけている薄暗いカンテラの灯りに照らされて、すごすごと立ち去って行く姿は録音技師のウェンデルであった。しかもジロリと見たウェンデルの眼には、何の後悔も何の羞恥もない。まるで野獣の眼だ。こうしたことが、一つ一つ婚約中のアランの心を刺激して、アランは執拗に結婚を迫ってくる。

　しかも不思議だ。この頃では私の心は、アランの熱を冷ますようなことばかり言いたくなってくる。本当に不思議だ。これが、一年半の昔、倫敦であったならば私はどんなに喜んでアランの囁《ささや》きを受け入れたかもわからないのに……みんな変わる。この湿熱と荒涼と長雨とではみんなまったく変わってしまうのだ。

十一月三十日。今朝イスカーキから聞いたが、昨夜《ゆうべ》のことで技師のウェンデルとアランとが、烈しい争いをしたということであった。そしてアランはウェンデルのために左肩を烈しく傷つけられたとかいうことであった。本来なれば、婚約者のアランが怪我をしたと聞けば、私は無我夢中で駈けつけねばならないはずのものであった。しかし、そんなことを聞いても、今では別段どんな心持も起こらない。心がカサカサに荒んで、そんな感傷なぞはまったく私の心から吹き飛んでしまってるのだろう。そしてアランがウェンデルと争って怪我をした話は、父様のお耳にもはいっていたのであろう。今朝父様のお部屋へはいって行くと同時に、

「おい！」

と父様は恐ろしいお顔をして私を睨《にら》みつけなさった。

「エミーラ、誰でも儂《わし》の研究の邪魔をした奴は、儂の敵だということは知っているであろうな！」

「…………」

私は凝乎《じっ》と無言で父様のお顔を打ち仰ぐ。言いたいことは山ほどありながら、父様の研究の静謐《せいひつ》を乱すのは差し控えておこうとする心が、じきに頭を擡《もた》げてこの頃ではどんなことにもすぐ我慢ができる。

「今ここでは、どいつもこいつも眼ばかり光らせて、野獣のようになっているということ

は、お前の眼にもわからんことはないだろう！　なぜそんな莫迦ものどもの眼の前で入浴なぞをする！　入浴なぞは、二月《ふたつき》三月《みつき》しなくても、そのために死んだ奴なぞは一人もおりはせん。少しは慎みなさい！　まだまだ父様がこれから研究するにはどんなにか課程が要ると思う。慣れてきたらゴリラは檻から出して、人間同様の放し飼いをするんじゃ！　そして、それが済んだら、さらにあいつを山へ帰してやって、お前はそれを連れに行かねばならんのだ。父様の研究が今一歩で完成するかしないかというところで、お前はそんな碌でもない種ばかりふり撒いて、父様の仕事を挫折させるつもりか」

　そして、涙をあふらせながら見返している、私の視線とかち合うと父様はさも忌々《いまいま》しげに、また凝乎と書き物の筆をとり上げられた。これが実の娘の私に対する仕打ちなのであろうか。ちらと眺めたそこに、父様は今 yoo-hw《ユーウ》行 nwah《ヌワー》行の発音に取りかかっていらっしゃるようであった。この発音はゴリラの喜悦を表すものとして、かねてからの父様の持論であったが、今その最も難物の喜悦の篇へさしかかっていらっしゃるところであったから、その苛立たしさも手伝ってのことと思って、私は凝乎と我慢をして部屋へ戻って来たが、部屋へ入るといきなり涙が滝のようにあふれ出してきた。

　実の親子でありながら、親子はまるで敵のように荒み切って、子は父の奴隷となり、父は研究の奴隷となり切っているのだ。そしてその研究は！　ゴリラの言語の研究なのだ。父様の研究が完成すれば、その研究の副結果としては、あるいは将来、人間はゴリラと話ができるようになるかもしれぬ。いいや今現に私だって、oo-oh《ウーア》行やch-eu-y《チェーイ》行においてなら、ゴリラの意志も少しはわかるようになってきているのだ。しかしそうしてゴリラと話ができるようになったからとて、ゴリラに文明があるわけではなし、こんな研究なぞが人類にどんな貢献をもたらすことであろう。

厭《いや》だ！　厭だ！　学者の娘はつくづく厭だ！　人は決して学者の娘なぞに生れるものではない。

　半年以前に、アランの言ったと同じようなことを書いたが、私にもいくらかアランの気持が憑《の》り移ってきたのかも知れぬ。夜あんまり淋しくなって、凝乎と頬杖をついて考えていたら、イスカーキがのっそりとはいって来た。

「お嬢様！　来て見さっせ。イスカーキが湯殿のうしろに丈夫な柵を結《ゆ》っといたで、もうこの柵を乗り越してはいって来る莫迦ものはねえだ。安心さっし」

と慰め顔に言った。いくら柵を結っても、柵ぐらいはすぐに乗り越える。と私は苦笑したがその慰め顔のイスカーキを見ていると、なんとも知れず微笑みが涙と一緒に頬に上ってきて、思わずイスカーキの黒い大きな顔に頬摺りしてしまった。

　今の私には、黒い土人のイスカーキだけが、天にも地にもたった一人の心からの友達のような気がする。相かわらず雨が一瞬の休みもなく降って、家の前の大地はまるで小川か沼のように漫々と水を湛《たた》えてしまった。

この沼を眺めながら、明日も明後日も、そしてまだ乾季が来るまでこれから四月《よつき》も五月《いつつき》も父様に叱られ叱られ日を暮してゆくのかと思ったら、つくづく心が暗くなってきた。この雨にみんなの心が腐る。父様の心も腐る。みんなジトジトジトジトと、底なしの沼に腐り込んでゆくのだ。

一月十日。夕方、マフチャズの檻の前で編物をしていたら凄まじい血相をした録音技師のウェンデルが部屋へはいって来た。マフチャズはめったに見慣れぬ顔がはいって来たので、喉の奥で低い唸《うな》り声を立てながら、毛を怒らせていたが、ウェンデルはほとんど檻も眼に止らぬ様子でノッソリと立ちはだかっていた。

「どうなさったの、ウェンデル、何か御用なんですの？」

何のためにウェンデルがはいって来たかは、だいたい想像もついていたので、もうそれ以上は強いて相手にもせず、編物の手を続けていた。

「お嬢さん……」

と嗄《しわが》れた声でウェンデルが呼んだ。そして、その大きな身体がいきなり背後《うしろ》から羽交締《はがいじめ》にしてしまった。

「ウェンデル、何をするのです！　あんまり失礼な真似をすると承知しませんよ！　早く離して下さい！」

「お嬢さん……決して乱暴するのではないのです……私は……お嬢さんに向うともう口がきけなくなるのです！　聞いて下さい、お願いですから、私の言うことを聞いて下さい……」

「用があったら面と向って言ったらいいでしょう！　こんな失礼な真似をして」

私は身を踠《もが》いた。

「まだ放しませんか！　父様を呼びますよ、イスカーキ、イスカーキ！」

途端に戸口に現れたイスカーキが吃驚《びっくり》して姿を消したかと思うと、私は夢中でウェンデルの手を逃れようと苛《あせ》っていたから気もつかなかったが、突然ウェンデルの手が緩んで、やっと身のあがきが付いたと思った瞬間、地響き打ってウェンデルの身体が横倒しにそこへ倒れた。

息せき切ってとんで来たアランの真っ蒼な顔がそこに喘《あえ》いで、今しも烈しい一撃をウェンデルの横鬢《よこびん》へくれたところであった。

「危ない、危ない！　エミーラ、そっちへ退《の》いて！」

と、アランは呻《うめ》きつつウェンデルが起き上ってきたと見ると、たちまちまた身構えてウェンデルへ躍り蒐《かか》った。

私はイスカーキと抱き合って室《へや》の一隅に避けていたが、再び凄まじい格闘がそこに展開された。もう一度怒り立ったアランの一撃が、ウェンデルの鼻柱へ飛んで、見る間にウェンデルの横鬢から小鼻へかけては醜く青痣《あおあざ》を拵えて腫《は》れ上った。そして額が破れて鼻からも口からも血がぽたぽたと止めどもなく床にしたたり落ちた。

その凄まじい格闘の中で、さっきから檻の中を行ったり来たりして猛《たけ》っていたマフチャズが、突然ウォーと烈しい咆哮《ほうこう》を挙げて檻の鉄棒を掴んで揺すぶった。猛獣の血が人間の血を見て、烈しい野性を呼び醒まされたのであろう。

私は固くイスカーキと抱き合っていた身を解いて、そこを見廻したが初めて気がついてみると、戸口あたり一面にはさっきからみんなが押し合って、この凄まじい格闘を眺めているところであった。そしてその中には、父様の顔も交じっていた。ふと私と視線がかち合うと父様の眼は、烈しく私を非難するように険しい色を見せたがまたさりげなく二人のほうに注がれていた。

「さあ！　みんなめいめい自分の仕事へ帰ったらどうだ！」

と父様の声に促されて、みんなはまた相かわらず無表情のまま、ぞろぞろと退散して行った。そしてマフチャズだけが、戦いの済んだ後でも昂奮の収まらぬ風で、いつまでもいつまでも檻の中を行きつ戻りつ、時々鉄棒を掴んでは、大きな声で咆哮していた。

何が起こっても無表情な世界……そして一瞬の腹立たしさも過ぎ去ると、私もまたアランが勝ってよかったと思うでもなければ、ウェンデルがそれからどうしているかを知ろうという気持が起こるでもなく、私もまた無表情に檻の前でさっきからの編物の手を続けていた。雨の音ばかりが妙に耳に響いてくる。ウェンデルばかりではない。一歩間違えばアランも、またそこに佇んで眺めていた人たちも、今のウェンデルと同じような人たちになるのであろう。遅くまで取り留めもないことを考えながら編物の手を運ぶ。

　一月十三日。コンラッドがウェンデルの代りに、しきりに録音室《レコーディング・ルーム》でアッチネーターの加減をしていた。

「ウェンデルは？」と聞いてみたら、

「あの日っ限《き》り姿は見えませんよ。私が代りをやっているんでさあ！」

とブッキラボーに怒ったように答えながら、妙に何か言いたげの様子で人の顔ばかり盗み見ている。

「そう……」

と、私はさりげなく加減されてゆくマイクロフォンからの音声電波に聴き耳を立てていたが、ここにも私の気のせいか、第二のウェンデルの眼が潜んでいるような気持がした。

「先生はゴリラゴリラと、あのとおりゴリラにばかり夢中で、お嬢さんまでゴリラの相手ばっかりしていらっしゃる。幸福《しあわせ》な奴はゴリラばっかりだと、今ではみんながそう言ってますぜ！」

と到頭この第二のウェンデルの唇が言い出した。長居をしては碌なこともないから、早々に私はこの部屋を出る。

「ウェンデルのしたことはよくなくても、その気持はわかるとみんなが言ってますぜ！　今に何かおっぱじまらなきゃ収まりませんぜ」

とコンラッドの、のぶとい声が背後《うしろ》から追っかけてくる。私は聞き流しにして、そのまま部屋を出て来る。何が始まるというのだろう。明けても暮れても雨と暑さ、そしてこの倦怠《だる》さと一日一日灰色に乾干《ひから》びてゆく心！　こんな世界に、何が始まり得るというのだろう。ゴリラ言語が完成される前に、みんなが腐って、湿《じ》め湿めと無表情に死んでゆくだけではないか。

五

二月二日。あれ以来私を見るアランの眼が、妙に嫉妬らしい尖《と》げ尖げしいものに見えた。

「アランのやつ、この頃さっぱり仕事をせんで困る。何をブラブラしているのだか知らんが、まるで魂が抜けてしまったような工合で仕事が手についておらん。昨日も神経衰弱の気味だから、お前と自分だけは倫敦《ロンドン》へ帰らせてくれと莫迦なことを言いおった。帰りたくばいつでもさっさと帰れ！　その代り儂《わし》は帰りもせんし、またエミーラももう四、五年はここで暮すのだと言ったら、アランのやつ恨めしそうな眼をして儂を見ていたが、当分あんなものの言うことなぞを取り合っていてはいかんぞ！　少しはしっかりしているやつかと思っていたが、あれではお前との結婚も考えものだ」

と、父様もおっしゃっていらした。相かわらずそんな話なぞは、どちらでもいい、他人のようなつもりで私は聞いていたが、そのアランにとうとう摑まってしまった。私が書庫へはいって、探し物をしているところへこっそりと跟《つ》けて来たのであった。

「この頃はなぜ僕をそう避けているんだ？」

と、のっそり近づいて来た姿は、なるほど父様の言われるとおりいくらか神経衰弱らしいものに思われた。

「別に避けてなんかいませんわ！　でも貴方のお話は、今すぐ私には応じられぬお話ばっかりなんですもの、そんなお話なら、何度伺っても同じことじゃありませんか」

と、私もいくらか、からかい気味にこの婚約者《ペトローザル》をあしらった。

「君はまったく変わった。昔の君はそんな思いやりのない人ではなかった。君は……ね、エミーラ、きっとウェンデルが好きになったに違いないんだ！」

と、アランは頭を抱えてその辺をうろうろした。

「エミーラ、本当のことを言ってくれ。そうすれば僕はきっと諦めるから！　僕はもう君のことを考えてじっとしていると物狂わしくなってくる。エミーラ、君に少しでも昔の愛が残っていたら、お願いだ！　どうか僕を安心させるために、……僕をしっかりとした君の保護者にしてほしい」

　と、しまいには、アランは私の前にひざまずいて、涙ぐまんばかりに掻き口説き出した。

「………」

「ね、わかってくれたかい？　エミーラ」

　私には男のくせに、女の前に、ひれ伏さんばかりの態度や、最初の決心をもう意気地もなく翻《ひるがえ》して、結婚してくれと叫んでいるその言葉が情なく思われた。

「……でも私たちの場合はもう結婚しているも同じことではありませんの」

　と、しかし言葉だけは優しく、私はひざまずいているアランの肩に手をおいた。

「ね、お立ち上りなさいよ。男のくせにそんなに自分を卑屈にしてしまうものではありませんわ。それは、どうせゆくゆくは結婚するお互いなんですもの、ちゃんとここで結婚してもかまいませんよ」

「それでは、……それでは……エミーラ、君は承知してくれるのかい？」

「でも、今ああやって父様はお仕事で必死になっていらっしゃるところを、私自分の口からそんな呑気なことなんかは言えませんわよ。ですから貴方から頼んで下さい。父様さえいいとおっしゃれば、私には決して異存はありませんわ」

「駄目だ！　駄目だ！　君はまだそんなことを言ってるのか！　それでは駄目なんだ！」

と、アランは輝かせた眼を、また落胆《がっかり》させて悄然とうなだれた。

「今の先生に、そんなことが言えるか言えぬものか、君が考えてくれたってすぐにわかりそうなもんじゃないか。僕はもう先生のなさっている仕事なぞに、何の興味も覚えていないんだ！　なぜ僕はこんな研究に血道を挙げてきたか、自分でもさっぱりわからないんだ！　こんなゴリラの言語なぞを完成したからとて、文明にどのくらいの貢献をするというんだ！」

みんな同じようなことを考えているものだと、私は肚《はら》の中で可笑《おか》しく思っていた。

「今の僕は、ただ君だけに引き摺られて、こんなところに止《とど》まっているんだ。その君は、僕にできないことを言い出してただ僕だけを困らせているんだ！　お願いだ！　エミーラ、僕と一緒に逃げておくれ！　ね、お互いはまだ若いんだ！　青春をこんな蛮地で、ゴリラと一緒に暮す運命なんか、考えたって真暗になる！」

「それこそできない難題ではありませんの！　何のために逃げるんです。お互いに、父様の許して下さった立派な婚約者同士ではありませんの！　人目を忍んで逃げる必要なんか少しもありませんわ！」

「君にはわからないんだ！　何にも君にはわかってないんだ！　今に君に恐ろしいことが起こりそうで、僕は不安で不安でたまらないんだ！」

「いいえ、わからないことはありませんの！　それが貴方の病気ですわ！　そういう、起こりそうもない妙な恐怖観念なぞに捉えられているということが、きっと神経衰弱なのですわ。私から父様に頼んで、しばらくお仕事お休みになるといいわ」

「駄目だ！　君にはわからないんだ！　何にも君にはわかってないんだ。もしこれが今の僕の病気だとすれば、その病気をなおしてくれる唯一の君はそうやって僕を突っ放す！　そういう無慈悲なことを言うのなら、エミーラ、僕はもう君には絶対に頼まない」

　と、アランは、頭をかき挘《むし》りながら、絶望したように私を睨みつけて出て行った。

　……しかしかまわない、私は自分の気持に忠実に、ただありのままを言ったにすぎないのだから、それで腹を立てたからとて仕方がないではないか。私にだって男の気持というものは想像できないこともないけれど、自分というものをまったく棄てて父様のために捧げようと決心している今、父様にそう言ってくれなくて何を私が自分勝手にできようというのだ！　こんな場合に、そんな悠長な気持を起こしているアランのほうこそ我儘《わがまま》なのだ！　いいだろう、うっちゃっておけば、またそのうちにはアランも自分の言い出したことを恥じもすれば、また後悔もしてくれるだろう。私の言い方が、強かったならばその時謝っても済むことだ。

　雨相かわらず烈し。蛮地の雨季にはほとほとうんざりする。よくこれで病気にならぬものだと、自分ながら感心する。

一月二十日。今日ふと片付け物をしていた時に、鞄の底からブルヴェン製の口紅を見つけ出した。来る途中の船の中ででも使った残りであろう。しみじみと懐かしい気がして、思わず小指で唇に塗ってみた。そして鏡を見ながら凝乎《じっ》と考え耽《ふけ》ったが、想えば白粉《おしろい》、口紅、そして香水……そうしたものに遠ざかってからすでに一年と七ヵ月。阿弗利加の奥地で見つけ出したブルヴェンの口紅は、なんとも言えず昔懐かしい気がする。いつかグラスゴーへ旅行した時、陋巷《ろうこう》に窮死する老女優が、昔自分の使った口紅を毒々しく唇に塗りながら臨終を遂げる芝居を見たことがあったが、今の私もなんだかそれと一抹似た境涯にあるような気がして、思わず苦笑する。でもかまわない、この口紅のある限り、父様に目立たぬように毎日少しずつ付けていよう。これだけが、今の私の身についた欧州だもの。

六

二月八日。父様のお部屋で大きな呶鳴《どな》り声が聞える。一人は父様のお声、もう一人はアランの声だ。また何かこないだのような下らぬことを持ち出して、父様に叱られているのだなと思ったが、別段に、私に関係したことでもないから知らん顔をしていることにする。が、声はいよいよ尖ってくる。そして論争のうちに、

「お嬢様、ちょっといらしていただきたいと旦那様がお呼びになっていらっしゃいます

……」

　とイスカーキが呼びに来た。

「無茶です。たとえ先生のなさることでも、まるでもう狂気の沙汰です。僕は絶対不賛成です」

「要らざるお切匙《せっかい》だ！　儂《わし》が娘に言いつけることに君は何の権利があって嘴《くちばし》をいれる！　黙って見ておればそれでよろしい」

「しかしそんな無茶なお話は、同国人として見ていられますか！　御自分の令嬢をまるで類人猿《ゴリラ》の見世物になさるようなものです。それが我々として見ていられますか！」

「儂のすることに何の権利があって君は容喙《ようかい》すると、さっきから言ってるのに君にはわからんのか！　いったいこの頃の君の態度は儂にはいささか腑に落ちん！　断っておくが、君は儂の一介の助手にすぎん。儂たち親子の問題に、君はこの頃いささか立ち入りすぎる嫌いがある！」

「私は先生に対しては助手であるかもしれません。しかし御令嬢のことに関しては、私は将来の夫たるべき婚約者の立場から、どうしても口を出さずにはいられないのです」

「気の毒だが君の婚約者という資格は取り消したのだ。なるほどある時代には公認したこともあった。しかし、いささか君を見損って、そういうことを口に出した軽率さを儂は後悔しておる。ともかく、取り消しだ！　君に通告するのを忘れていたから、今この機会にハッキリと言っておこう」

と父様は苦り切って言われた。そして私には、アランがそれっきり唇を噛んで、蒼白な顔色をしながら、身体をワナワナと顫《ふる》わせて黙り込んでいるのが見受けられた。ともかく、白け切って二人の論争が一時《いっとき》終わったのを機会《しお》に、私は、

「お呼びになりまして……」

と進み出た。

「エミーラ！　エミーラ！　君にはこんな無茶なことが！　こんな無茶なことが……たとえ先生のお言い付けだとて受けられるかい！」

と勢い込んで、アランが言った。

「君は黙っていればいいのだ！　娘には儂から話す」

と父様はアランを抑え付けて、私のほうへ向われた。

「エミーラ！　父様はお前に一つ頼みがある。お前も知ってのとおりお父様の研究もnwah《ヌワー》行喜悦を終わって、もう一息のところなのだ！　もう一息で父様の仕事にも一段落つくとなれば――それがお前のたった一つの骨折りで解決するとなれば、まさかお前は父様の頼みを厭だとは言うまいな。それをこの男はさっきからとやかく言っているのだが……」

と父様はジロリと私を見上げられた。

「ええ、私にできますことならば、どんなことでもいたしますわ！」

とまさかにその時私も、父様のお頼みがそんな無茶なものであろうとは、夢にも思わなかったからであった。

「儂はやがてあのゴリラを檻から出そうと思っているのだ！　お前も知ってのとおり、もうお前にはすっかりなつき切っている！　儂の研究の段取りから言っても一日も早くゴリラを檻から出して、なついているお前を媒介として、儂たちとなじんでもらわなくては困るのだ。そしてこのゴリラを森へ放って、その自然生態を研究したり録音したりするところに儂の今度の主眼があるのじゃから。そこで今儂のお前に頼みたいことは、檻から出す前に、一度このゴリラの最も大きな喜悦の刹那《せつな》の叫音を録音したいと思っている。これが今の yoo-hw《ユーゥ》 行の最高潮のところになるのだ！　そこでその方法を研究してみたのだが、一つお前に上衣でも脱いで、ゴリラの檻の前で面白そうに踊ってもらいたいと思う！　ゴリラの受けた反応には、必ず何か新しい発見なり、あるいは今までの研究なりを裏書きするようなものがあろうと思われる、どうだろう、エミーラ、父様の仕事を助けると思って一度そうやってもらえんか！」

私は二人の顔を見較べた。アランは身悶えせんばかりに、目顔であらん限りに私に合図する。そして私には、この時ほど自分の婚約者《ベトローザル》のアランを厭だと思ったことはなかった。父様の態度ももちろんよくはない。娘の意思も何も頭ごなしにして、まるで娘一人ぐらいは自分の研究の犠牲にもしかねまじき様子には、淡い反感と不快とを湧き立たせてくるところがあった。しかし、父様は世間知らずの学者なのだ。父様自身としてはそれでいい。少なくともこのハラハラしている神経質な臆病そうな、自分の所信さえも断行できないような意気地のない——そのくせ父様の背後《うしろ》に佇んで眼ばかり光らせながら、まるで私の夫か何かのように思い上っているアランの態度に較べれば、どのくらい男らしく胸がスッとするか知れない。たかが上衣を脱いで踊ってみせるくらい、そんなにハラハラするのならば、この卑屈な意気地のない男に鼻を明かせてやる上にも、私は父様のお頼みを容《い》れようと考えたのであった。

「ではそれだけのことなのですね？　それ以外には別にありませんのでしょう」

父様は頷《うなず》かれる。アランの眼が光る。

「かまいませんわ……たったそれだけのことなら。その代り録音は決してその室ではしない、隣りの室でするということさえ約束して下されば、父様の仰るとおりにしますわ」

と私はわざとアランのほうなぞは見向きもせずに言った。

「そんな乱暴なことが……できることかできないことか！　エミーラ、考えてみたまえ！君はきっと今に後悔する！」

「私後悔なんぞ決してしませんわ！　親の研究のためならば毒を飲む娘さえもあるんですもの、それくらいのことで済むのならば、別段何でもありませんわよ」

どうだ儂の娘は、君なぞの御心配はなくとも、このとおり儂の言うことには背かんのだ！　と言わんばかりに、ジロリと眼を挙げて父様はアランの顔を御覧になる。そして、

「よろしい！　用事というのはそれだけだ」

とおっしゃって、またくるりと机のほうへ向っておしまいになった。

それを機会《しお》に、私も自分の部屋へ戻って来たが、

「エミーラ……エミーラ！」

と、まだ執拗《しっこ》く、アランは私の後方から追うて来る。わざと素知らぬ振りをして、私は自分の部屋へ戻って来た。

二月十日。昨日から隣室で録音の設備をするべく大勢でガタピシ大工さんをやっている。しかしマフチャズは一向気にも留めずに、黙って私のほうを瞶《みつ》めているだけだ。エミーラ、君はきっと後悔するだろう！　とアランはあの時そう言った。しかし別段に私の心の中には後悔するような気持も起こらない。が、後悔はせぬが、考えるとなんともいえぬ憂鬱な気持がする。マフチャズの檻の前で、芸人みたいに踊ってみせるなんて……でも、相手が人間でないから、まだ幾分は救われるようなものの。

マイクロフォンを出しておくだけで、あとはモニタリング室《ルーム》全体防音装置の上からさらに全部の壁を一分の隙もないように板で二重囲いにすることを父様は御承知になった。

そしてそのおつもりで、御自分で監督はなすっていらっしゃるが、安心がならぬから、私は、今日自分で検分する。

これなら、まあ大丈夫だろう。覗かれるのはいつぞやのウェンデル以来こりごりだ！

二月十二日。今日ウェンデルの屍体が搬《はこ》ばれて来た。何日雨に打たれてどこを彷徨《さまよ》うていたのか、あの大きな男の頬も悴《こ》け身体も痩せて髯《ひげ》ぼうぼうと、そして全身はふやけて見るも無残な姿であった。

男たちが屍体の始末をして、裏の納屋を抜けた密林の中へ埋葬してしまったから、私はその屍体をよくも見なかったが、あとで土人のフラゴが、その手にこんなものを握っていたと私にそうっと届けてくれた。

全身ポケットの中までも水浸しになった死後のことをおもんぱかったのであろう。手帳の紙を裂いて、それに鉛筆で書きつけて、小さく折り畳んで堅く堅く手に握っていたのだそうな。

俺は莫迦《ばか》な男だ。俺の気持はそうでなかったが、心と反対のことをした。なぜそうしたのか、俺にもわからない。生きていればまだ俺は何かしそうだ。だから死んでゆくのだ。これでいいのだ！

ただそれだけのブッキラボーなものであった。

「莫迦な男！」

と私は舌打ちをした。

死ぬのならこんなことを書くにも及ばない。黙って死んでゆけばいいのにと思った。そして、

「棄ててておしまい！」

とイスカーキに言い付けた。ウェンデルの遺書は窓の下で雨に打たれていた。ここではみんな雨に打たれるのだ。人の命も！　そしてそれだけなのだ！

七

二月十五日。いよいよ今日だ！

「父様、この入口には父様が立ってて下さいますね……」

「そんなことに懸念は要らん！　儂《わし》がちゃんと見張っててやる！　いいか！」

私は父様の言葉を聞き流して室《へや》へはいる。そして中からピイン！　と錠をかける。

マフチャズは凝《じっ》乎と隅にうずくまったまま私のほうを見ている。

私は上衣を脱《と》ると同時に、できるだけ艶《なまめ》かしいポーズをとって踊り出した。しかし、あれだけ調べておいたにもかかわらず、誰か覗いてはおらぬかと、私は板掩《おお》いをかけた窓、四周《まわり》の壁が気になるだけで、マフチャズの表情なぞは少しも眼に留まらなかった。

やがて少しは気が落ち着いた。私は檻の前を行きつ戻りつ、右から左へ、左から右へと踊り廻る。マフチャズは、つと身を起こして鉄棒に摑まる。しきりに私のほうを眺めている。

マフチャズが大きな声で咆《ほ》えた！　マフチャズの咆哮はだんだん大きくなる、何と哮《ほ》えているのか私にはただウォーッ！　ウォーッ！　とのみしか聞えてこぬ。父様は喜悦とおっしゃった。しかしこれが喜悦の叫びであろうか。私にはまるで怒っているとしか思われなかった。

マフチャズは烈しい勢いで、咆哮しながら、檻も破れんばかりにドシンドシンと身体をぶち付けながら、鉄棒を摑んで揺すぶる。そして幾度も幾度も私を捕まえんとするかのように、巨大な掌《てのひら》が鉄棒の間から閃《ひらめ》く。

到頭恐ろしさに堪えやらずして、震えながら私は手早く上衣を纏《まと》うと、何度か鍵穴に鍵を突っ込み損なった挙句、やっとのことで扉を開き、そこに待ちもうけていられたお父様の腕にもたれ込んだ。

そして私はイスカーキの持って来た冷たい珈琲《コーヒー》を息をもつかずに飲み下して、やっと獣の臭さ、息づまるような密閉した室の熱さ、そして魂も凍りつくばかりの戦慄から解放されて吻《ほ》っとしたことであったが、脇の下からはまだ冷たいものがたらたらと気味悪くしたたり落ちた。

しかし私の踊りは大成功であった。隣室の録音のほうへ駈けて行かれた父様は、やがて、満面の喜びを湛えて戻ってこられたが、私の肩を叩いて躍り上るような上ずったお声であった。

「御苦労だった！　御苦労だった！　エミーラ！　大成功だった！　ほれ御覧！　お前にはわかるまいが儂の持論と推理は見事に裏書きされた。

歓喜の最高潮に達した叫声はI-ecgk《アイーエク》 Whoo-w《フーウ》だ。アイーが歓喜だ！　それが語尾でch-in《チイン》と変化する儂の言ったとおりだ！　最後に、グロルール、グロルールと呻いている。これがお前に媚びて、もっともっと踊れ！　と言ってるわけなのだ！　御苦労！　御苦労！　これでやっと第一期の研究も終わりだ！　アランの小童《こわっぱ》なぞが何と言おうと、これだけの成功を納めとれば、一つも文句を言うところはありやせん！　父様は衷心《ちゅうしん》から感謝しとる！　さあさあ、ゆっくりおやすみ！」

それを聞くと、私も今の自分の恐ろしさも消え果てて、充分酬《むく》いられたような気になって思わず莞爾《にっこり》とした。

二月十八日。今日も終日あの咆哮と騒がしさが続く！ ちょうどあの日から今日までまる三日間あの騒がしさが続くわけだ。今さらながら類人猿《ゴリラ》の喜び《アウフレエゲン》の物凄さには驚歎する。この二、三日来、ほかの者が食事を持って行くと、食事を掴んでほうり付ける。怒って牙を剥《む》いて、側へも寄せ付けぬ。そして私が持ってゆくと、檻のふちへ身体をすり付けて私に愛嬌を示す、もう一度私の踊りが見たいというのだろう。
以前からその様子がないではなかったがこれほどはっきり現れてくるとは思わなかった。父様は喜んでいらっしゃるだろう。やがて、充分に私の言い付けを聴くようになったら、檻の外へ出して、放し飼いにするとおっしゃってだったから、その日の近づくためにこの兆候をお喜びなすっていられるに違いない。

残念ながらここでこの日記は再び破り去られているのであった。大体が一糎《センチ》ばかりもある厚いノートであったからどのくらいが撈《むし》りとられているのかはハッキリしないが、よほどの厚さを破り去られているらしいのであった。しかもそれはこの女主人公自らが破り去ったものではもちろんない。持ち歩いているうちにどこかへ見失い、あるいは格闘の際滅茶滅茶になったものに違いない。いずれにしても残念千万なことであるが致し方ない。

仕方なく日記は大分飛んでいるらしい次の頁へ移ってゆく。

四月二十五日。檻から出した当時は、まことに恐ろしい気もした。その醜悪さ、恐ろしさ、魂も身につかぬ気もした。しかし慣れればこの生物と一緒にいることさえも、そう切実な恐怖ではなくなってくる。

「手をお出し」

と言えば、その手を私の掌へ載せてくる。

「違うのよ、そっちのお手よ」

と言えば、またその手を持ち替えて出す。

「その編棒を取って頂戴な！」

と言えば歩いて行って持って来てもくれる。そして誰か入って来ると一瞬用心もするが、

「大丈夫ですよ！　この人はお前を可愛がってくれる人なのですよ。何にも用心なんかすることはないんですよ」

と言えば、喉を鳴らしてその人を見上げながら安心している。この頃ではまったく私も安心だ！

世の中の人で、これほどまでにゴリラの心を得ている者はないだろう。そして、なによりも有難いことには、昼間マフチャズを出しておくために、そしてこの巨大な生物が私になついているために、マフチャズがまるで私の番犬同然の役目を勤めて、男たちは少しも私に蒼蠅《うるさ》い眼遣いをしなくなってきたことだ！　いいや、相かわらず蒼蠅い眼遣いはして

いるが、いつかのウェンデルのような、あんな失礼な真似はしなくなってきたことだ。

父様もそれを大変喜んでいらっしゃる！ そしてやがて、このマフチャズが森へ行き野へ行って、自分の仲間への手引きをしてくれる日の来るのを、そして研究がいよいよ本格的に、第三期の完成へはいってくるのを喜んでいらっしゃる！

四月三十日。得がたい珍品だと、父様は大変お喜びなさった。マフチャズが絵を描いたのだ！ 点か線かそれはわからない。昨日私がスケッチをしている側で欲しそうな様子をしていたから、私はマフチャズの顔を描きながらスケッチ板と木炭とを与えたが、私と向き合いながらマフチャズは私の顔を描くつもりなのだろう。私の顔を眺めては何か描く……不思議な絵！ 世界中にたった一つであろう、ゴリラの描いた絵！

そしてマフチャズは、なかなか何か描くのが好きなようだ！ もっとスケッチ板も与え木炭も与えてやろう。でも、この頃では、ちょっとでも私が室の外へ出て行くと、すぐ毛を逆立てて機嫌を悪くするので、それには実際困る。大分我儘になってきたようだ。

五月八日。この頃際立って私にわかってきたのは、ゴリラは、嫉妬心が物凄く強いということだ。私が誰か外の男の人と話していることをとても嫌っているらしい。

「父様ですよ！ マフチャズ！ お前は父様に出していただいているのですよ！ それに

なぜそんな眼をするのですよ」

とたしなめてやると、悪いことでもしたように下眼づかいをしているが、喉の奥を絶えずゴロゴロと鳴らしている。私にはよくわかる、これはゴリラの一番不快なしるしなのだ。

「どうも、儂が来ると機嫌が悪くて困るな。エミーラ、お前からよく話しといてくれ」

と父様はお笑いになってすぐ出ていらっしゃるからいいが、外の男たち――殊にこの頃から、私の部屋へはいって来るようになったアランには一番不快がる。仕事に興味を失っているアランには、こんなゴリラなぞにはもう何の関心もないのだろう。優しい言葉一つかけてやったこともないし、まるで眼中には入れておらぬ。もう少しなんとか態度を変えるようにアランに注意してやろう。

八

五月十五日。しばらく鳴りを潜めていたと思ったら、また今日も朝から父様とアランとは烈しい言い争いをしている。

こんなにも年をお取りになって、しかも研究で苦労をしていらっしゃる父様を、あんなに悩ませるかと思うと私はしみじみアランが憎らしくなる。父様から嫁《とつ》げと改めて命令されても、アランにだけは私のほうから拒否したくなった。教養はなくてもガムシャラでも、死んだウェンデルのほうこそよっぽど男らしさがある、アランのような男は男性の屑だ！　もし仮に私がこの阿弗利加《アフリカ》でこのまま一生を送るものとしたならば、私はむしろウェンデルを取るだろう。あの時は無茶な人だと思った。怒りもした。しかしウェンデルは決して私に乱暴する気があったのではない。ああしなければ私に話ができなかったから、ああいう態度をしたのだろう。

何の争いをしていたのだかわからないが、プンプンなさりながら父様が私のところへはいって来られた。

「あんな人間ではないと思っていたが、まったく見損っていた。どうしても帰してくれというから、この雨の中を帰れるものなら帰れと言っておいた。馬二頭と土人を二人付けて、ロアンダまで送らせるつもりだ！　あいつのつもりでは、お前もなんとかして連れて帰ろうとしているらしいが、父様は、婚約を正式に今日限り解消したから、お前もそのつもりでいなさい。今日の様子では乱暴もしかねまじき様子だったが、何かふざけた真似でもするようだったら、すぐ父様を呼びなさい！」

とおっしゃった。

もちろん、今では私もまったく同じ意志なのだ！　私の前にでも現れたら、今度こそ私の口からも解消を宣告するつもりだ。

間もなく、アランは濡れそぼれた身体で私の室へはいって来た。私にも共に帰れという。

「厭です！　父様を助けて下さらない方なぞには、何の好意もありません！　私は女でもここに残って父様をどこまでもお助けします。貴方との結婚問題は、立派に私のほうから解消します」

とハッキリと私も言ってやった。

「ようし、親子して俺を騙《だま》していたな！　この恨みは必ず晴らしてやるからそう思え！」と恐ろしい形相をして睨《にら》みつけながら、どこかへ出て行ってしまった。あんな意気地のない人に、それだけの気力があるかしら！

日記はここまで来て、多くの余白を残しながら、急に途方もない大きな字になってきた。そして恐ろしく乱れを見せている。日付も何もない！　途端に、呀《あ》っと私は吸い付けられたように行を逐《お》うた。見よ！　このキャンプ陣営の中には物凄い椿事《ちんじ》が起こったのであった。

大変だ！　大変だ！　アランが殺された。父様が殺された。みんな雨の中へ逃げてしまった。今夕七時、マフチャズを檻へ入れた途端、アランが私に躍り蒐《かか》って来たがまだ錠を降ろしてなかったのでマフチャズがいきなり躍り出てアランに一撃をくれた。

「父様！」

　と叫んだ声で、父様も銃をとって、

「エミーラ危険だ！　逃げろ！」

　とおっしゃって続けざまにマフチャズに発射されたが、マフチャズは父様を倒した。銃身は砕かれた。パッカースンも殺された。土人たちはみな逃げた。もう誰もいない。マフチャズは私から瞬時も眼を放さない。私は逃げることもできない。どうなるのだろう、マフチャズは今私のそばで、死骸の側でスケッチ板に何か描いている。

　また五、六行飛んで、前よりも一層大きな、ほとんど一字でノート一杯になりそうな烈しく震えた字で、

　私は逃げたけれどもマフチャズにまた捕まった。誰もいない。寂寞身を切る、絶望だ！父とアラン、パッカースンの屍体腐臭を発す。マフチャズ、傍で何か描いている……あれほど、馴《な》れていたマフチャズは、逃げようとする私の気配を見て怒りを発する。私は殺されるかもしれない。

　そしてこの日記はこの乱れを見せたままに終わっているが、死を遂げるまでの女主人公

の運命が行間を伝わり字間を伝わって、惻々《そくそく》として私の胸を打ってきた。凄絶、凄惨言語に絶する日記とは、おそらくかくのごとき日記を指すのであろう。

読み終わってあまりのことに私は茫然《ぼうぜん》としたのであった。しかし困ったことには前にも言ったとおりこの日記は、おそらくはこのエミーラなる女主人公が、初めは思い出を英国へ持ち帰るために毎日毎日克明に認《したた》めていたものらしいだけに、どこに一つ署名もなければ、事件が起った場所がどこなのだか、そして父博士や婚約者の苗字も、どこに一つ手懸りとなるべきものもないのであった。

私はやがて英国へ持ち帰って、丁重にこの不幸なる女主人公はもちろん、その外の人々のためにも回向《えこう》をするつもりで、やがて黙禱《もくとう》を捧げて涙を拭《ぬぐ》いながら、この日記の巻を閉じたのであった。

九

その後二、三週間、所要の仕事も済ませて多大の困難を冒して首府ロアンダに引き揚げると、間もなく私は解散になったこの測量班を辞して、故郷の蘇格蘭《スコットランド》オバン市へと引き揚げて来たが、さてこの日記であった。今も言ったとおりただ世にも数奇を極めた、実に不思議極まる日記だとは思ったが、それだけのことで、肝心の名前もわからなければまた、前後の脈絡も呑み込めぬことでは大して私に興味の湧こうはずもなく、殊にあの凄惨な屍体のことを考えると、なんとも言えぬ不愉快な陰惨な思い出に打たれるために、なるべくそんな必要でもないことは、記憶の外へ逸し去るようにと努めていたから、この日記と例の不思議なスケッチ板なぞは、一層筐底《きょうてい》深く蔵していたのであったが、さて私が久方ぶりで、長閑《のどか》なローン湾の風光をほしいままにした故郷のオバン市で休養の日を送っていた時であった。

ふとその頃に、倫敦《ロンドン》タイムス紙やマンチェスター・ガーデアン紙、デーリー・テレグラフ紙、クロニクル紙各紙の社会面を賑わしていたアンゴラ、ロアンダ特電《ニュース》の出来事が眼に触れたのであった。各紙大同小異ではあったが、それを要約してみると大要左のごとき記事なのであった。

かねて再三報道せるごとく、有名なる動物組織学の泰斗《たいと》、前ケムブリッジ大学教授、ヴィルダー・ゲイレック博士一行の捜査のため倫敦大学派遣のエムメット・スティヴンス教授一行が葡《ほ》領アンゴラ、フィラ奥地方面の現地へ赴いたことは、既報したごとくであったが、同探検隊の精密なる現地探検の甲斐もなく、同博士一行の足跡は杳《よう》として何らの手懸りもなく、殊に該奥地地方は今やいよいよ雨季となり各河川湖沼は、ことごとく増水、もはや、到底詮すべきなきをもって、該探検調査隊一行も、近々捜査を打ち切りひとまず倫敦帰還を決行するに決定せる旨、本日該地より関係各方面へ入電ありたり。

というロアンダ滞在ロイテル通信員よりの特電なのであった。そしてこれだけでは、何のことやらもちろん私には、その意味さえも捕捉できなかったし、その再三の報道というのも、おそらくは私がまだ英国へ引き揚げて来ぬ間の報道なのであったろうから、私のような最近の帰朝客には興味も持てぬ一通の外電にすぎなかったのであったが、ふとその時、私を飛び上らせるほど驚かせたのは、この電文の参照として掲げられた、新聞社の注記事だったのであった。

今回探検隊現地引き揚げのために、絶望視せられたヴィルダー・ゲイレック博士一行の人名左のごとし

として、一行に従った人々の名前、略歴が、大々《でかでか》とした肖像入りで出ているのであった。

ヴィルダー・ゲイレック博士（五十八歳）　前ケムブリッジ大学教授、動物組織学の泰斗にして、一九一九年より同二五年にわたる間、葡《ほ》、蘭《らん》領アンゴラ、サマザンカ地

方において、夫人とともに類人猿解剖および言語の研究に従事。後、有名なる著書『類人猿の心的能力《ファカルテス・メンタレス・デス・ゴリラ》』の一巻をもたらして、ゴリラ言語を学界に発表、毀誉《きよ》相半ばせり。当時夫人は該地において熱帯病を得て歿す。教授今回の挙も一《いっ》に前著の改訂およびその完成にありと伝えらる。教授の生死不明は、その論敵たると否とを問わず学界挙げて痛歎するところにして、かくのごとき碩学《せきがく》の逝去による英国学界への打撃は甚大なりと伝えらる。

エミーラ・ゲイレック嬢（二十五歳）教授令嬢にして、母夫人歿後は父教授を助けて、その家事を納め、かねて父教授の唯一の助手たり。かねて、父教授の助手アラン・エヴァンス学士と婚約の間なりしも、その結婚を延期して父教授と行を共にして今回の災に遭えるもの。有名なる美人にして温良貞淑、英国婦人の模範たる同嬢の災厄は、ことに各方面の同情を惹《ひ》き、文相タイソン・ヒルマー卿は今回の災厄公電達するや、閣議中なりしも特に急遽ケムブリッジ大学に赴き、ゲイレック教授と最も親交厚き、同大学動物生態生学教授クレフトン・エリオット博士に深厚なる弔意を表したりと伝えらる。

フィラ奥地方面と言いサマザンカ地方と言いいずれも北ローデシヤ国境寄りの、私にとっては聞いたこともない中央東部大密林地方の地名なのであったがその時突然に私の頭を打ってきたのは、日記中のいくつかの文章であった……父は類人猿《ゴリラ》の研究さえ完成すればそれでいいと思っているのであろうか……そして……世の中で、類人猿の言語の研究なぞがどんな文明に貢献するものであろうか？……等々。

「おう！　令嬢だった！　あれがゲイレック博士の令嬢エミーラだったのだ！」

と私は夢中で卓《テーブル》を叩いた。自分ながら自分の顔色の変わったのが眼に見えるような気持であった。当時雲を掴むような気持で読んだあの日記中の出来事のいくつかが、今一つ一つ鮮明にハッキリとした意味をもって頭の中によみがえってくるのを感じたのであった。私は眼もはち切れんばかりにして、なおも新聞に食い入った。

　　アラン・エヴァンス氏（三十二歳）

と、その次の行は果して、日記中で熟知の、令嬢のエミーラに迫りそして研究に憤懣《ふんまん》を感じて、ついに類人猿の怒りを買って一撃の下に殺されたというあのアラン・エヴァンス青年の記事が出ているのであった。

　アラン・エヴァンス氏（三十二歳）　ヴィルダー・ゲイレック博士の忠実なる助手にして、長年同博士の薫陶《くんとう》下にあり。近く令嬢エミーラと結婚式を挙ぐべき段取りなりしも、今回の学術調査のため、その結婚を延期して、一行に赴きしもの。学内教授の後継者をもって目せられしだけに、この篤学《とくがく》なる青年の受難は同大学において痛く痛惜《つうせき》せらる。

学界のためその挙式を延ばして参加せるもの、は私を苦笑せしめたが、新聞はさらに引き続いて、電気技師ペリイ・パッカースン、録音技師ブラムレイ・ウェンデル以下一行中の重だった人たちの略歴を順次に掲げていた。そして夢中で読み終わった私にとって、もはやこの人々が令嬢エミーラの日記中に現れている人物たることには、何の疑いを挟むところもなかったのであった。しかもその新聞に現れている微笑んだ令嬢エミーラの美しさ豊麗さ！

私は茫然として、今ぞ初めて知ったこの日記の主のあまりにも痛ましい経歴に、しばらくは燃えさしの煙草の、手を焼いてくるのにも気がつかなかったくらいであった。しかも新聞はさらにさらに驚くべき報道を私の眼底に灼きつけてきたのであった。それは以上の各記事の終わったあとに、教授親子のこの学事に殉難せるに打たれて、有名なる電気王ハイドン氏が即座に金五万ポンドを投げ出して、もし救難探検隊が再組織せられるならば、これに与うべしと発表していることや、同時にこれは（？）印ではあったが項を別にして、焦燥せる生態生学教授エリオットは大学講座を擲《なげう》って、親友ゲイレック教授親子の安否を知らんがため、急遽ロアンダに赴かんか？　右についてエリオット教授を問えば同教授は悲壮なる面持で……

と言ったような、何さま世の中はこの問題で囂々《ごうごう》と沸き立っているところを示している慌ただしさであった。

私は新聞を置いて、初めて吻《ほ》っとしたような気持で眼を窓外へ走らせたが、すでに魂の根柢から驚愕させられ切った今の私には、とんと何ものも眼に入らなかった。ただ見えてくるのは、あの荒涼たる阿弗利加熱帯無人の境で、やや右俯伏せに倒れていた令嬢エミーラの無残なる屍体のみであった。そして、もはや私の頭は、この不幸なる婦人の俤《おもかげ》と、あの日記によってこの婦人につながる一行すべての人々との上に、到底断ち切ることのできないある因縁をしたたかに感じさせられたのであった。しかしそれでもまだ、私には、この日記を発表し、また、私の目撃した令嬢の死を世の中に発表する気持にはなれなかったのであった。

人々はそれを私の浅薄《あさはか》な人道主義とか感傷《センチメント》とか笑うかもしれないが、令嬢の日記中には、あらゆる人々の姿がまったく赤裸々の姿であるがままに描き出されている。そこには一世の師表たる碩学も、ただ一種の学的偏執狂《モノマニア》――父性愛も何もない本当の一個の偏執狂としか現れてはいなかった。学術献身のために愛人との結婚をさえも延期して、博士の忠実なる助手たるべかりし青年は、そこでは密林霖雨《りんう》の中で、見えも外聞もなく令嬢に迫りつづけ、ついにはその葛藤中にゴリラのために一撃の下に打ち殺されている。そして録音技師は陰雨の中に悶死を遂げ、実に、令嬢の日記こそ、人間生活の真実を描けるもの、かえって推称し得《う》べき正直無比なる人生記録《ヒューマン・ドキュメント》であったが、問題はたださえ世の中が同情と痛惜に沸き立っている真っ最中にこういう人間の真実性を伝えていいかどうかであった。ために、私は、その翌《あく》る日もそのまた翌る日も、何らの行動をも取らなかったのであった。しかも日を追うて各紙の叫びはいよいよ熾烈《しれつ》さを増してくる。今や各紙は論調を変じて、たとえ教授父子は死せりといえども、かくのごとき篤学なる一行の生死を不問にして探検隊を引き揚げしむるは、英国の恥辱にして人道上の由々しき問題なり、国民は断じて探検隊の現地引き揚げを許すべからず、もし強いて探検隊引き揚げなば、進んで直ちに大規模の探検隊をさらに送れと絶叫するに至ったのであった。

　そして事実また輿論《よろん》も沸騰して教授クレフトン・エリオット博士に直接宛てて、あるいはまた、各新聞社に宛てて続々として第二回の探検隊に志願を申し込む人々があり、義捐《ぎえん》金《きん》を送る人々があり、ついに博士は憂慮措《お》く能《あた》わず、自ら起《た》って急遽ロアンダに赴くべき発表を見ては、さすがに私の人道主義も感傷もこの上の沈黙を続けているに忍びなくなってきたのであった。もしこの上私がなお沈黙を続けていたならば、全世界において私一人が知り、そしてすでに亡きこの人々のために、多大の月日、多大の費用が投ぜられ、熱帯に多くの人々は空しき捜索を今後半年も一年も続けなければならないのであった。

かくて沈思黙考四日間の後私は黙々として筐底《きょうてい》深く蔵していた令嬢の日記と例の二枚の不可思議なるスケッチ板とを取り出した。そして、ヘラルド紙に電話して、教授クレフトン・エリオット博士の住所を確かめた後、ケムブリッジ、メーヤー・カレッジ街なる同博士邸へ自動車を急がせたのであった。

忘れもせぬ、あの一世を騒がせた新聞記事や号外が世に出て、世界を驚倒させたあの日の一日前、それは本年の四月二十六日の朝であったと記憶する。憂愁の帷《とばり》深く垂れ込めた博士邸には、連日この問題に興味を抱くあらゆる有象《うぞう》無象《むぞう》たちが引っ切りなしに押しよせて、憂愁のうちに旅装を整えている博士を悩ませ切っていたのであろう。取次ぎに出た召使も、

「この問題で重大なことを申し上げに伺ったものですが」

と私の差し出した測量技師アシュトン・ターナーという名刺を、またかと言わんばかりに奥へ齎《もたら》して行ったが、はたせるかな、

「せっかくの御来訪ながら目下は多忙で到底どなたにもお眼にかかってはいられぬから」

という、博士の言葉を取り次いで来たのであった。

「それならばこのノートだけを一度博士にお眼にかけていただきたい！　そして一、二枚

読んで下されば、私が今日お伺いした用件が、どのくらい重要だかということは必ず御諒解になりますはずですから」

という私の再度の申込みさえも、さも蒼蠅《うるさ》げに博士に取り次ごうともせずに、拒絶したのであったが、私の押しての強硬な申込みについに不承不承に顔を顰《しか》めながら、ノートを受け取って薄暗い玄関の奥へ消え去ったのであった。

そして人気《ひとけ》なく寂然として、蔓蔦《つるった》の壁に這《は》うた博士邸の古びた入り口に佇んで待つことしばし、やがて奥に嗄《しわが》れた声が聞えたかと思うと、

「その紳士をお帰ししてはならぬ。どちらにおいでになる？　紛う方ないエミーラの筆蹟じゃ！　ベイレエ！　オリィヴァ！　早くその紳士を、早くこちらへお通し申してくれ！」

と狂喜したように召使たちに叫びながら、自分自身で私を迎えに飛び出して来られた白髪童顔の老博士を目前に眺めたことであった。そしてもはやそれ以上、この会見顛末記なぞを、くだくだしく申し添える愚をいたさずとも、その後のことは、各新聞紙上に発表せられたところによって充分御諒解のことと信ずる。

すなわち本年四月二十七日、各紙に特号活字をもって発表せられた、

謎のゲイレック博士一行および令嬢エミーラの生死判明す。南緯八度二分における

無残なる最期。おそらく生存者一名もなからん！　詳細なる日記をたずさえて目撃者現る！　しかも驚くべし、類人猿の描ける絵画によって類人猿の思考能力判明す！　学界への一大驚異！

という、あの一世を驚倒せしめた新聞記事は、その翌日同博士立会いの下に私が詰めかけて来た各紙記者諸君に物語ったものなのであって、そして、当時、ゲイレック博士一行の名誉に関係ありとして発表を留保し他日必ず全貌を発表すべき旨公約せる部分を、世の疑惑を解くため全部発表したものがすなわちここに掲げた令嬢エミーラの日記の一字一句もたがわぬ全文なのである。

以上、エリオット博士とも熟議の上、ここに、倫敦《ロンドン》タイムス、クロニクル、ヘラルド、ガーデアン各紙に同時掲載の条件をもって、博士の名誉と私の名誉と同博士の副署名とをもって、この原稿をお送りする。そして、不幸なる一行、殊に不幸なるゲイレック博士ならびに令嬢エミーラの死を痛惜し、その世にも痛ましき最期に深甚なる弔意を捧ぐる上において、決して私は人後に落ちざるものたることを確言し、この発表の幕を閉ずることとする。

鬼畜の作家の告白書

告白書前文

殺人並びに屍体損壊の罪名のもとに私が獄窓に繋がれてよりここに三ヶ月、いよいよ予審は終結して、一昨日の公判廷に於て検事は私に死刑求刑を論告した。

そして今日私に最後の面会を求めた弁護士の話によれば、巷間には私に対する呶罵《どば》と嘲笑とが囂々《ごうごう》と入り乱れ、私が妻のアリシアに加えた虐殺——殊に最後にその局部を刳《えぐ》った事に激昂して、鬼畜の作家を極刑に処せよと叫んでいるという事であった。この輿論《よろん》は必ずや裁判官の心理をも圧迫して、その心証に多大の影響を与えるであろうと弁護士は憂えていた。

しかも皮肉にも私が鉄窓に繋がれて以来、私の作品は凄まじき売れ行きを示し、殊に私の心血を注いだ二つの戯曲《テアトル》『夕陽《ラ・プエスタ・デル・ソル》』と『墓場《エル・セメンテリオ》』とは、十三度目の脚光を浴びて、今モデルノ劇場と大陸劇場《テアトロ・コンティネンテ》とに於て、私の極刑を望む一般大衆によって連日連夜の大入満員を続けているという事であった。

私は言わん方なき憤怒《ふんぬ》と嘲笑とに震えつつ、これらの話を弁護士から受取った。今獄房に帰って独り静かに我が過去を顧みる。自己の数奇な宿命に対する笑止さと共に、世の大衆の皮相浅薄《せんぱく》極る観察と心理とに、讒罵《ざんば》を浴びせたい衝動のみが頻《しき》りに我が心中に去来するを覚ゆる。

さらばセザレ・ダミアニが死刑台に上るの日も近きにあろう。これより法廷の命令に従い我が最後の陳述としてこの告白書に筆を執る。そして本告白書を受理するであろうブエノスアイレス第四号審判廷並びに、審判廷を通じてこの内容を聴かんとするであろう世のすべての大衆に向って、セザレ・ダミアニは今獄窓より呼びかける。大衆よ！　諸君の無智なる呶罵も嘲笑も憐憫《れんびん》も、悉《ことごと》くこれを私は諸君に返上する。私を罵《ののし》る前に先ず諸君自身の胸に問え！　罪なき者一人石を投げよ。不幸にしてこの犯罪は私によって行われたりと言えども、かくの如き事は一人私のみの専売特許ではない！　私を罵る大衆諸君各個各自の胸の中にも、その一つ一つの胚芽は蔵されている。

私に今悔恨もなければ自責もない！　悔語！　罪の戦《おのの》き！　それらの一つ一つは悉く犬に食われて呪われてあれだ！　今ダミアニの辞書にはそんな人間的な弱々しい感傷の響きなぞは一つもない！　あるものはただ復讐の喜び！　生に対する最後の歓喜、勝利者の快感と征服者の満足と哄笑とが、胸一杯に渦巻いているのみだ。

かつて諸君によって亜爾然丁《アルヘンティーナ》の誇りと称えられし諸君の作家セザレ・ダミアニは、今法廷の要求に従い死刑台に上る最後の判決を前にして、顫《ふる》えるような甘美な追憶の後味に酔い痴れつつこの告白文を草する。これぞセザレ・ダミアニが過去幾十年書かんとして未だ書き得ざりし、血を以てする最後の傑作だ。

歓喜

私の妻のアリシアは、私と結婚するまではブエノスアイレス一流の銀行エディフィカドル・デ・ル・プラタの頭取を勤めていた有名な銀行家、ホセ・モンテレイ氏の最愛の夫人であった。派手好きな豪奢《ごうしゃ》な点では人に引けを取らず、交際社会でモンテレイ夫人と言えばブエノスアイレス社交界屈指の花形になっていた。非常に自尊心が強く負けず嫌いで、夜会なぞへ行っても自分の着けて行った衣裳や装身具なぞに一段立ち優っている物を着けた夫人なぞがあると、たちまち気色を損じて家へ帰って来る。そして一度身に着けた衣裳は二度と用いぬといった贅沢さであったから、その衣裳代だけでも月には莫大なものであった。しかも臈長《ろうたけ》たその美貌もまた素晴らしいものであった。当時亜爾然丁《アルヘンティーナ》無双の国色《こくしょく》と称えられていたその容貌は、柔らかみというよりもむしろ凄味と冷た味の勝ったというべき、聡明その物のような理智を輝やかした気品であった。形のいいすんなりとした鼻、愛らしい小さな唇はいつもきりっと結ばれて、澄んだ情熱を湛《たた》えた鳶色《とびいろ》の眼は、長い睫毛《まつげ》の下でいつも少し伏目勝ちに人を見る癖があった。

が、それだけにこの眸《ひとみ》で凝乎《じっ》と凝視《みつめ》られると、身の引締るような心の底までも読まれるような、美しい透徹した印象を受けた。しかもその身体全体から来る感じは少しもそれは冷たいものではなく、ピチピチとした豊艶な肉付と言い、中《うち》に二十六歳の底知れぬ若さとよき栄養とを引き締め切った匂やかな姿は、見る人を思わず恍惚《うっとり》と悩殺せしめずには措《お》かなかった。

一口に言ってこれらの事は現代の男子の最も嗜慾《しよく》に適した要素なのであったが、モンテレイ夫人のアリシアは実にこの現代人の嗜慾を身一つに兼ねているようなものであった。従ってモンテレイ夫人のあるところ必ず影の形に添うが如くに、そこに幾人かの付き纏《まと》っている紳士を見るのであったが、正直なところ私も実は夫人に心酔し切っていた一人なのであった。

しかし思いは焦《こが》していたというものの、私だけは夫人に付き纏っていたほかの若紳士達とは些《いささ》か種類を異にしていた。というのは独身とはいっても既に私は、夫人の夫のモンテレイ氏よりも二歳の年長で四十六歳にもなっていた。年齢《とし》の上から来る遠慮からしても、まさかに若い紳士達と一緒になって付き纏っている事も出来なかったが、それよりももっと大きな理由は、私が自分の容貌に少しの自信というものも持っていなかった事であった。

自信が持てぬどころか！　私のはそんな生優しい言葉なぞの表現は通り越して、自分の容貌に致命的な絶望を感じていたのであった。

第一が私は人並外れた大男ではあったが、子供の時から軽度の傴僂であった。そして顔は不恰好に骨張ってだだっ広くて眼が蛇のように小さくて窪んでいた。その上鼻が鈎《かぎ》っ鼻で私自身鏡を見てもあまりの情けなさに顔を背けたくなるくらいであった。

もともと私は伊太利《イタリア》移民の子に生まれ、大した教育もなかったが、ふとした機会に才能を認められて、亜爾然丁《アルヘンティーナ》文壇に乗り出し、とも角今では嘘にもせよ人からはラテン亜米利《アメリ》加《カ》諸国一流と称えられる位置にまで漕ぎ付けていたのであったから、芸術的才能や今私の持っている名声、富といったような背景がなかったならば、到底上流社会で相手にしてくれる要素なぞは持ち合せていなかった。

そういうわけであったから勿論烈しい思慕を抱いてはいても、私はこんな気高い比類なき美人のモンテレイ夫人なぞが、私に好意を持ってくれようとは夢にも思わず、せめては私の持っていた才能のお蔭で、今日では私にも相当の財産や名誉が出来、そのお蔭でこんな深窓《しんそう》に育った上流の名花と言葉を交す事の出来るようになった事を無上の喜びとして、せめては偶《たま》に夫人の美しさに接して言葉の一つも掛けて貰える事のみをこの上もない楽しみとして、夫人の客間《サロン》に姿を現していたわけなのであった。

この状態がおよそ三年間ぐらいも続いていたであろうか。その間に夫人の夫の経営していたエディフィカドル・デ・ル・プラタ銀行の破綻が起り、続いて夫モンテレイ氏自身の破産となり、更に引き続いて失脚によるモンテレイ氏の自殺事件が起ったために、美しき孔雀《くじゃく》の如き夫人は、美貌とその美貌に集う数多《あまた》の紳士と豪奢極りなき王侯の如き社交界の王座とを擁したまま、ここにまったくの一文なしとなってしまったのであった。そして同時に夫人を愛し抜いて死んだホセ・モンテレイ氏には済まぬと思いつつも、モンテレイ氏の自殺してくれた事に無限の感謝を覚えねばならぬような立場に、私の運命は変転して来たのであった。

一九三四年十月の二十二日の夜《よ》！　その夜こそは私に取って如何《いか》に幸福限りなかりし夜であったろうか。その夜こそ過去半歳私が血肉を搾って書き下した九幕の悲劇、『夕陽《ラ・プエスタ・デル・ソル》』がいよいよ国立大陸劇場《テアトロ・コンティネンテ》に於て華々しく初日を明けた当夜なのであった。既に上演前雑誌《レビスタ》「一世紀《ウン・シグロ》」に発表当時から非常な反響を呼び起していたこの戯曲は、当夜ブエノスアイレス一流の俳優達の演技によって生命を吹き込まれ、いよいよ私の地位に盤石の重みを加えるものとして、各方面から絶大な喝采を博して、大成功裡《り》に初日の幕を降したのであった。

しかもそれに優る喜びは、これも過去半歳夫のモンテレイ氏が死去以来、私が手を替え品を替え求愛の限りを尽くしていたモンテレイ氏夫人アリシアが、遂に私との結婚を承諾してくれた当夜なのであった。私に初日を招待されて閉幕の後劇場帰りの群衆で雑沓《ざっとう》している五月四日街《クアトロ・デ・マヨ》の人波を分けながら、倶楽部《カシーノ》アルヘンティーナへ進んで来る自動車《カルロ》の中で、ついにその承諾を与えてくれた当夜なのであった。私に取ってこれに優る喜びがあったであろうか。

十月半ばのブエノスアイレスの夜の空気は蒸《む》し蒸しとして、雑沓と人いきれと煙草の煙とで噎《む》せかえるようであった。倶楽部アルヘンティーナの中の婀娜《なまめ》かしい嬌声《きょうせい》、爆発するような哄笑、厭《いや》が上にも酔いを唆《そそ》る交響楽、そして煽情的に踊り抜いている西班牙舞踊《スパニッシュダンス》の蠱惑《こわく》！　今すべての人々の眼は吸い付けられるようにその舞姫の半裸の乳房に注がれていた。そして私も酔って来た。夫人が与えてくれた承諾の喜びに酔って来た。上演の成功に酔いこの賑やかさに酔って来た。

「夫人、何と言ってこの喜びをあなたにお礼を申上げていいか、私はただ幸福で幸福で、到底この気持をあなたに完全にお伝えする事が出来ないのです。今後私の書きますものは……夫人」—と私は情熱に堪えられなくして矢庭に夫人の手を執った。「すべてあなたのお名に捧げるつもりでおります。おお夫人！　私は……」

「わかっておりますわ！　ダミアニ、人が見てますわ」と夫人は少し当惑したように手を引こうとした。

勿論有頂天にはなりつつも、夫人が決して愛の対象として私を選んだわけではない事はそれは私にもよくわかっていた。銀行家のモンテレイ氏さえも破産させたぐらいの贅沢な夫人に、従前通りの豪奢な生活を続けさせて行き得るだけの富を持っているものは、夫人に接近している範囲では、私とこれも熱心に夫人を思慕していた当時の外務省参事官のマヌエル・ゴンザレス・ペレス氏ぐらいのものであった。が、ペレス氏には夫人もあり子供もあり、財産も私より尠《すくな》くて自由が利かないために、ついに夫人が私を選んだものであろうという事は私も百も心得ていたのであった。

　しかしおよそ、そんな事などが私に取っては何であったろうか。私としては夫人を自分の手の中へ得るという事だけでもう充分なのであった。私は夫人が周囲に集うている多勢の好男子の崇拝者達を退ぞけて、よくも私のような者に白羽の矢を立てて下さったとその功利的な気持にさえもむしろ無限の感謝を感じていたくらいであった。私は熱心に夫人に私の愛を誓った後、とも角も、とりあえず私の尊敬と喜びの印として、夫人のために新しい自動車と、夫人用の新しい別荘とを、贈呈する事を申し出た。

「自動車や別荘も何ですけれど、ダミアニ……」と夫人は冷たく口辺《こうへん》に笑みを湛えた。

「あなたはお約束を一つあたしに立てて下さらなければいけませんわ。あなたにそのお約束が守れまして?」と夫人は皮肉そうな薄笑いを眼に移して私を見上げた。

「勿論です、夫人、どんなお約束を立てましても、私の名誉にかけて守るつもりでおります」と私は喜びと赤心とを面《おもて》に現して言った。「どうぞその証拠に、私に何か約束を守らせて見て下さい」

「でもダミアニ、これはあなたに取って随分困難な事ではないかと思いますのよ。あながちあなたばかりではなく殿方にとっては少し難しい事なんですけれどもねえ」と夫人は言い淀みながら微笑んだ。「でもあなたぐらい勇気のあるお方ならばねえ……ダミアニ、あたしあなたにはきっとお出来になると思うのですけれど」と幾分の媚《こび》を含んで私を見上げた。その夫人のあでやかさが私をゾッとさせた。

「どうぞ何なりと仰言《おっしゃ》って戴きたいのです。あなたのために何事でもしようとしている私は、もうあまりの幸福のために今夜は何事も判断する力を失いかけているのです。お互の間に遠慮の必要はもうないのです。どうぞ何なりと思った事を仰言って戴きたいのです」

「では申上げますわ！ ダミアニ……結婚してもあたしまだお互の間に愛が結ばれているとは思いませんわ。あなたが私を好いていて下さる事はあたしようくわかっていますけれど……あたしどうかしてあなたを愛せるようになりたいとは思っていますのよ」と夫人は又言い淀んだ。しかし夫人のこの一言《いちごん》が、どんなに私の魂を喜びに顫《ふる》えさせたものであろう。

「夫人、お言葉だけで私はもう感謝です。この上の喜びはありません！」と私は込み上げて来る嬉しさで、落涙せんばかりに言った。

「ですから……ダミアニ！ あたし貴方が好きになれるまで……結婚はしてもあたしの睡眠をあなたは乱さないというお約束を紳士として立てて戴けまして？ 愛を偽るのは厭で

すからその権利だけはあたくし保留しておきたいんですの。でもダミアニ、あたしがあなたを愛せるようにするのはあなたの責任ですわ」と夫人は始めて莞爾《にっこり》と笑った。

既に料理は選ばれて夫人は美しい唇へ匙《クチャラ》を運んでいるのであったが、私は躍り上るような歓喜と昂奮のために食事どころではなかった。

「そうです、夫人、それはまったく私の責任です。あなたの仰言る事がほんとうです。夫人、私の尊敬は一層増して、もう私は夢見心地です。私に取って何たる容易《たやす》いお約束でしょうか！　私をお信じ下さい。私はこれだけの事を私の名誉に賭けてハッキリとお約束いたします！」と私は夫人が迷惑がるのも忘れて、もう一度夫人の手を執って約束の印しに口へ当てようとした。

丁度その時、曲は変って、卓子《メサ》の客は、ぞろぞろと、踊るために通路になだれ出た。私のところへも夫人の知り合いらしい陸軍の将校が、夫人との舞踏の相手を許して戴きたいと頼みに来たので、私は夫人をその将校に譲ってひとりで酒場の方へ引揚げたが、考えて見れば夫人が私に約束させた事は、表面すこぶる当然の如くに見えながら、その裏面に於ては私に対する烈しい侮辱を含んでいるものであった。

社交界に於ける地位を継続するために、ダミアニ、あたしはあなたの財産と名誉とを利用する必要上結婚はするけれど、あたしの身体はあなたぐらいのものに与える事は出来ませんのよ、という意味を柔らかく上品にふっくりと包んで言ったに過ぎないものであった。

私と妻のアリシアとの関係は実に以上の如き不思議極るものであった。そしてそこに、この結婚から来る私とアリシアとの破滅が、胚胎していたのではないかと考えられるのであった。

冷やかな妻

勿論私達の結婚は何の支障もなくスラスラと運んで行った。その後七、八日ばかりも経って、私の邸《やしき》で催した夜会で私とアリシアとの婚約を発表し、更に半月ばかりを置いて、私達はクリストバル街の寺院《カテドラル》サン・アグスティンに於て結婚式を挙げ、ブエノスアイレス市一流のオテル・グラナダに朝野の名士を招き盛大な披露夜会を挙げた。

当時私の書いた二つの戯曲《テアトル》のうち『舗装路《エル・エムペドラド》』の方はそうでもなかったが『夕陽《ラ・プエスタ・デル・ソル》』は非常な好評を博していて、大陸劇場《テアトロ・コンティネンテ》は十八日間にわたって更に第三回の連続興行をしていたが、それでもまだ大入満員で客留めをするくらいの盛況をかち得ていた。私の人気は今丁度沸騰点に上り詰めていたところであった。そして片一方は社交界に名だたる名花として、ほとんど毎日のように新聞や雑誌に名をうたわれ続けているアリシアであったし、殊にまだ夫のホセ・モンテレィ氏の拳銃《ピストル》自殺の記憶も世人の胸に生々しい間であったから、私達の結婚は市井の非常な評判を捲き起していたのであった。

殊に夫人が無双の美人にもかかわらず、私が無双の醜男《ぶおとこ》と来ていたから、一層その対照は妙を極めていたのであろう。交際社会はどこへ行ってもただこの評判で持ち切りであった。勿論私と競争の立場にいた例の外務省参事官のペレス氏も、浮かぬ顔はしながらも私達の宴会に来て、私と夫人とに祝いを述べてくれた。

ただ私の友人中には、この結婚について蔭ながらかなりの心配をしてくれるものはあった。というのは、もともと私の財産というものはまったく私の才能一つで作り上げたもので、投機で一攫千金の儲けをしたものでもなければ、商売をしてアブク銭を得ているわけでもなかった。印税収入、上演料、原稿料等の蓄積した財産なのであったから、こういう地道な金なぞは、金の有難味を知らぬこんな浪費家の女なぞと結婚すればたちまち蕩尽《とうじん》し切ってしまうだろうと心配してくれたのであろう。私の親しい出版商のルイス・アルバラード氏なぞは、「これは極めて内証の話だが」と前置きをして、砕いて言えば私が夫人に興味を持っている間だけ五、六ヶ月も夫人を自分の物にしておいて、あとは何とか理由をくっ付けて離婚してしまえ、たとえ離婚扶助料を私の財産の三分の一ぐらい取られたにしても、粒々《りゅうりゅう》辛苦した全財産ことごとくを僅か二年か三年の間に費い果たされてしまうよりも、どのくらい賢明であるかわからない。というような事を、極めて婉曲に忠告してくれたのであった。

私もアルバラード氏の親切を決して了解しないわけではなかったが、今この歓喜の美酒《うまざけ》に酔っている私に取って、物質に根拠を置いた忠告なぞが、どうして耳にはいるわけがあったろう。生まれて四十六年の湿《じ》め湿めとした人生に於て、今ようやく廻《めぐ》り逢った始めての春なのであった。この夫人を失ったら私のような醜い男に、いつまた春が来るものやら、恐らくこれは絶好無二の恵まれた機会ともいうべきものであったろう。

　この喜びの真っ最中に夫人をやがて再びまた人手に渡すという考えなぞが、どうして私の頭に受入れられるものであったろうか！　私はただアルバラード氏の好意だけを感謝して、その忠告の内容なぞにはてんで耳も傾けてはいないのであった。

　喜び切っている私は夫人に約束した通り早速三万七千ペソばかりを投じて最新式のイスパノ・スイザの高級車を買い与え、同時に十三万ペソばかりの予算で、夫人の望む通りに郊外ミラマール村の丘上《きゅうじょう》に別荘を建ててやる事にした。そしてとも角も婚約披露会から結婚式、夜会、蜜月旅行《ルーナ・デ・ミエル》に至るまで、私は思い切って派手な金を費い、すべて夫人の気に入る通りの事をしてやった。そして今ではアリシアはサルミアント街の私の本宅に私と同棲をして、相変らずブエノスアイレスの社交界には今まで通りの王座に君臨をしていたのであった。

　ただ一つ私にとって物足らなかったと言えば、結婚前の約束に縛られて、私はまだほんの名ばかりの夫であって、同じ家に住んでいながらも私とアリシアとはまったくの赤の他人なのであった。蜜月旅行にさえも、私と妻とは別々な部屋に泊って友達以上の関係にはまだ一歩も出てはいないのであった。

しかし私も立派に妻の前に誓った事であるし、私としては気長に待つより外に方法がなかった。

もう一つ私に物足りない感じを与えていたのは、内面的なその約束はとも角としても、せめて外面的だけでも私はこういう稀有の美人を自分の妻にしているという事を周囲や世間に向って誇示したかったが、アリシアはそれもあまり好まないのであった。

およそ私のように自分の容貌や姿などに致命的な絶望を感じている男にとっては、自分自身として誇り得《う》べき何物をも持たなかったから、せめてはこんな気高い美女を自分の物にしているという事を、他人の前に見せびらかす事によって一種の言い知れぬ心の満足を感じるものであったが、妻はそれさえも私には許さなかった。

交際社会へ出る時は決して私と共には行かなかった。いつもたった一人、私に何の挨拶もなく出掛けてしまうのであった。シーズン中はほとんど毎夜のように催される夜会であったが、夜遅く帰って来ると自分の部屋へはいってそのまま寝てしまうのであった。そして朝は十二時一時頃になってやっと床を離れていたから、同じ家に住みながら私と妻とは一日中顔を合せるという機会も滅多にないのであった。

偶《たま》にどうかした拍子に、私とアリシアとの連名で招待が来て、一緒に出席しなければならぬ時でも、家を出る時は一緒の車《カルロ》で行くが向うへ着けばもう妻は人混みの中へ私と離れ離れになって、夜会の終るまで決して一緒にはならないのであった。そして帰りを一緒の自動車で戻って来るというだけであったが、その一緒の車の中でも別段私と話をするというでもなく、まったく無言なのであった。

私には勿論その理由はよくわかっていた。現在妻が少しも私を好いていず、私の醜い姿や卑賤出身の態度やを厭《いと》わしく思っている事は充分知っていたから、胸いっぱいの愛情は感じつつも、私の方でもなるべくアリシアの気に逆らわぬよう出来るだけ口数を慎んでいたのであった。

今でも覚えているが、その時分やはり宴会帰りの時であった。大変冷える晩であった。私はその夜のアリシアの美しい姿に堪えられぬ魅惑を感じて思わず「冷たかっただろう？ねえアリシア」と思わず妻の手を執った事があった。アリシアは二の腕まで来る薄絹《うすぎぬ》の手袋を着けていたが、その手袋の上からちょっと触れただけなのに、もう色を変えんばかりに気色《けしき》ばんで慌てて手を引いた。そして例の鳶色《とびいろ》の切長な眸《ひとみ》で、凝乎《じっ》と私を蔑《さげす》むように凝視《みつ》めているのであった。私はドギマギして思わず顔が赤くなった。

車《カルロ》が家の前へ着くといつもは私にその時だけは手を執られて降りる妻が、私も待たずに扉《ドア》をあけてさっさと家の中へはいって行ってしまった。そして出迎えている侍僕《モーソ》や、女中《シルビエンタ》達の間を通り抜けると、ほとんど駆け出さんばかりにして階段を上って自分の室《へや》へはいってしまった。私は急いで後を追って、妻の気に障って済まなかったが決して私は猥《いや》らしい気持ちで手に触れたのではないと謝りに行ったが、ピイーンと私の眼の前に鍵音高く扉《ドア》に錠が下ろされたのを見ると、私もそれ以上戸を叩いてまで妻に逢う事は遠慮せずにはいられなかった。

スゴスゴと自分の部屋に戻って私は佗びしい気持で寝《しん》に就いてしまったが、その事あって以来妻は一層の警戒をしてほとんど私の身近くへなぞ寄り添って来る事もないのであった。

世の常の夫の如く、妻を抱擁《ほうよう》する事なぞが出来るどころか！　私はアリシアの身近く一呎《フィート》とも近づく事を遠慮しなければならなかったのであった。到底この関係は友達とか他人とかいう言葉なぞで表せるものではない！　まったく仇《かたき》同志のようなものであった。仇同志よりもまだ酷《ひど》い！　妻はほとんど獣と一緒に住んでいるような素振りと警戒とを私に向って示しているのであった。妻が決して私を愛していてくれない事は知っていても、なぜこれほどまでの烈しい嫌厭《けんえん》を私に与えるのか、その理由が私にはどうしても解《げ》せないのであった。

それならば私は結婚当初アルバラード氏から勧められたように、この結婚の失敗を後悔して何とか考え直す気でもいたかと言えば、どうしてどうして大変な違いであった！

それが恐らくは私と妻との悪因縁なのであったろうが、私は妻の態度を解せなくも思い、その仕打を物足りなくは思いつつも、日一日とこの冷たい妻に対して燃え上って来る胸いっぱいの恋情《れんじょう》をどうする事も出来ないのであった。妻が冷たくすればするほど、私の妻に対する思いはいや増しに募って、私は先々の楽しみを心に描いて撥ち切れんばかりの想像に人知れず胸を躍らせていたのであった。

これほどまでに矜持《きょうじ》の高い驕慢《きょうまん》な女《かた》が、やがて見事に私の手の中へ落ちた瞬間の事を想像すると、私の楽しみは言わん方なく大きいのであった。生甲斐というか人生の張りというか胸苦しくなって来るほどの喜びを感じていたのであった。アリシアに対するこうした私の不思議な心持こそ、実に私をして世の普通の夫ならば到底堪えられないであったろう妙な生活の中に、凝乎と隠忍《いんにん》して彼女に手も触れずに約半ヶ年を過ごさせたのであった。

ミラマール別荘

私のそうした気持は言わば打たれても踏まれてもそのたんびに凝乎《じっ》と肚《はら》の中で微笑して、やがて別の方面から彼女を征服する楽しみを人知れず醱酵《はっこう》させているようなものであったから、私は自ずと自分からその醱酵に酔い痴《し》れているような気持だったが、長篇小説『浴　室《エル・クアルト・デ・バニョ》』を書き終えた時分から、私のその気持の上にもそろそろと変化が起って来た。私は私自身の隠忍にも怺《こら》えきれなくなって来たのであった。

昼食に出ている妻と食堂で顔を合わせても、あるいは凝乎と書斎の中に坐りながら庭園を漫歩《そぞろある》きしているアリシアの姿を眺めていても、私にはそれを自分の妻だと考える精神的な思考よりも先に、アリシアのその着物の下にピチピチと盛り上っている、既に前の夫のモンテレイ氏によって充分に人生を知っている筈の若さの撥ち切れんばかりの爛熟《らんじゅく》した肉体が想像されて、軽く頭が疼《うず》いて来るぐらい官能の悩ましさに堪え切れなかった。

その頃の事であった。私はひとたび寝所《ふしど》へはいっても靴音高くアリシアが帰って来て自分の部屋へはいってピイーンと鍵を下す音を聞くと、もう神経が昂《たか》ぶって色々な妄想が起り到底寝てなぞいられるものではなかった。そうっと起き出して寝巻のまま扉《ドア》を細目に開いて眺めると、妻の帰ったのに安心して侍僕達は悉《ことごと》く自分の部屋へ引き取ってしまったのであろう。人気のない階下にはただ天井飾灯《シャンデリア》のみが煌々《こうこう》として、森閑《ひっそり》と深夜の眠りに落ちているのであった。そして広い正面階段の向う側の妻の寝室《ドルミトリオ》の灯は消えてアリシアは人の苦しみも知らずに今安らかな眠りに落ちているのであろう。いくら錠を下ろして安心していたとても私のこの力を以て体当たりをくれれば、いかに丈夫な扉もたちまち一溜りもなく破れる事は必定であった。又それをして私が闖入《ちんにゅう》して行ったからとて、夫婦であって見れば私の行為が誰から非難さるべきものでもなく、いわんや私の邸《やしき》を私が破壊する事に干渉し得るものなぞはただの一人もない事であった。一瞬むらむらと前後を忘れた兇暴な気持が起らぬものでもなかったが、私がメリメリとやったが最後たちまち何事が起ったのかと眼を醒まして一目散に階段を駆け上って来るであろう忠実な侍僕《モーソ》や女中《シルビエンタ》達の眼ばかりが一番に憚《はばか》られたのであった。私は自分の身分が向上しているばっかりに多勢の女中や侍僕達を使って世間に見栄を張っている事が、この時ほど邪魔に思った事はなかった。しばらく凝乎と彼方の寝室《ドルミトリオ》の扉を眺めていた後思わず私は吻《ほ》っと火のような吐息を洩らしながら、又腹立たしく扉を閉めてスゴスゴと寝室へ帰った。さすがにこれほどまでに人を悶えさせている情《じょう》なしのアリシアに、歯噛みをしたいぐらいの怒りが込み上げて来るのをどうする事も出来なかった。

丁度その頃は結婚祝いとしてかねて妻のために普請《ふしん》をしてやっていたミラマールの別荘が全部出来上った。ここはアリシアの望みにまかせて、すべての建築をまったく山荘式にして皮付の丸太のまま出来るだけ野趣の横溢《おういつ》したものを拵《こしら》え上げたのであった。見渡す限り椈《ぶな》と白樺の林が起伏して、楡《にれ》の大木に囲まれた丘の上の一軒家は煖炉に薪でも焚《く》べて、冬の夜長はここで静かに読書をしたりものを考えたり、夏の短夜ならば広々とした丘また丘の景色を眺めつつ、月の光りを浴びながら親しい女達《ともだち》と廻廊でトランプ遊びにでも打ち興ずるには持って来いの場所なのであった。

アリシアはいよいよ別荘が出来上って掃除もすっかり行き届いたと聞くと、珍らしく私にすぐ案内をして見せて貰いたいと言い出した。気に入れば明日の土曜日早速友達を呼んでお茶の会でも開きたいから、それにはどうしても今日中に見ておきたいと言うのであった。勿論私に厭応《いやおう》なぞありよう筈がない。もう午後の四時頃にもなって陽射しは大分西に廻っていたが、今から車を飛ばせば六時半頃までには帰って来れるつもりであったから、私は例のイスパノ・スイザを引き出して自分でハンドルを握った。

車はやがて別荘の前へ着いたがあたりは繁っている林や背後《うしろ》の小高い丘の蔭を受けて薄暗く、いかにも深山の奥ででもあるかのような幽邃《ゆうすい》さを湛えていた。その幽邃さにピッタリと調和して落付いた気分を見せている三階建の樺色《レディシエロー》の建物を前にして、妻も止まった車上から、満足そうに眺めていてくれた。

彼女は無言のままでさっさと先に立って行った。私は急いで行って鍵をあけて導き入れたが彼女は私が心を籠めて作らせた一つ一つの調度や仕上げに篤《とく》と眼を留めてくれるでもなく、埃除けのベールを少し引上げたまま高い踵《かかと》で豹の皮を踏んでさっと眺めては無言で又二階へ上って行くのであった。

まだ出来立てで留守番も付けてはなかったが今朝ほど寄越した侍僕の手で掃除は綺麗に行き届いて、階下の広間《サロン》、二階の私の居間、彼女の居間、私の寝室《ドルミトリオ》、彼女の寝室、撞球室、三階へ上って客間、客の寝室……悉く磨き立てたようにピカピカに輝いて、そこには新しく入れたばかりの家具調度、ふくふくと温かそうな寝室《カマ》が、主《ぬし》待ち顔に準備されてあった。彼女はまた二階へ降りて来て、露台への出口の欄干《てすり》に凭《もた》れながら、追々に夕靄《ゆうもや》の迫って来ている景色を恍惚《うっとり》と眺めているのであった。私は彼女に並んで佇《たたず》みながら、一緒に凝乎《じっ》と景色を眺めていたが、

「ねえ、アリシア、もうそろそろ私を愛してくれてもよさそうなものだと思うのだがねえ……随分私も君には出来るだけの事をしているつもりなのだが」一と彼女の気を兼《か》ね兼ね、怯《お》ず怯ずと切り出して見たが、彼女は素知らぬふりを装って、相変らず遠くへ眼をやっているのであった。

「私がどんなに君の事を考えているか、もう君にもわかって貰いたいと思っているのだが」一と私はそうっと彼女の手の上に自分の手を重ねて見た。途端に彼女はパッと私の手を払い除けた。

「止めて頂戴！ セザレ、そんな事を仰るためにあなたはあたしをこんな淋しいところへ連れていらしたの？」

「そ、それは違う！ そうじゃない、そうじゃない。誤解をしては困る、アリシア、君の別荘を見せるために連れて来て上げたのだ。ただ君にそんな事を頼みたくなって一寸《ちょっと》言っただけなのだから、アリシア腹を立てては困る。機嫌を直しておくれ！ 機嫌を直してくれないと私は困るのだが……」と私はハラハラして彼女に近づいて言い訳をしようとしたが、

「それならそんなお話は」と彼女は警戒するように、一歩を身を引いて「こんなところで言い出さないで家へ帰ってからにして頂戴！ あたしもう帰りますから、セザレ！」と吐き出さんばかりの調子で言った。「自動車の仕度をして頂戴！」

「しかし家へ帰れば人眼もあるし、こんな話も出来ないから、どうだろう、アリシア」と私は何としてもこの絶好の機会を失いたくなかった。

「ここで私の話を聞くだけでも聞いて貰いたいと思うのだが、それも許されないだろうかねえ？」と、もう一度私は必死の思いを籠めて彼女の眼を見上げた。しかし私を見返しているその眼は、まるで仇《かたき》にでも対しているように私を侮蔑《ぶべつ》し切って、取り付きようもないように冷たく澄んでいるのであった。

「セザレ！もう一度言いますけれど、あたしは自動車の支度をして頂戴と言っているんですのよ！」と苛ら立たしそうに踵でコッコッと床を蹴った。仕方なく頷《うなず》いて私はスゴスゴと階段を降りて玄関へ出たが、丘陵のこちらに人家もなく静寂な林の黄昏《たそがれ》の中に、ただ私達の乗って来た灰色のイスパノ・スイザだけが、人待ち顔に佇んでいるのであった。

途端に機会は今だと私の頭の中に叫ぶものがあった。こないだから怺えに怺《こら》えていた気持が、一時《いちじ》に堰《せき》を破って血管中に溢れて来るようで、私の眼の眩《くら》むような気持であった。歩を返すといきなり階段を一足飛びに駆け上って行って、さっきのまま姿も変えずに呆気に取られているアリシアに躍り蒐《かか》って、そして抱きすくめてしまった。引き摺り込むようにして、すぐ前の私の寝室《ドルミトリオ》へ抱き込むと手足をバタバタやっている彼女をそこへ抛《ほう》り出して、いきなり大急ぎで扉《ドア》にピチンと錠を下ろしてしまった。

「何をするんです！　セザレ、あなたは！　冗談は止めて戴きます！　紳士なら紳士らしくなさい！　何です、この真似は！」とアリシアは憎悪で顔を真っ蒼にしてワナワナと顫《ふる》えながら叫んでいた。

「離婚の訴訟を起こすなら起こしても構わん！　しかしその前に何としても私は一度は君の夫になるのだ！　叫ぶなら叫んでもいいし、騒ぐなら騒いでも構わん！　ここは私の家なのだ！　君は私の妻なのだ！　私は当然の権利を行わせて貰うだけなのだ！」

「獣《けだもの》！　恥を知りなさい恥を！　何です！　不具者の癖に！　成り上り者の癖に！　伊太利《イタリア》移民の子が！　汚らわしい！」

「その獣の成り上り者が君を愛する一心に二十五万ペソからの金を費わせていたのだ！」

「卑しい！　僅かばかりの金の代償をあたしの身体に払わせようとするんですね！　何という見下げ果てた！　あたしの身体を……そんな成り上りの不具者なんぞに……やって……やって堪るもんですか！　セザレ！　お退《ど》きなさい、恥を知ったら、さあ早くお退きなさい！」唇を嚙みながら口惜しそうに私を睨《ね》め付けた。

模糊《もこ》たる暗《やみ》の色は次第にあたりに押し寄せて、夜はもう山荘を包もうとしていた。

色情の鬼

帽子もかぶらずに風に靡《なび》いているキラキラする金髪を、今射し上って来た朝暾《ちょうとん》に輝やかせながら丘の此方《こなた》を木立の間を林の向うを一心に車を飛ばせているアリシアの姿を見ると、思わず私は会心の笑みが唇に上って来るのを禁じ得なかった。射し上って来る朝暾に向って躍り上って万歳《ヴィヴァ》を叫びながら、腹を抱えて哄笑したい様な言い知れぬ愉快さを覚えて来た。生まれて四十六年の生涯に於いて、始めて私は肩を張り胸を怒らせ満面に朗らかな笑いを湛えて、世の中を人並に闊歩《かっぽ》出来るような気持を覚えた。私の歩を運ぶ街道の両側の草は朝露にしとどに濡れて、シットリと心持よい湿りを帯びて私の踏む一足一足に柔らかい感触を与えてくれた。私は名を成して文壇に乗り出して知名な人々と交際する様になって以来、未だかつて感じた事もない朗らかな、作家になれようなぞとは夢想だにもした事のない、まだ父母の家庭にあって乾草《ほしくさ》を積んだ荷馬車の尻に鞭を振っていた頃の、あの朗らかさを感じて口笛を吹き石礫《いしころ》を蹴飛ばし道野辺の小枝を折って打ち振り打ち振り、伊太利《イタリア》の極めて卑俗な民謡を唄いつつ歩を運ばせていたのであった。

　そして私が途中で牛乳車を拾い更に荷馬車を拾いタクシーを拾って、極めて愉快に家へ帰って来て「奥さんはどうしている」と聞いて見たら「今朝ほど早くお帰りになりましてお部屋におはいりになったきり、まだ一度もお出ましにはなりません」という返事であった。

　その日も暮れその翌る日も暮れたが、その間妻はただの一度も部屋から出ず遅い朝飯《あさはん》も昼食も夜食も、三度三度の食事は悉《ことごと》く部屋へ搬《はこ》ばせて摂《と》っているらしいのであった。私はその中《うち》に妻は私の家を出て、今は倹《つま》しく郊外に暮している非職陸軍将官のその実家へ戻るか、さもなければもう一つ私が以前から持っている小さなビニエード別荘の方へでも移って行って、私へ離婚請求の弁護士を向けて来るかと内々心の中で待ち設けていたが、別段弁護士の来る様子もなければ、第一妻が私の邸《やしき》を出て行った気配すらないのであった。

その内偶然私は夜応接室から書斎へ戻る廊下で、夜会から帰って来たばかりの真っ白な毛皮の外套に包《くる》まった妻にバッタリと出《で》っ逢《くわ》したが、妻は敵意を含んだ冷たい怒りの眼で私をグッと睨んだまま、傲然《ごうぜん》と自分の部屋へはいって行った。アリシアは考え直してくれたのだろうかと一瞬間私は小首を捻《ひね》ったが、ふと思い当って大急ぎで書棚を探して、民法離婚法を調べて見たところ、なるほどそこには明らかに離婚に伴う財産分与と終身扶助料の訴えを夫に向って起し得る者は、一年以上夫と同棲した妻でなければその資格のない事が規定してあった。但し夫より離婚を要求する場合は、妻は直ちに財産分与その他の請求をなし得るという但書の挿入が、今日までの不可解な結婚以来の彼女の振舞いを、始めて私になるほどこれだなという事を、とっくりと得心させてくれたのであった。

アリシアは私と同棲してからまだやっと七ヶ月にしかならなかった。従って自分の方から請求を持ち出すためには資格が付くまで、まだ五ヶ月間は幾ら腹が立っても口惜しくても、私と一緒に暮さなければならなかった。私には妻が結婚の相手に私を選びそして結婚までしながら不思議な誓いを私に守らせようとしていた心の裡《うち》が始めて残るところなく合点が行った。

しかし勿論アリシアがどういう気持を持っていようとも彼女は私の愛し切っている女なのであった。アリシアが私の言う事さえ肯《き》いてくれるならば、財産全部では困るけれど半分ぐらいならば面倒な事はせずとも、いつでもくれてやるつもりでいたのであった。今の私にとっての喜びは、金でもなければ名誉でもなく、ただ彼女が私と一緒にいてくれる事だけなのであった。

それが彼女があの烈しい憤りと罵《ののし》りとを私に浴びせたればこそ、私も覚悟して彼女が出て行くものと考えていたのであったが、たとえ出て行くにしてもまだもう五ヶ月ばかりはいてくれるなという予想が付くと、私はそこに何とも言えぬ喜びと安心と言ったものを感ぜずにはいられなかった。それと同時に今ではもう彼女の心を得ようという及びも付かぬ望みなぞは微塵もなかったが、ただ忘れられない悩ましさは一度味わったあの禁断の木の実であった。なまじっか一度触れただけに……そして彼女が私を嫌い抜いて許すまい許すまいとして極度の警戒をしているだけに、余計私の心を掻《か》き挘《むし》って来るのはあの時のあの思い出であった。私の煩悩《ぼんのう》はいや増しに募ってこの頃では再び又、居ても立ってもいられない悩ましさを感じ始めて来た。

この頃では私は昔聞いた色々な話のうちで、アリシアに用いて効験のありそうだと思う事は、悉く秘密の裡にこれを試そうという気持になっていた。気持になっていたばかりではない！　実際にそれを行っていたのであった。自分のしている事がいかに常軌を逸した事かという事は充分承知しつつも、色情の鬼になっていた私には、それをやらずにはどうしても済ませられないのであった。

こういう私にとって頗《すこぶ》る耳寄りな事を聞いたのは、友人のアバルカ・レオポルド氏がわざわざ私を訪ねて来て、この頃読心催眠術というものを拡めるために印度《インド》から来て、今ブエノスアイレス市に於てこの頃上流社会人士の間に頻《しき》りに評判の高いハジ・アブダラ・ラーハマン博士を招じて、近日中に催眠術の集まりを開きたいと思うが是非出席して貰えまいかという勧誘を受けた事であった。

博士は三ヶ月ばかり前からブエノスアイレス市に来てオテル・パラシオに居を構えて、その修得したと称する読心催眠術というのを頻りに拡めているのであったが、奇を好む上流社会の紳士や夫人の間には、もう大分の信者が出来ているらしいのであった。博士をその家庭に招いて秘術を見せて貰ったり、あるいはその講義を聴いたりして、博士の評判は既に二ヶ月ばかり以前からあちらこちらで私も耳にしていたのであった。

ふだんであったならば勿論私は一笑に附するところであったろうが、今や私は東洋の神秘の探索に盲目的な狂奔をしているところであった。溺れた私の心は博士の名を思い出した途端、怪しく躍ったのであった。読心催眠術や博士という肩書なぞはともかくとして、博士が印度から来ている人であるという事に多大の心が惹《ひ》かれたのであった。

と言うのは印度という国は古来まことに不思議な国であって、仏陀《ブダー》の如き哲理を含んだ神聖な大宗教が創められている一方には、性愛技巧の方面には非常な発達を来し、あらゆる性愛を楽しむ方法は印度に於て最も秘奥《ひおう》の極致に達し、その結晶が私はまだ読んだ事はなかったが、「カアマスウトラ」という大部な驚くべき精密な性の経典となっているという事を耳にしていた。従ってもしラーハマン博士にでも逢って聞いて見たならは、催眠術《メスメリズム》の方面に於ては助けを藉《か》りるところがなくても、あるいは一臂《び》の力を添えて貰うべき何物かがこの東洋神秘の国にはあるのではなかろうかという気がして来たからであった。

殊に都合のよかった事は私にラーハマン博士の話をしてくれた友達のレオポルド氏の話によれば、アリシアが最も親しくしている亜爾然丁《アルヘンティーナ》随一の舞姫で「亜爾然丁の唇《ラビイオス・パラ・アルヘンティーナ》」という愛称で民衆から親しまれているマリア・コントレラス嬢のところでも、既に二回もラーハマン博士の読心催眠術の集りをしているという事であった。これは私にとっては願ってもない好都合であった。というのはもしラーハマン博士に適当な名案の持合せがあったとしても、何らの伝手のない人物ではアリシアに引合せる事が私としては非常な困難だからであった。がコントレラス嬢の手を通しさえすれば、一も二もなくアリシアがラーハマン博士を受け容れる事は必定であった。博士がコントレラス嬢と知り合いであるという事が、一層博士に逢って見ようという気持を燃え上らしめた。

レオポルド氏は、自分の勧めた人物に私が興味を持ったという事が嬉しかったのであろう。私の面前で、早速ホテルへ電話をかけて博士との面会時間を打合せてくれた。博士は幸いに在室していて、丁度今日の午後には手が空《す》いているから何ならこちらからお伺いしてもいいという事であったが、妻に逢って貰う前に私の書斎で会談したという事なぞがもしアリシアの耳にでもはいったら、私の計画はたちまち画餅《がべい》に帰する事であったからこちらから博士を訪問する事にして一先ず電話を切っておいた。

そういうわけで私はその日の午後、モレノ街のオテル・パラシオへ博士を訪ねて行く事になったのであったが、博士の応接室というのが又頗る異国風《エキゾティック》を極めたものであった。鈍重な濃い鼠色をした高価なトルコマン絨毯が部屋一杯に敷き詰められて、天井から床に垂れ下った厚いカシミール縫いの戸帷は、強い日光を遮って部屋全体に思索的な静けさを漂わせ、その戸帷の蔭からは得も言われぬ香りのする薫香が揺ら揺らと立ち昇っていた。そして博士はなかなか現れては来ず、その間に従者と思われる若い印度人が、支那風の蓋付きの茶碗に入れた香りの高い緑茶を二度三度入れ換えて引下って行った。息せき切って飛び込んで来た西洋人も、ここでこうして博士との対面を待っている間に、知らず識らずの裡に幽玄な東洋風の雰囲気の中へ引き込まれそうな感じのする部屋であった。

　やがて博士はようやくの事で奥の戸帷を引いて現れたが、これが又この部屋の主人公に似つかわしく、周囲の瞑想的な調度にピッタリと適合したいかにも学徳高い印度の博士に相応《ふさわ》しい物静かな人物であった。その挙措振舞《ものごしふるまい》は優雅とか典雅とかいう事を通り越して、むしろすべてが古代のアラビアンナイトの中からでも抜け出して来たかのような、夢幻的な静物画のような印象を私に与えた。

ただ最新型のモーニングを着けて厚い頭布《ターバン》を巻いた、学者に似げない逞《たくま》しい身体や太い高らかな鼻柱の両脇から、時々刺すような光りを放つ双《そう》の鋭い眼だけが、博士と私との間に一抹の近代的の交渉を持つもののように感ぜられた。博士は凝乎と腕組みをして眼を閉じながら、薄褐色の顔を身じろぎもさせず私の話に耳を傾けていた。

「しかし、ドン・ダミアニ！　私にどうぞ敬称《ドン》を付ける事をお許し下さい」と博士は閉じていた眼《まなこ》を半眼《はんがん》に見開いて静かに一揖《いちゆう》した。「お話はようく了解しました。しかし私は、ここへ私の助力をお求めにお出でになりました方の一番最初のお話は、一応ただ承っておくだけの事にいたしております。読心催眠術はそれほど安価な奇術の類ではありません。私を信じて悉く打ち明け下さって、偽りも飾りもなく助力をお求めになる方にのみ、私も施術をいたす事に決めております。ドン・ダミアニ、もう一度最初からお話しをお繰り返しになる必要はございませんでしょうか？」

「しかし博士……今まで私の申上げた事には決して偽りはないのですが」と私は額の汗を拭いた。

「わかっております。恐らく偽りはありますまい」と博士は聖者のように頷いた。

「しかし私の見るところを以ってすれば失礼ながら大分に虚飾が含まれているように思わ

れるのです。もっと子供の心に返って赤子《あかご》の真実にお立ち戻りになってのお話がないかぎり、何とも私にはいたしようがありません」と博士は静かに手を拍《う》って再び熱い茶を呼んだ。博士の佛蘭西《フランス》語は上品とは思われなかったが、非常に流暢なものであった。佛蘭西語を交際語としているブエノスアイレスの上流社会に於てもこれほど流暢な仏蘭西語を使う人もそうザラにあるまいと思われるほどであった。私は沈吟《ちんぎん》しながら、どこで博士がこの見事な佛蘭西語を習得したかを聞いて見た。

「ソルボンヌ大学で心理学を修めました。そして長らく印度のベナレス大学で講座を持っておりましたのです」と博士は無造作に答えた。そして私に真実を語るように促すかの如くも一度腕組みをして眼を閉じた。髭《ひげ》の尖端《さき》が仏蘭西風にピンと頬に跳ねて、いかにも深遠なる学理の研鑽に心を砕いて来た人の尊さを思わせた。殊に博士がソルボンヌを卒業しているという事が、私をして一層博士に対する信頼の念を強めさせたのであった。

「しかし博士……これは私の一身上の重大な問題になっております。法律上の懸念は少しもありませんが私は紳士としてはあるまじき行いを妻に致しております。その時にはそれをせずにもいられなかったのですが……博士、私のこの秘密は絶対に御他言下さらぬようお約束を願えましょうか？」

「私の申上げる事は嬰児《みどりご》の真実にお立ち返りなさいという事です。赤子《あかご》の世界には罪もなければ虚飾もありません！」と博士の眼は刺すように光りを放った。

「私が秘密の守れないような人間であったならば、私はこれほど世界各国上流家庭からの信任は得られなかったでしょう。現にもし私の口が軽ければ、今頃は御当国ブエノスアイレスの上層階級にも時ならぬ嵐が捲き起っているはずです」と博士は厳《おごそ》かに言った。

私は知らず識らずのうちに博士に威圧されて来た。そしてそれと同時にこの博士だけが私の苦しみの中から私を救い出してくれるような、言い知れぬ力強さと信頼さが感じられて、私の苦しみの中へ黎明の光が射し添えられて来たように感じたのであった。

「博士お話し申し上げましょう。全部赤裸々にお話しをいたしますから、どうか私をこの苦しみの中から救って戴きたい。金も名誉も何も要らん。私はただ妻の愛だけが欲しいのです。それが私の今のすべてなのです、お聞き下さい、博士」これが所謂《いわゆる》博士の赤子の心なのであろう。私は博士の前に、今こそ私の苦しみを洗いざらいぶち撒けて、助力を請いたい一心であった。

そして私が一伍一什《いちぶしじゅう》を赤子のような気持で訴えている間中、博士は又眼をつぶって腕組みしながら時々「真実をお語りなさい……真実のみを」と、ともすれば恥らいのために扮《ふん》飾《しょく》しよう扮飾しようとする私の話の楫《かじ》を取ってくれた。洗いざらい述べ終った時には、さすがに私は吻《ほ》っとして又冷汗を拭《ぬぐ》った。

「暴力をお用いになった事だけは、何としてもあなたの御失敗でした。たとえ夫婦の間と言えどもこういう問題に暴力は絶対に排撃すべきものです」と博士は微笑一つ泛《うか》べず穏やかにそう言った。

「それでは奥様のお心に芽生えようとする愛の胚芽を、あなた御自身で摘み取っておしまいになるようなものではありませんか」

私は赤面して黙って頷いた。

「が、しかしもういかほど過ぎてしまった事を御注意申上げて見たところで致し方ありませんから、宜しい！　とも角お引受けする事にいたしましょう」と博士は厳かに引受けてくれた。「これはまったくの心理現象——私の専門とする心理上の領域の問題です。六、七回の施術で必らず奥様のお心はあなたに向います。御心配はありません！　あなたの真実があなたを救うのです。私はただあなたに代って、あなたの真実を暗示によって奥様にお知らせするに過ぎません」

「博士、妻に御施術下さるとしても今申上げたようなわけで、私から妻にこれを勧めるという事は絶対に出来ないのですが……その点をいかにしたら宜しいものでしょうか？　何かお考えでもありませんでしょうか？」と私は当惑して博士の顔を仰ぎ見た。

「お気遣いなさいますな、赤子の如くそれもすべて私にお任せになって安心してお帰りなさい！」と博士は魂の父親の如く、私の肩を静かに叩いた。

「お話によれば、マリア・コントレラス嬢とは御懇意だという事ですから、あなたのお名前は絶対に出さずに、コントレラス嬢からでも御紹介をして戴く事にしましょう。……

意志あるところには道通ず《マス・アセ・エル・ケ・キエレ・ケ・エル・ケ・プエデ》……これはドン・ダミアニ！　あなたのお国の言葉ではありませんか！」と、博士は穏やかに微笑んだ。そして施術に困難はないが、しかしただ奥様には施術期間中は絶対の自由をお上げにならなければいけぬ。絶対の自由のあるところに奥様の魂の飛揚があり、この魂の飛揚の時が最も暗示が適確に効く時なのであるから、早く施術の成功を望むならば、何を措《お》いてもこの期間中は奥様に絶対の自由をお上げになっておくべきことである。この期間内の夫の嫉妬や干渉ほど施術の成功を妨げるものはない。それがすぐ患者の心に作用して暗い翳が射して来て、暗示を掛けるのにこれほど困難を感ずる事はない、という風な事を例を挙げて私に諄々《じゅんじゅん》と訓した。

　勿論私はこれにも何の異議もなかった。一切を博士に任せて、ただ良好な結果だけを待とうという事を誓ったのであった。最後に私は一体幾らぐらいの報酬を差上げたらよかろうという事を尋ねて見た。私はこの救いの神のためには、結果さえよければ、出来るだけの事をして酬《むく》いようと考えていたのであった。

「左様！」と博士はまじまじと私の顔を眺めながら凝乎《じっ》と考えていた。

「この仕事は仕事その物はさして難事であるとは言えませんが、しかし多少時間を取りますから……」と考え考え「では二千ペソのお約束でお引受けいたしましょうか？　勿論成功報酬で宜しいのです。宜しければそういうお約束をして戴きましょう。施術期間は二週間の間。報酬は施術の成功をあなたが御確認になった後三日間の内にお支払下さるというお約束にして戴きましょうか？」という返事であった。

何ぼ何でも二千ペソの報酬とは桁外れに高価なものであった。が、しかし今の場合私には銭金《ぜにかね》は問題ではなかった。それに博士の方でも相当な精神力を使わねばならぬ事であろうし……結局私はそれも博士の申出の通り承諾をした。

やがて私は博士と別れてオテルを出た。博士は二週間以内にという約束を立ててくれたが、私にはその二週さえも今から待ち遠しくて堪らないような気持がした。そして不思議な東方の神秘な国から来た博士に逢った喜びを心一杯に感じながら、晴れ渡ったモレノ街の蒼空を仰いだのであった。

終局《キャタストロフィ》

勿論私はラーハマン博士の申出によって施術の奏功結果を見るまでは、一切アリシアのする行為には干渉しない事になっていたが、こんな約束なぞは私にとってはしてもしなくても同じようなものであった。どうせこんな申出がなくても、私は妻に対しては全く無能力者も同然の立場であったから、干渉せよと言われても出来ようはずがなかった。私はただ早く博士の約束した二週間が経って、施術の結果が判るのを一日千秋の思いで待ち焦れていた。従ってこの間ラーハマン博士がどこでアリシアに術を施しているのか、又いかなる程度にまでそれがを功を奏しつつあったかについては、何らの知るところもなかった。私の知っていたのは、僅かにただ、いつもは十一時十二時になってやっと朝飯を呼ぶ妻が、この頃は珍らしく十時頃にはもう化粧を済ませて外出して行って、夜食も外で済ませて夜十二時一時頃になってやっと帰って来るらしいという事ばかりであった。

そうしてかれこれあれから十日ばかりも経った頃であったろうか。果して博士はいずこかに於て催眠術《メスメリズム》による暗示を施しつつあったと見えて、その奏功は神の如く適確にアリシアの上に現れて、私をしたたかに驚嘆させたのであった。

丁度朝の十一時頃、私の談話を取りに訪問して来た、雑誌《レビスタ》『大西洋《アトランティコ》』の主筆《エディトール》を私が玄関口へ送り出して部屋へ戻って来た時であった。今階段を上り切ろうとした途端に、自室から外出の支度をして出て来たアリシアとバッタリ顔を合せてしまった。どうせ彼女から冷やかな視線を送られるぐらいが関の山であったから、私はそのまま自分の部屋へはいろうとした途端驚くべし！

「セザレ！」と妻は私に声を掛けて、吃驚《びっくり》して振り向いた私の前に窈窕《ようちょう》と花の咲いたように莞爾《にっこり》と笑った顔を近付けて来た。

「毎日出掛けていて御免なさいねセザレ……あたし何だかあんまり今まで我がままばかりしていて、夢の醒めたような気持ですわ」と幾分の媚《こび》を湛えて私に寄り添うて来た。あまりの驚きに私の方で頓《とみ》には口もきく事が出来なかった。

「でも……今夜は十時半頃には戻って来ますわね。そしたらセザレ……」と彼女は幾分の羞《は》じらいを含んで、小さな声で、

「そしたらあたしの部屋へいらっしゃらない事？」

「おおアリシア！」と私は躍り上らんばかりの気持で夢中で妻の手を執った。

「シ！　声が高いわよ！」とアリシアは笑いながら眼で私を窘《たしな》めた。

「アリシア私は……酷《ひど》く後悔をしているのだ！　一度君にしみじみと詫びたいと思って心を苦しめているのだ」

「いいえ……いいのいいの……いいのよ、もうそんな済んでしまった事はお互い言いっこなしにしましょうよ。ね」と彼女は急いで私の言葉を遮った。

「でもほんとうに親切だというのは、ああいう博士みたいな人の事ですわ。あなたはあたしに内証でとお頼みになったんだそうですけれど、それでは夫婦の仲が悪くなってはいけないからと博士は正直にあたしにみんな話して聞かせて下さったのよ」と微笑みながら私を振り仰いだ。

「アリシア！　私はもう幸福で幸福で胸が撥ち切れそうなのだ。何と言って君にお礼を言ったらいいか……」

「ではあとで又ね」と妻は嫣然《にっこり》してそのまま階段を降りて行ってしまったが、侍僕達の佇《ちょ》立《りつ》した玄関口を出る時に、又片手を挙げて私の方を振り仰いだ。

私はもう仕合せで仕合せで、何としてこの気持を言い現したらいいか！　手を挙げてアリシアに答える事さえも忘れて、そのまま凝乎《じっ》と欄干《てすり》に凭《もた》れながら彼女の出て行ってしまったあとの玄関を茫然《ぼんやり》と眺めていたのであった。しばらくは自分が何を考えているかにも気がつかないくらいであった。やっと気が付いて私は部屋へ戻ったが、戻っても閉めた扉《ドア》の背に凭れて「有難い有難い！」と両手を擦り合せながら、その姿勢を崩す事も忘れていた。世界中の喜びが一時《いっとき》に私の前へ押し寄せて来て、歓喜の歌を歌っているような雀躍《こおどり》せんばかりの気持であった。

勿論私は何を措《お》いても、まず第一にラーハマン博士の許《もと》へ心を籠めた礼状を出すのを忘れなかった。そしてお約束の報酬も三日間とも云わず、いつでも差上げるが御親切なお計いによって妻も既に一切を知って気持よく諒解していることだから、御都合の時是非一度御来車を願いたいと言い添えてやった。飽くまでも約束を守った博士が、頭布《ターバン》の姿を私の邸《やしき》へ現したのはやはりそれから三日ばかり経っての後であった。

「おお博士！　私はあなたに何と言ってお礼を申上げていいか！　実はその言葉も見出せないのに苦しんでいるところなのです。さあどうぞお掛け下さい。……小切手も用意しておきました。何はともあれまずこれはお納め置きを願います」と私は下にも措かぬ接待《もてなし》をした。

「いやいや！　そういう御叮重な御挨拶では却って痛み入ります。ただ御家庭の御円満に、私の学び得たものが幾分でもお役に立てば私としてもこれ以上の満足はありません！」と博士の挨拶は謙遜を極めたものであった。

あれ以来アリシアも不思議なほど機嫌のいい顔を私に見せていたし、殊に今日はまだどこへも出掛けないでいるらしかったから都合を聞きにやって見ると、もうすぐ入浴を終るから御一緒に食事でもという返事であった。

私はますます満足して有り合せの煙草なぞを勧めながら、私の書いた物の話、博士の珍らしい印度の話などに談笑しつつ、庭を案内して見せた後、丁度そこへ姿を現したアリシアと共に、博士を食堂へ案内した。そして出来得る限りの饗応をして私の感謝の一端を表した。

その席上、博士はもう四、五回も暗示をして差上げれば、奥様のお気持もすっかり晴れやかになって完全な状態におなりになると思うが、どうも催眠中被施術者の精神状態が乱されないで済むような静かな適当な場所がないには実に困っているという話であったから、私はもしお差支えなければ、私の例のミラマールの別荘は至極閑静なところだから、御遠慮なくどうかお使いを願いたいと申出ておいた。では御好意に甘えて一つそちらの方を拝借いたしましょうかというような事で、博士も至極満足そうに見えた。

こんな事で、主客歓を尽くして心持よく再会を約してその日は別れたのであったが、妻は翌る日からはミラマールの別荘の方で博士の治療を受けていたのであろう。その後も私には出逢うたびに薄紙を剝がすように一日一日眼に見えて気持がよくなって来ると、言い言いしていた。

丁度それから二、三日ばかりの後に、アリシアは相変らず治療に出掛けていたが、私は気持が爽やかなのにまかせて書き物をしていると、そこへ偶然にも、出版商のアルバラード氏が私の近作出版の事で訪ねて来た。用事を済ませたあとでしばらく世間話なぞをしながら、私がペンを動かしている横で、アルバラード氏は新聞を読んだり珈琲《コーヒー》を飲んだりしていたが、ふと思い出したように、

「そうそうダミアニ君！　面白い知らせ《ニュース》と言えば例のマリア・コントレラスがねえ、君」

と何気なく言い出した。「婚約不履行貞操蹂躙《じゅうりん》詐欺とかのえらい訴えを起してねえ。印度人の妙な奴を訴えたそうだよ。物凄い色魔《しきま》の何とかいう印度人だったが！」

途端に、思わず私は珈琲茶碗を取り落とした。

「ハジ・アブダラ・ラーハマン博士とは言わなかったか？」

「そうそう！　そんなような名前だった！　大詐欺師の癖にソルボンヌ大学を卒業したとかいう肩書で……催眠術を受けに来る女を片っ端から毒牙に掛けていたそうだ……騙《だま》される奴も騙される奴だが……」

「しかし催眠術師はほんとうだったんだろうが？」

「何が催眠術か！　女ばかり蕩《たら》して金を搾り取る事専門の奴だったそうだ。おや、どうか

したか？　ダミアニ君！　気分でも悪くなったか？」

「失敗《しま》った！」と思わず私は呟いて頭を抱えて突っ伏した。こないだからのアリシアの態度がハッキリと私には飲み込めた。自分ながら身体中がガタガタと震え出して顔から颯《さっ》と血の引いて行くのが、ハッキリと眼に見えるようであった。

「どうしたのだ？　ダミアニ君！　誰か呼ぶか？　医者でも呼ばせようか？」とアルバラード氏は立ち上って来て、突っ伏している私の上に屈み込んだ。

「誰も呼ばなくてもいい、アルバラード君！　大丈夫だ！　済まないが水を一杯取ってくれたまえ！」私は立ち上った。しかしもう私の決心は瞬間に付いていたのであった。

「酷く顔色が悪いが……大丈夫かね？」とまだ心配そうにアルバラード氏は私と一緒に付いて歩き出した。

「もう大丈夫だ……今一寸《ちょっと》気分が悪かったが、こういう事はよくある……有難う、もう大丈夫だ」と私は残りの水を飲み干して又そこに掛けた。「ところでアルバラード君、甚だ済まないが、私は一寸急用を思い出した。まことに済まん事だが……これで今日は私をしばらく一人にして置いて貰えんかね？」

「いいとも、失礼しよう！……だが本当に誰も呼んどかなくてもいいのかね？」とアルバラード氏は立ち上りながら聞いた。

「呼ばなくてもいい……もう直ったのだ」と私は俯向《うつむ》きながら答えた。口をきくのも億劫《おっくう》であった。

やがて玄関口に自動車の動き出した音を耳にすると同時に私も立ち上った。姿見に顔を映して見たが、平静とも言えなかったが、もう心を決めたせいか、さっきほどの苦しみも感じられなかった。が、足だけはまだ幾分顫《ふる》えて、心の騒ぎを現しているように思われた。私はいつも部屋の飾りにしていたヒヴァロス土人の使ったとかいう鋭利な短刀を壁から外して腰に佩《お》びると、机の抽斗から護身用のアストラ小型八連発を取り出して装塡を調べて見た。曇り日の薄い陽射しを受けて鈍い光を放っている黒色の鋼《はがね》も、別段私に何の感慨をも起させはしなかった。ただ行き着くところがやって来たという感じだけが、強く心の中に脈打っていただけであった。

私は拳銃《ピストル》をポケットへ突っ込むと外套《ソーブレトード》を纏《まと》って、そのまま裏手車庫へ出て行って見た。そこでは運転手《チョフェル》のトマスが、今朝ほどアリシアの乗って行ったイスパノ・スイザをせっせと水洗いしていた。

「トマス」と私は微笑みながら声を掛けた。「そう車を洗ってしまったのでは、ミラマールへ奥さんを迎えに行くまでには乾かんだろうが？」

「でも夕方の六時頃までには大丈夫でございます旦那様！」とトマスは珍しい私の姿を見て、襤褸布《ぼろきれ》を握ったまま突っ立ち上った。

「そうか！」と私は又微笑んだ。六時だな……六時頃まであすこにいるつもりだな、と私は心の中《うち》で繰り返して見た。

「トマス！　今日はアルバラードさん達とあすこで会食をする事になっているが、帰りは又よそへ廻るから今日は迎えに来んでも宜しい。明朝《みようあさ》十時に来て貰いたい」

「畏《かし》こまりました」とトマスは身を屈めたが「旦那様お出掛けでございましたらお車のお支度を」と慌てて声を掛けた。

「それも宜しい！　今日はアルバラードさんの車で一緒に行く事になっているのだ」と私は背後《うしろ》も向かずに答えたまま、玄関の方へ廻って行った。そして伊太利《イタリア》移民の子の傴僂が神様の何かの目論見違いで金を握って作り上げた相応しからぬ大きな邸を一渡り眺め廻した後、何の感慨もなく賑やかな表通りのレコンキスタ街へ歩みを移したのであった。

　私が市中で拾ったタクシイをミラマール別荘の二、三町もこちらで乗り棄てて別荘へ近づいた時は、既に四時を幾らか廻っていた。別荘はその主人が静かに跫音を忍ばせて林伝いに姿を隠しつつ近付いて来るとも知らぬ気《げ》に、相変らず、人気のない丘の上に森閑《ひっそり》とそそり立っていた。

　椈《ぶな》の林を抜けると私は家の横手へ出て守宮《やもり》のように壁に身をくっ付けつつ、そうっと玄関の把手《とって》を動かして見た。案の定錠が降りていた。窓からそっと覗いて見て階下に誰もいないのを見定めると、今度は窓へ手を掛けて持ち上げて見た。鍵が掛かっていなかったからここは苦もなく開いた。私は泥棒のようにそこから忍び込んでおいて、始めて外套と靴とを脱ぎ棄てた。そして拳銃の安全装置を外して引金に手を掛けつつ、階下から始めて二階、二階を覗き終って三階へと爪先を立って跫音を忍ばせつつ次第々々に調べ上げて行ったが、丁度三階の客間の中ほどまで来たところで私は突然歩を止めた。

　中から声を潜めたラーハマン博士の囁《ささや》きと共に、さも楽しそうなアリシアの声が私の耳をうって来るのであった。廊下に面した窓をそうっと持ち上げて見ると、これにも鍵は掛かっていなかった。まさかに私が耳を澄ませ跫音を忍ばせつつここに立ってこうして聞いているとは夢にも気が付かなかったのであろう。楽しげな男女の囁きは戸帷《コルティーナ》の中から洩れているのであった。そして窓のすぐ内側には小卓《メサ》の上に二人の飲み荒したらしい酒瓶やコップなぞが乱雑に載っているのがここからも覗かれた。気を配り配りスウーッと窓を持ち上げた。ピチンと止め金の掛かったところでパッと身を躍らせてへ中へ飛び込むと同時に、足を挙げて小卓を蹴倒した。

　グワラグワラドタン！　という物凄い音と共に、キャッと魂消《たまぎ》えた女の悲鳴と男の鋭い誰何《すいか》とが同時に起って、私の狙いを付けている拳銃《ピストル》の前には、飛び出して来た襯衣《シャツ》一枚のアブダラ・ラーハマン博士が、たちまち両手を挙げながら真蒼になって震え上っているのであった。

「ハハハハハ印度のお方！」と私は銃口の狙いをその心臓部へ付けながら恭《うやうや》しく一揖《いちゆう》に

及んだ。「結構な暗示はもう妻に施して戴きましたかな？」途端に息を忍んでいたらしい甲高いアリシアの叫びが、けたたましく戸帷の中から起った。

「アブダラ！　アブダラ！　その恥知らずの不具者をやっつけて頂戴！　アブダラ！　早く早く、そいつを抓《つま》み出して！」

その瞬間に今まで手を挙げていたラーハマン博士が、突然凄まじい表情で躍り蒐《かか》ろうとしたが、パンパンパーンと続けざまに私の白煙を浴びると同時に、水泳の飛び込みの恰好そのままで、前のめりにドタッと床に倒れ伏した。

私は煙を吐き終った拳銃をポケットへ納めて、今度は短刀を抜いてアリシアに近付いて行った。

「さあ、アリシア！　怖がらなくてもいいのだよ！　私はお前を殺しはしない！　ただお前がどんな暗示を受けたのだか、それを明日の朝まで——トマスが来るまでとっくりとこの屍体で実演をして貰いたいのだよ！」

告白書後文

以上私の告白を法廷に差出す。これ以上触れるべき何もなければ、描くべき一画《いっかく》もない。罪ももちろん回避せぬ。妻の屍体に全身三十六ヶ所の擦過突き傷のあるのは正にその夜私のした事に相違ない。私が必要以上の虐殺をアリシアに加えた事も検事の論告の通りである。明白に確認する。私はただ嬲《なぶ》り殺しにしたかったから嬲り殺しにしたに過ぎぬ。

私の遺産全部は最後まで私に親愛なりし友人アルバラード氏に悉《ことごと》くお与え願いたい。

そしてここに一つだけお願いがある。死刑執行後の私の屍体はどうぞ妻のアリシアと一緒に埋ずめて戴きたい。墓も別々にせず、一基の墓標の下に仲睦まじく眠らせて戴きたい。

愛と憎しみとの相剋を私は生まれ変り生き変り妻のアリシアと味い尽して行きたいのだ。

その外に何の望みもない。最も私の性《しょう》に合ったアリシアという女をこの世で見出した以上、もうあの女との相剋なしには、セザレ・ダミアニは死んでも眼がつぶり切れぬのだ。

聖《セント》コルソ島復讐奇譚

一

ちょうどその日は土曜日《サバト》の朝の三時間目、ヨネス・ヘルマノス教授の火山地質学の講義の時であったと覚えている。黒板一杯に書き散らされた教授の乱雑な筆蹟を追うて、私達学生がしきりにノートの手を動かしている時であった。白髪の老教授は講義も一頻《ひとしき》り済むと、いつものように身体《からだ》を大儀そうに一段一段と高くなっている教室内を順次に廻って来て、各学生の質疑に答えていられたが、やがてしだいしだいに登り詰めて、黒板を真下に俯瞰する最後列の私の席の横手あたりへ来て佇《たたず》まれた。しきりに筆記《ノタ》を取っている私と眼が合うと、何か物問いたげに凝乎《じっ》と私の顔を見ていられたが、手を動かしている私のノートの上に、右側の明放した窓を通して、ギラギラと熱帯の光線が眩しく射し込んでいるのを見ると、手を延して窓掛《コルティナ》を降そうとしてくれた。が、そのはずみに緑の大学の庭園の向うに燦《きらめ》かしい漣《さざなみ》を立てているマラカイボの湖の面《おもて》が眼に映ったのであろう。降しかけた窓掛の手を留めて、凝乎とそのほうを見惚《みと》れていられるのであった。

「先生はやっぱりマリオのことが忘れられないんだな！」

とそう思いながら、私は手を動かすほうが忙しかったために、教授の姿を感じながらもまた黒板を眺め眺めノートをとっていた。

もうこの時間が済むと、これで明日の日曜を控えて今日の講義は全部おしまいになるのであったから、学生たちもほとんど上の空であった。明日の楽しい日曜の予定を考えたり、あるいは女の友達と、これから大学南庭の艇庫から端艇《ヤテ》を漕ぎ出して、午後《ひる》から一杯楽しむ愉快さでも考えていたのであろう。朝からポサダ教授、カミロ教授、そして今またヘルマノス教授と立続けに難解な講義ばかりを聞かされて、学生たちは頭が疲れてもう誰一人質問するものもいなかった。そしてノートをとり終わった学生の中には、もうポツポツと帰って行くものもあったが、教授はそれにも気がつかぬように白く光った湖の上に眼を注いでいられた。そして、私もやがてノートをとり終わって帰り仕度をはじめていると、ようやく我に返ったように教授はこちらを振り返り向かれたが、私はその瞬間教授は湖を眺めて泣いていられたのではないかと思った。そのくらい教授の眼は、いつもの厳格さを離れて、なんともいえず侘《わび》しそうに瞬いていられたのであった。

「もう帰るかな？」と教授は訊かれた。

「ええ」と私がもじもじしていると、言悪《いいにく》そうに教授は私の顔を眺めていられたが、

「君のところへは何か彼《あれ》から消息《たより》があったかな？」と優しい声で訊かれた。そして、私の眼色でまだ何もないことを読まれると、向い合いながらまだ何か物いいたげな眼をしていられたが、やがて気を変えたようにコトリコトリと教壇のほうへ戻って行かれた。

もうその頃には私の近所の学生たちは大半席を立ってしまって、そこらじゅう一面空席になっていたが、まだ四、五人残っていた同列の学生たちも、私がヘルマノス教授と特別の関係にあることはよく知っていたから、別段不思議そうな顔もせずに、みんな自分たちめいめいの帰り仕度をしていた。そして私もやがて、ノートを纏《まと》めてもう教授も出て行かれてしまったがらんとした教室を後にして、校門のほうへ歩を向けていたが、その間も私の頭からは今の淋しそうな教授の姿が、眼先にちらついてしようがなかった。

アルタグラシア大学はまだ一昨年開校されたばかりであったから、もちろん伝統を誇る首府のキャラカス大学ほどの古びも学生の数も持ってはいなかったが、それでも国立大学としてヴェネズエラ一流を誇る碩学《せきがく》を集め、政府が九千六百万ボリーバルの巨費を投じて、将来は国内一の総合大学たらしめんとしていただけあって、施設は万事に贅沢を極め、白亜の大学本館を繞《かこ》んで無数の各科教室や実験室、教授研究室、図書館等がユーカリプスやセイボの森のあちらこちらに隠見し、今その蔭からは各教室から吐き出された男女の学生たちが三々五々ノート片手に現われて来る。そしてそのある者は艇庫のほうへ走るものもあれば、食堂《コメドル》へ急ぐものもあり、また中には何の屈託もなさそうに友達と笑い戯れながら広い前庭に寝転んでいるものもあった。

しかし私にはそのどれもがなんの興味でもなかった。私にはただここを去ってから今日までまだ何の消息《たより》も寄越さない一番親しい文科の友達のマリオのことが――私の恋人ヴェルデとたった二人きりの兄妹であるマリオのことのみが、頭にこびりついていて離れないのであった。

　マリオは三週間ばかりも前に、智利《チリー》のサンチアゴ大学へ旅立ったのであったから、本来なれば、もう手紙の一本くらいは当然来ていなければならぬはずであったが、それが今もって何の消息もないところをみれば、思うまいとしても私の連想は忌わしいほうへ飛ぶことをどうすることもできなかった。つい四、五日前に逢った時、恋人のヴェルデも心配そうな顔をして、マリオのところへ手紙を書いてみたといっていた。そして私も書いてみた。それに対する返事の来る時期までにはいずれもまだまだ十日や十四、五日ぐらいの日はかかるであろうから、ハッキリした事はサンチアゴからの返事が来てみなければわからないわけであったが、しかもなおかつ私の直観ではなんとなくマリオはもう私たちの心配を他処《よそ》にして、この世に生きてはいないような気がしてならなかったのであった。

　ゆくりなくも頭に泛《うか》んで来るのは、ヴァルパライソ行の汽船に乗るべく人眼を避けて、湖心を横切って行ったであろうマリオが、あのあわただしい別れの晩に教授のリムダレ丘の邸《やしき》の書斎でものすごく父教授と争っていた忘れることのできぬあの時の様子であった。

私は偶然にもその場に行き合せて、涙ぐんでいるヴェルデを慰めながら応接間で聞くともなく隣室から壁越しに耳をうって来るその激越な父子間の争いを聞いてしまったのであった。

「儂《わし》がこれほどまでに苦労をしているのにまだコルソの女中風情《ふぜい》のものが、貴様思い切れんとはよくよく性根が腐った奴だ！　どうしてもマルガリタと別れて、智利へ行くのがいやだというなら、儂は決して無理に行けとはいわん！　行かんでも宜《よろ》し！　しかし現在のままで貴様をそのまま生かしておきはせん！　ようく胸に手を当てて考えてみい！　コルソ人の性質というものが、貴様にわからんはずはなかろう。奴等がどんな残酷な真似を今までにもして来ているか！」とあたりを憚《はばか》るように押潰した声ながら、教授の声は憤懣《ふんまん》そのものの声であった。

「だから……それだから僕は頼んでいるじゃありませんか。これほどまでに頼んでいるじゃありませんか！　正式に結婚して幸福に暮しているものに、いくらコルソ人だからとて何の妨害が出来ようというのです。自分たちの娘を弄《もてあそ》ばれればコルソ人でなくても誰でも怒ります。お父様のなさり方はみすみす僕とマルガリタを殺してしまうなさり方だ。お父様はそれが慈悲だと仰言《おっしゃ》る。僕を殺してマルガリタを殺す、それがお父様の子に対する慈悲なのですか？」

「マリオ！　儂の前でコルソの雌猫の話をするのは止めろ！　胸クソが悪くなる！」と教授の荒々しい声がした。

「止めません！　僕が死ねばマルガリタも死んでしまうのです。マルガリタが殺されれば……僕のマルガリタが殺されればどうせ僕も生きてはいられなくなる身体です。お父様のなさり方はまるで僕の手足を縛って僕に死ねと仰言るようなものです！　そしてそれをお父様は自分では子に対する慈悲だと考えていらっしゃる！」

「フム貴様のマルガリタか！　よかろう、いい考えだ！　親を殺しても貴様は自分の言い条《じょう》を立て通してコルソの雌猫と一緒になれば、それで満足だと言うのだな？　よかろう！」と嘲《あざけ》るような怒気を帯びた烈しい教授の癇声が隣室の空気を顫《ふる》わせて来た。

「貴様が貴様の身を投げ出すのは勝手だ！　なんとも俺の力の及ぶ範囲ではない！　しかし、儂の手からは絶対に我が子を投げ出さん！　儂の力の及ぶ限りで儂は戦う。奴等の血がやがて儂の家庭に入り交って来て、この儂の頭を彼奴《きゃっ》等の前に下げねばならんということは、堪えられん苦しみだ！　儂はむしろ拳銃で頭を打ち抜く！」と教授の跫音はしだいに荒々しくその辺を入り乱れて来た。「そうか、貴様のマルガリタか！　よかろう！　魂の腐った男の言いそうな言葉だ！　亡くなった阿母《おふくろ》が聞いたらさぞ墓場の蔭で喜ぶことだろう！」

「止めて下さい、お父様！　何を仰言るのです！　お母様は、そんなお父様のように無理解な方ではありません！　たとえ、コルソ人であろうと猶太人《ユダヤ》であろうと、正しい愛だけは立派に認めて下さる方です……亡くなったお母様のことを仰言るのは止めて下さい」

「止めろというならそれも止めよう！　儂ももう貴様のような不行跡《ふしだら》な息子とこの上、論判を続けるつもりはないのだ！　しかし、一言断っておくことはマリオ！　いつまで生きていられるかわからぬが、儂の眼の球の黒い限りは、コルソ人どもにこの邸を滅茶滅茶には決してさせぬということだ。いいや邸もよかろう！　財産もよかろう！　どうせ行く行くは貴様に譲らねばならぬものだ。欲しいものがあったら、何でもくれてやるが、儂の命の続く限りは」と教授の癇は、再び昂《たか》ぶって来たのであろう。声に凜冽《りんれつ》な震えを帯びて来た。「コルソどもの血を、絶対にヘルマノス家には交えさせん！　それが祖先に対し、子孫に対する儂の義務だ！　同時に、もうこの邸の内に貴様を留めておくことができんということも知っておいてよかろう。それが儂の立場において、子供の命を護ってやる親の義務だ！　必要なものは何でも遠慮なく持って行け！　しかし、ヘルマノス家の名誉だけは、儂が死骸になっても、ヴェルデと二人守って、守り通してみせる！」

烈しい親子の争いはここでピッタリと止んだ。そして、教授は再び難しい顔をして書物に眼を晒《さら》したのであろう、それっきり教授の声はしなかったが、たちまち跫音荒々しくマリオが応接室へはいって来た。そしてそこの壁から、帽子を取って出て行こうとしたが、私たちが腰掛けているのを見ると、いくぶんきまり悪そうに顔を赭《あか》らめながら私のほうへ近づいて来た。

「僕はいくぶん昂奮して、親父に言い過ぎたような気がしている。恥かしいと思っている。エミリオ！」と帽子を弄びながら言訳するように突っ立った。

「マリオ！　わかっている。きっと先生の怒りもそのうちに解けることと思う」と私には、そういうより外に言いようがなかった。

「僕もそう思う。けれどもエミリオ！　僕にはもうそれまで待っていることができない事情があったんだ。僕には待てても、コルソが待ってはくれないだろうから」と、マリオの顔が淋しげに微笑んだ。そして慌てて気を変えたように、「エミリオ！　君はヴェルデを愛していてくれるかい？」と聞いて、私の頷《うなず》くのも待たずに、「妹《これ》はいい奴なんだ！　まったくいい奴なんだ！　僕のように親父は怒らせないし……きっと君を幸福にしてくれるに違いない」

「マリオ！　まアなんだってそんなことを仰言るの？」

「かまわないんだ！　僕はお前のことを、エミリオに頼んでいるんだから」とマリオは上気したように言い続けた。「エミリオ！　後生だから、妹のことだけはくれぐれも君に頼みたいんだ！　君は、僕の気持わかってくれるかい？　エミリオ」

と友達は私の顔を覗き込んだ。そして私が無言で頷くのを見ると、さも満足したように莞爾《にっこり》して側を離れた。そして私とヴェルデとが呆気《あっけ》にとられているうちに、もうその姿は扉《とびら》を排して玄関のほうへ消えて行くのであった。

「待って！　マリオ！　待って頂戴！　どこへいらっしゃるの？　サンチアゴへはいらっしゃらないの？」

と吃驚《びっくり》して後を追って出たヴェルデに、

「行くんだよ！　サンチアゴへ行かないで、どこへ僕の行くところがある？」

とマリオは、暗い前庭の植込みの蔭に佇んで微笑んだ。

「マリオ！　君の行く前に、もう一度逢えるだろうか？」

「もちろんだ、エミリオ！　僕はまだ今夜すぐ行くわけではないんだよ。でも親父が心配しているから、サンチアゴへは行こう！　でも……」

と、また微笑して、

「僕の行くのは、決してコルソなんぞを恐れているからではないんだよ！　サンチアゴへはもちろん行く。しかしそれは、コルソも恐れてはいない。世間も名誉もなんにも手の届かないところで、僕がマルガリタと二人で暮すことを意味してるんだ！　今にわかる！　今にエミリオ、君にも、ヴェルデ、お前にもわかるよ！」

とマリオは、謎のような淋しい微笑みを残しながら、しだいしだいに闇《くらが》りを門のほうへ消えて行った。そして私もヴェルデも玄関に佇みながら、凝乎《じっ》とそれを見送っていたのであった。

ヴェルデの計《はから》いで親子の争いが始まるとすぐ、当の小間使のマルガリタは地続きの農場の小作人のところまで用を言いつけて出してあったから、もちろん私たちはそれっきりマリオが姿を消してしまうなぞとは、夢にも予期してはいなかった。マルガリタとでもどこかへ出掛けて行って、やがて夜が更けて教授の眠った頃にでもまた帰って来るものとばっかり考えていた。しかしマリオはそれっきりその夜限りもう帰っては来なかったのであった。そして肚《はら》の中では心配していられたのかもしれないが、教授もそれっきりマリオのマの字も口に出さなくなってしまわれた。ただ性来《せいらい》の難しい顔をいっそう難しく引きしめて、口数もなく不興げに書斎に閉じ籠っていられるだけであった。もちろん私には友達のマリオの気持も父親の教授の心持もわかり過ぎるくらいよくわかっていただけに何と慰めることもできずに、ヴェルデが一人でさぞ淋しく暮しているだろうとは思いつつも、老いたる教授に顔を合わせるのがいかにも心苦しくて、この頃では私までもなんとなくヘルマノス家に閾《しきい》が高くなって来るのを覚えていたのであった。

　こうやって綿のように白い千切れ雲が北東の風に吹かれて北へ北へと飛んで行くのを眺めながら凝乎と腰掛に腰を降ろしていると、しみじみと三週間以前のあの夜のことが思い出されて来る。久しぶりでヴェルデにも逢いに行きたいけれど、今度逢った時にはよく相談してサンチアゴ大学宛てにでも電報を打ってみようかと思いつつ、ふと気がついて私は塵を払って立ち上った。今灰色の大きな雲がコルソ島一帯を掩《おお》って、島全体は紫紺色にうっすらと影ろうていた。それが今の私にはヘルマノス教授父子の上を掩っている忌わしい蔭を象徴しているかのような、奇怪至極なものに考えられてならなかったのである。

三、四日前から吹き始めている北東貿易風がいよいよ募《つの》って来たのであろうか。湖上にはうねりが増して正門前からまっすぐ四、五哩《マイル》の彼方エコントラドス山一帯の丘陵の麓《ふもと》に小さく固まっているアルタグラシアの町まで見渡す限り眼もはるかに打ち続く甘蔗《かんしょ》畑も、その間々に聳《そび》えているセイボの並木道も爽快な風に蘇ったようにいっせいに緑の波を靡《なび》かせていた。

二

何がヘルマノス教授父子の心をこうまでも深刻な相剋に導いていたか！ それを言うためにはまず、今まで私の眺めていた湖上の聖《セント》コルソ島がどんな島であったかということから説き出すのが一番手っとり早いであろうと思われる。地図を開けばガリナス岬とカロ岬とが突出してマラカイボ湾とそれに連なるマラカイボ鹹水湖《かんすいこ》とを限り、湾口に近くヴェネズエラ第二の大都でありズリア州の首府であるマラカイボ港が位している。その対角線上マラカイボ港に西面してアルタグラシアの町が湖に影を浸していたが、この二つの都会の中間約五哩《マイル》の湖上に突兀《とっこつ》として屹立《きつりつ》している一小島がすなわちその聖《セント》コルソの名をもって呼ばれている世にも奇怪至極な存在であった。

島は周囲わずかに二十六哩そこそこの蕞爾《さいじ》たる小島にすぎなかったが、おそらく全ヴェネズエラ人でこの聖《セント》コルソという名前を知らないものはないであろう。というのは風光が明媚であるとか島が特殊政治上の要衝《ようしょう》に当っていたとかいう理由からでは毛頭もなく、一《いっ》にこの島の生活形態がヴェネズエラ本国中においても最も特殊な一風変わったものを形づくっていたからであった。その真偽如何《いかん》はわからなかったが、口碑《こうひ》によれば十八世紀の末葉西班牙《エスパニア》の海賊がカリブ海沿岸をさかんに荒し廻っていた頃の秘密根拠地がすなわちここであったと伝えられ、その後海賊は絶滅しても妻子等が誅戮《ちゅうりく》を免れて立て籠っていたのが現在のコルソ島の住民約七千の濫觴《らんしょう》であると言い伝えられていた。

もちろんその真偽のほどはわかりようはずもなかったが、一度《ひとたび》島へ足を踏み込んでみれば、なるほどそうした伝説が生まれるほどあって、島民の生活習慣というものはまったく他と隔絶した一種独特のものを保っていたのであった。住民の大半は表面漁師を生業《なりわい》として密猟密輸あらゆる悪徳行為を裏面に営んでいたが、その家屋でも服装でも一般の風俗でもがことごとく十八世紀末の西班牙下層民の生活もかくやと思わるるばかりの古色蒼然たる色彩を帯びていた。そして宗教も周囲とまったく相違してその昔《かみ》海賊達の信仰措《お》かなかったというドゴ風神を盲信し、きわめて迷信深くしかもその反面に根強い排他観念に富み、性質は放蕩《ほうとう》無頼《ぶらい》慓悍《ひょうかん》極りなく、飲酒を好んで盗癖に長じ、酔えば殺伐な残忍振りを発揮し、些細な口論で人を殺害するくらいのことは平気の平左であった。しかもズリア州政府再三の厳達にもかかわらずいまだに住民で子供を就学せしめているものは一人もなく、州政府で学校を設ければ一月と経たぬうちに校舎は破壊せられ教師は行方不明になり、今日ではもはや学校を設けても進んで赴任する希望者がなく、州政府でもまったく匙《さじ》を投げて住民たちの好むがままに任せていた。したがって島は西へ海上六哩《マイル》出れば人口十万を有する殷賑《いんしん》な近代都市のマラカイボ港があり、東へ同じく五哩《マイル》を去れば人口一万足らずの小都会ながらマラカイボ港にも劣らぬ白亜の瀟洒《しょうしゃ》なアルタグラシアの町があって、現代文明の風は湖の両岸を吹き捲《まく》っているにもかかわらず、島だけはまったく我関せず焉《えん》と湖上五哩《マイル》の地に形なき境界線を割して、昔ながらの頑迷固陋《ころう》な廃頽《はいたい》の生活を守り続けていたのであった。

そして住民は生活上の要求から今ではさかんに隣接のマラカイボ港にもアルタグラシア附近にも漁獲物の交易に現われたり、またその女たちはこの両都附近へ女中として雇われに出ていたが、しかも今日なおズリア州には、「コルソの女だけには手を出すな」というヴェネズエラ人周知の諺《ことわざ》もあって、相戒《あいいまし》め合ってコルソ生まれの女に関係することだけはきびしく警戒し合っていた。というのはこの島には昔より奇怪至極な厳しい戒律があって、島の女が島人以外の男と恋に陥ったりあるいは愛を弄ばれたりして、父兄の怒りに触れた時は、即刻女もろとも相手の男には残酷な死の制裁を酬《むく》いることになっていたからであった。しかも酬いるその死の制裁復讐たるや最も残忍巧妙に演ぜられ、全島人が一つの秘密結社の如き固き団結に結ばれていたから、いかに州政府や警察官署が犯人の探索に躍《やっ》起《き》となっても、とうてい下手人の捜索などは思いも及ばぬことであった。

そのコルソ島から、昨年の春教授一家が首府のキャラカスからこの大学町のリムダレ丘へ引き移った時、町の桂庵《けいあん》の口入れでマルガリタという今年十七ばかりになる美しい小娘が雇われて来た。不思議にもこの禁断の島の娘には荒くれた無頼の父や兄を持ち、襤褸《ぼろ》に包まれた素足で熱砂を踏みながらも、妙に底知れぬ野性的な魅惑と燃えるような情熱とを湛《たた》えた標緻《きりょう》の美しい女が多かったが、これも伝説によれば島の女性はことごとく昔海賊たちが拐《かど》わかして来た、玲瓏《れいろう》玉のような西班牙《エスパニア》貴族の娘や、縉紳《しんしん》の眉目《みめ》麗《うるわ》しき妻妾たちが大半を占めていたから、コルソ生まれの女に美人の多いのはそのせいだと伝えられていた。がこれも真偽如何《いかん》は知らずともかく驚異の眼を瞠《みは》るような美人が多かったのは隠れもない事実だった。マルガリタも確かにその一人であった。もちろん教養もなければ眼に一丁字《いっていじ》もなく、性質にも山猫的な奔放性はあったが、それがかえって彼女の野性美に風情を添えて、すっきりと丈高く透し彫りのある金の重い古風な耳輪をつけて額にいたずら髪をくねらし、祖母から譲られたという鼈甲《べっこう》の古代の高櫛《ペイネータ》を高々とさし誇らして、着物は貧しくとも黒のマンテリヤの蔭から微笑んだ眸《ひとみ》は潤みと情熱と抑揚に疼《うず》いてこれが十七の少女とはとうてい思われなかった。しかも島の女特有の寡黙な黒曜石のような瞳は絵に描いた中古西班牙の美女そっくりの感覚をその妖艶な姿態の上に盛り上げていた。もちろんこれがコルソの女でなかったならばこの無智な情熱の逞《たくま》しさ、夢見るような白痴美の悩ましさはおそらく道行くすべての男性の魂を奪ったに違いはなかったが、この女に一指《いっし》を触れたが最後、たちまちどこからともなく死の宣告の下って来る茨に囲まれた薊《あざみ》の毒花と知っては、これに近づいてその美を盗もうとする男とてもなかったのであった。

しかも恋は盲目というか、恋に国境なしというか、コルソの恐ろしさを百も承知していながら友達のマリオは遂にこの禁断の垣根を乗り越えてしまったのであった。もちろん人目忍んだ愛の陶酔は少女自身をも盲目にしてマルガリタも死を覚悟しての恋を決心していたのであろう。二人の恋がいつ邸《やしき》のどこに芽生えどういうふうに育くまれて来たか、マリオも言わずマルガリタも洩《もら》さず、ともに死生を越えての恋に驀地《まっしぐら》に突き進んで行ったのであったが、はじめてそれが召使たちの口の端《は》に上り教授の耳に入った時には、教授は如何《いか》に嚇怒《かくど》し絶望し憤懣し失望したことであろうか。ほうっておけば遅かれ早かれ二人の命は兇暴なコルソ人の手によってつけ狙われ、やがては酷《むご》たらしき死の制裁をもって衄《ちぬ》られねばならぬ風前の燈《ともしび》であった。しかも死を恐れずひたむきに突き進んでいるこの二人の恋を絶ち切れるものが何があったであろうか。

しかもなお更に当惑することは、ヴェネズエラ国内に占めるヘルマノス家の高き社会的地位であった。父教授は大学きっての保守的な最も道徳的に厳格な学者であった。昨春キャラカスの邸において再起不能の胆石《たんせき》病を患って以来余生を生まれ故郷のリムダレ丘に隠棲して、新設火山地質学教授として悠々自適の日を送り、ただ好める研究と亡くなった夫人の忘れ形見のマリオとヴェルデ兄妹の成長ばかりを楽しみにしきっていられたが、一昨年まではキャラカス大学総長をも勤め国内一流の碩学《せきがく》として嘖々《さくさく》の令名高き老学者であり、ズリア州きっての名門としてリムダレ丘の広大な邸宅はこの地方だれ知らぬものもない門閥であった。マルガリタはともかくとしてももしマリオに万一の事があればたちまちこの名家に疵《きず》をつけ、疵のつくのはともかくとしても老教授の病後の精神上には致命的な大打撃の与えられることであった。与えられねばならぬことどころではない。すでにその兆《きざ》しは見えて、困ったことに教授はマリオが家を出て以来はともすれば不快を訴え病床に閉じ籠りがちの日が多く、この頃は講義も大儀と見えて休講の日のみが打ち続いているのであった。そしてその病める父教授と家出した兄のマリオとの間にはさまって、ヴェルデはどんなに苦しみ抜いていたものか、私には逢わずにいる日にも恋人の苦しみが胸に響いて来るような気持であった。

　聖《セント》コルソ島とは実にかくも奇怪な島であり、そしてヘルマノス教授父子間の相剋というものは実にかくの如き救われざるものであった。

三

「父は口ではやかましいことを言っていても、父もやっぱりしょっちゅうお肚《なか》の中では兄の身ばっかり案じ暮しているんですわ……つい昨日もあたしが父の部屋へはいって行きましたら今うとうとしている間にマリオの夢を見たが、もう近い内にはなんとか消息《たより》を寄越すに違いないって言って、あの気厳《きむずか》しい父が子供のようににこにこしているんです。そこへこんな電報を見せたら病気の父を殺してしまうようなものですわ」と途方に暮れたように美しいヴェルデは蒼白な唇を噛みしめながら、火のような吐息を洩した。

「………」

私にはなんの慰める言葉もなくて、ただ黙ってヴェルデの顔を見ながら頷いた。

それは教授が医師の勧告で当分また休講をするために、その知らせを大学当局へ届けておくようわざわざヴェルデを私の下宿まで託《ことづ》けてよこされた日の夕方であった。そしてそれと同時にヴェルデは、彼女が父教授の言いつけで代筆をしてマリオの家出早々に依頼状を発送しておいたとかいうサンチアゴ大学のペレズ・アンセルモ教授から来た電報をも、病中の父教授には内証でひそかに持って来たのであった。

電報は私たちの懸念が遂に事実となったことを裏書して、

令息今以テ到着セラレズ　如何《いかが》セラレシヤ　返事待ツ

と、マリオがまだ向うへ行っていなかったことを明白に証拠だてていた。

ヴェルデはマリオや私とは二つ歳下の二十二歳であった。去年キャラカス大学の音楽科を卒業して、今では多勢の召使たちを指図して母の亡い家庭のいっさいの切り盛りを身一つに引受けながら、父教授の身の廻りの世話をしていたのであった。房々と波打った金髪や碧色《あおいろ》の涼しい瞳、そして優しい口許《くちもと》、いくぶん気位の高そうな聡明そのもののような美しい容貌は兄のマリオと瓜二つの顔立ちながら、その性格は兄とはまったく反対にむしろ父教授に似て、きわめて理智的な、どんな感情の激動をも凝乎《じっ》と抑えつけて、理性の判断を働かせるだけの冷静さを持っていた。が、さすがにふだんは決して愚痴一つこぼさなかった彼女にも、女心の弱さが心の苦しみをいくぶん洩らさせたのであろう。

研究以外の世間の出来事にはまったく無頓着な頑固一徹な父教授と天才肌な熱情家の兄との間にはさまって、ヴェルデがどんなに心を痛めていたか。私には彼女が兄の無分別な恋を悲しみながらも、兄のために父には表面暇《いとま》を出してしまったと嘘言《うそ》を吐《つ》きつつマルガリタをここから四哩《マイル》ばかり離れたヌエヴァの村にあるメスチゾ人の女中のドゴの親許に預けておいて、やがてマリオの許へ送って人知れず兄の恋を助けてやろうと気を揉んでいた彼女の女らしい心遣い等もよく熟知していただけに、その心遣いもまったく水の泡となった今、彼女の失望と落胆とは彼女の心にも音だてて流れて来るような気持であった。

「兄のいどころさえわかればあたし明日にでもマルガリタを発《た》たせてやって、兄に正式に結婚してもらおうと思っていたんですけれど肝心の兄のいどころがわからなくては、もうあたしにだってどうすることもできはしませんわ……」とヴェルデは口惜しそうに唇を噛んだ。

「なぜこの気持が、兄にはわからないのでしょう？」

もちろんマリオがマルガリタを離れて行方を晦《くら》ましていたのでは、いくらマリオ自身は悩んでいたからとてコルソの親許にマリオの気持が通じようはずもない。またコルソの親たちを怒らせてしまってからでは、もう遅い！　いったん刺殺者の黒い影がマリオの跡を跟《っ》けはじめてからでは、もういかなる力を以てしても、官憲の力を以てしても、軍隊の庇護の手が延びて来ようとも、とうてい執拗な追跡者の眼を禦《ふせ》ぎきれるものではなかった。やがて草の根分けても探し出されたマリオとマルガリタとが血飛沫《ちしぶき》立てて斃《たお》れるであろうことは明白な運命であった。

が、そこにただ一つその危難から万に一つも免れ得るだろうと思える道は、ヴェルデが必死に企てている通りコルソの親許でまだ気のつかぬ間にマリオがマルガリタとの結婚を正式に発表して同棲してしまったならば――ということは同時に今後マリオが父教授一家と離れて正式に独立して、人の軽蔑するコルソ人マルガリタの家族と対等の地位に立って親類交際《づきあい》をするということであったが――いかに鬼畜のごとき刺殺者といえども、まさかこれになお危害を加えるようなこともしないであろうと考えられるのであった。そして、それを思えばこそマリオも家出以前に口をきわめてマルガリタとの結婚を父教授に懇請《こんせい》したし、父教授にもとうていそれが堪えられなかったればこそ窮余の一策としてマリオをあしてサンチアゴへ落してやろうとされたのであろうが、それももう肝心要めのマリオの行方が晦まされていたのでは、いかにヴェルデが必死になって蔭になり日向《ひなた》になってその方法をとろうとしても、どうにも及びのつかぬことであった。

「エミリオ、もうあたし帰らなければなりませんわ。あんまり遅くなっては父も心配するでしょうし……」

とヴェルデは思い疲れたように立ち上った。しかし言葉もなく物思いに沈んでいた数分間が再び勝気な彼女の心に彼女の辿《たど》るべき道を教えたのであろう。涼しい瞳の底には光が、強い決心の色が流れていた。

「やっぱりあたしこの電報は父に見せませんわ。そして……」といくぶん不快そうに息を弾ませた。「こんなことくらいで男のくせに死んでしまったりしていたら、あたしはもう兄とは言わせませんわ。思いきり罵《ののし》ってやりますわ。ね、エミリオ、そしてあたしはやっぱっぱり決心していただけのことは続けて行きますわ。兄の消息《たより》が判然《はっきり》するまでは、やっぱりどんな事があってもマルガリタだけは匿《かく》まっておいて、決してコルツと往来《ゆきき》はさせませんわ。それが秘密の洩れない一番の方法なんですもの」

「そうだ！　ヴェルデ！　やっぱり当分の間そうして行こう！　先生やマリオを助けるためなら僕ももうどんな事でもする。二人で気を合わせて必死に努力して見よう」

　と、私も救われたように椅子から立ち上った。

　ヴェルデは長い睫毛《まつげ》に一杯涙を溜めたまま、嬉しそうににっこりとしたが、私もこの時ほど私を凝乎と瞶《みつ》めている恋人の美しさ、気品の高さというものに心を打たれたことはなかったのであった。

　私は言うまでもなくヘルマノス家とは何の血の繋りをも持たない人間であった。ただキャラカスの高等学校の時代、家が貧しくてその貧しいうちに親を亡くして困っていた時に、学友のマリオの温い友情ではからずも父教授の知遇を受ける身となって以来、教授の骨折りで大学の特待給費を受けたり奨学資金の銓衡《せんこう》に預ったりして学業を続けている間に、ヴェルデと互に憎からず思い合うようになっていただけの身の上であったから、もちろん私の性格もいくぶんヴェルデに似たところがあり、マリオのように天才肌とは全然異っていた。が、そうやって性格も違い気質もまったく違った二人の兄妹ではあっても、そこに母の亡い兄妹の血が一つに溶け合ってヴェルデが身も痩せるような思いをしてマリオのために悩んでいるところを見ては、私もどんな事でもして恩人一家の急を救いかつは昔の温いマリオの友情にも酬《むく》いたい気持が、心の中一杯に湧き起こっていたのであった。
そしてその夜寝苦しい一夜も明けたところへ、また一通の電報が配達されて来た。

貴電拝承　当大学各科ヲ通ジ貴国ヨリ留学ノマリオ・ヘルマノスナル氏名ニ該当スル学生ノ在籍ナシ

国立サンチアゴ大学

先に私の打っておいた照会電報に対する返電なのであったが、もう私も別段に驚きもしなかった。朝食を認《したた》めると早々私は宿を出たが、その日は学校へも行かずにまっすぐにマラカイボ港へ湖を渡って行った。湾《バイア》の入口が狭小であったから大洋《オセアン》航路の汽船はもちろんここへは寄港することができず、旅客はこの港から隣国の哥倫比亜《コロンビア》共和国のサバニリヤ港まで沿岸航路の小汽船に乗って行ってそこで外洋航路の大汽船に連絡する仕組みになっていた。従ってマラカイボ港には各国汽船会社の代理店が設けてあるわけであった。私はほとんど一日中軒並みの各代理店へ詰めっ切りで、サバニリヤ港出帆の最近の旅客名簿を調べてもらったが、いくら調べてもらっても、マリオ・ヘルマノスという名前はもちろん、マリオの年齢や人相に該当するらしい旅客は、最近二ヶ月以内には一人も乗船していないことが判明したのであった。

落胆《がっかり》して私は重い足を引きずって家へ帰って来たが、その日以来私はどんなに心当りの個処をくまなく尋ね探して歩いたことであったろうか。講義にもほとんどろくろく顔を出さなかった。そして少しでもマリオと以前に口をきいたことのあると思われる友達という友達のところへはほとんど洩れなく訪ねて行って、それとなく口占《くちうら》を引いて見た。しかも天に翔《か》けったのか地に潜ったのか、マリオの消息は杳《よう》として依然なんらの手繋《てがか》りさえも摑めなかったのであった。

そして私とヴェルデとの焦燥と失望とのうちにまた、一、二週間の日は空しく移って行ったが、ちょうどその頃のある日のことであった。その日も私は雲を摑むようなあてどのない探索に行き暮れて、空しく疲れた足を引きずりながら大学裏手のザモラ通りを自分の宿のほうへ歩いていると、ふと顔見知りの大学の守衛に途上ですれ違ったのであった。私のほうは茫然としていたから気もつかずに行き過ぎたが、

「おや！　フロウレスさん」と守衛のほうは眼敏《めざと》く私の姿を認めて、「学校へも出ないで、今頃何をこんなところでぼんやりしていなさる？」とにこにこしながら道ばたに佇《たたず》んだ。そして「そうそう……いっぺん貴方に逢ったら聞いてみようと思ってたことがあるんですが」と怪訝《けげん》そうに突っ立っている私の側へ寄って来たのであった。「ヘルマノス先生のところの坊っちゃんはどうなさったんですい？　この頃学校へサッパリお見えにならないが」

と、不思議そうな顔をして聞くのであった。こういう場合には、西班牙《エスパニア》のセヴィーリア大学へ移ったということにしているとかねてヴェルデから聞いていたから、私がそう答えると、守衛はいっそう不思議そうに眼を瞬きながら、

「そう、私も実はそういう噂を耳にしていますから、それでお尋ねしたのですが、どうも解《げ》せぬことがある。というのはもう五、六日ぐらいにもなりましょうかね、ちょっと用事があってガロドまで行った帰りに、オメリダ墓地ね、あすこを通り掛かったんですが、その時に墓地の中に、装《なり》は変わっていますがどうも坊っちゃんそっくりの方が立ってられましてね。私はよっぽど声を掛けてみようかと思ったんですが、装が恐ろしく汚くてね、まるで土方のような恰好をしていられたんで、そうでもないまあ人違いなんだろう、まさかヘルマノス先生の坊っちゃんともあろう方がこんな恰好をしてこんな妙なところに立っていらっしゃるわけもないしと思って、そのまま通り過ぎて来てしまったんですが。……昨日だったか一昨日だったか洗濯屋の御用聞きのウスカンガがね、やっぱりあすこの墓地でどうも坊っちゃんそっくりの顔をした人を見かけたというんですがね、もっともその時には同じような装をした土方みたいなの二、三人と一緒だったというんですが、どうも二人までそう感じるんじゃことによったら何か人に言われない事情でもあるんじゃないかしらと思って、まあ貴方に伺って見るんですがね」と言うのであった。

　サンチアゴへは行っていないまでも物質上に何の不自由もあるべきはずのないマリオが

絞殺体にでもなって現われたというのならともかく、土方のような恰好をしてここから五、六哩《マイル》とも離れていないオメリダ墓地のあたりを彷徨《うろつ》いていたというのでは、さすがに曇っていた私の心も噴き出さずにはいられなかった。

「マリオが今頃セヴィーリアで土方に間違えられて嚔《くしゃみ》をしているよ」と私は笑い出した。

「そうでしょうね、そんな莫迦《ばか》な事があるはずもありませんからね。こんな事を言ったなんてヘルマノス先生には内証に願いますぜ」

と、これも笑いながら大学のほうへ帰って行く守衛の後姿を見ているうちに、場合が場合だけに何かこのままでは済まされないような妙に滓《おり》の残った気持を私も覚えて来たのであった。後姿を見せている守衛のほうへ大急ぎで駆け寄って行って墓地のどの辺でその似た人物に逢ったのかもう一度細かい経緯《いきさつ》を話してくれないかと頼んだ時には、守衛も私がかねてヘルマノス教授一家と親しい間柄にあることを知っていたから、何か私が不愉快な気持になって腹でも立てて来たのかと思ったのであろう。眼を円くして訝《いぶか》しげに私の顔を眺めていたが、冗談事でない何かを私の顔に見たのであろう。

「ともかくとてもよく似ていましたぜ。一度ウスカンガにも逢って聞いてみてご覧なさいよ。まさかとは思うけれど、ウスカンガも本気でそう言っていますからね」という答えであった。それ以上の細かい話は別段守衛も持ち合せてはいなかったのであった。そんな莫迦莫迦しい事がとは思ったが、そう聞いてはもう私には矢も楯も堪らぬ気持であった。私は自分の宿へ向けていた足をそのままひっくり戻って、今聞いたばかりのヴァレロ通りの洗濯屋まで行って見た。

幸い当の御用聞きのウスカンガも店頭で働いていたが、なるほど守衛が言った通りウスカンガは守衛どころではない、確乎たる自信を以て、装《なり》は異っていても間違いなくヘルマノス先生の坊っちゃんに違いないと頑張っていた。しかもこのほうは守衛のようにただ単にそうらしい人を見掛けたというくらいの薄弱な根拠のものではなかった。オメリダ墓地の中で二、三人の石工らしいものを指図して墓場らしいものを拵《こしら》えさせていたらしく、ウスカンガの見た時にはちょうど墓地内の右手傾斜面寄りのところに、塋域《えいいき》の基礎工事らしいものを造っていたように思われるというのであった。マリオはちょうどその穴の上に上半身を現わして何か石工どもに指図をしていて、その穴の中にはこちらからは見えなかったが、内部に何か階段でも拵えてあると見えて、ウスカンガがオヤと思って見ているうちに上の石工どもに何か言いつけながら、マリオの姿は一段一段と下へ降りて行ってとうとうその姿はまったく地面の下へ没してしまったというのであった。よく似た人もあるものだと思いながら好奇心に駆られてウスカンガもしばらくはそこに佇んでいたが、十分経っても二十分経ってももうそれっきりマリオは現われて来なかったというのであった。

「そりゃ私だって不思議だと思いましたさ。ヘルマノス先生の坊っちゃんともあろう方が、何を好き好んであんな真似をしていられるのかと思いましたよ……だってどんな恰好をしていられたって、長年見慣れた私が坊っちゃんを見損うようなことはありませんや。それで、あんまり変だったもんですから大学の守衛さんにそんな話もしてみたようなわけなんですよ」

と、この方はなるほど守衛の言う通りもう全く一から十までマリオなりと決め込んでいる口吻《くちぶり》なのであった。だいたいマリオの顔はヴェルデと同じく眼と口許とに魅力があって一度逢った人には忘れられぬくらいの涼しい印象を与えるのであったが、その眼や口許にも間違いがなければ彼の特徴である左眼の下の黒子《ほくろ》までも寸分の相違がなかったと判然《はっきり》した答えなのであった。これだけ明瞭《はっきり》した答えを与えられれば、マリオが何のために今日までこの長い期間そんなところに姿を晦ましていたのか、その疑問は相変わらず疑問のままに、私にもなんとはなしにその似た人物というのがやっぱりマリオではないのかしらというような気がして来るのであった。

「仕事中気の毒だけれど、それだけのことはするから墓地のその君の見たというところまで僕を連れてってもらえないだろうか？」

と、私は矢も楯もなく現場を覗いて見たくなって来たのであった。

「そうですね」とウスカンガはちょっと億劫《おっくう》そうに考えていたが「ようござんす。私はかまいませんが、親方に聞いてみますから」

と奥へ駆け込んだ。が、もともと大学出入りの洗濯屋で私が大学生であったから、主人も承知したものと見えてウスカンガはやがて上衣を引っ掛けながら出て来た。

オメリダの墓地というのは、大学正門前からアルタグラシアの町まで甘蔗《かんしょ》畑の中を縫って点々と続いているセイボの並木道を二哩《マイル》ばかりもはいったところで、さらに右の方へ半哩ばかり畑へ向って緩やかな勾配を取っているエコントラドス丘陵の中腹まで登って行かなければならないのであったから、道は私の今来たところをもう一度逆戻りするのであった。

「でもしかしフロウレスさん、可笑《おか》しいじゃありませんかね、坊っちゃんがほんとうにそんな西班牙《エスパニア》なんて遠いところへ行ってらっしゃるのなら、いくら似た人を私が見たってもこんなに骨を折って貴方がいらっしゃることはないと思いますがね」

と、突然ウスカンガが言い出した。まことにもっとも至極な話であった。ウスカンガは何の気なしにそう言ったものであろうが、私には痛いところに充分に障《さわ》られたわけなのであった。

「じゃ坊っちゃんはほんとうは西班牙なんかへは行っていないかもしれないんですね」

「そんなことはない……西班牙のマリオのところから手紙も来ている」

「じゃなんだってフロウレスさんは見に行くの？　好奇《ものずき》だなあ」とウスカンガは笑い出したが、たちまち気がついたかのように「あ、そうか！　坊っちゃんはフロウレスさんとは仲がよかったからなあ」

と、この御用聞きは何と自分一人で解釈したものか妙なことを言い出して、口笛を吹いたり暑苦しそうに上衣を肩に引っ懸けたりして歩いていた。

「そうそう、フロウレスさんはヘルマノス先生のところのお嬢さんと今に結婚するんですってね。うちの大将がそう言っていましたぜ。お嬢さんという人とても綺麗で評判なんだって……エミリオ・フロウレスなんて女の惚れそうな名前だなあ」

と、このメスチゾ族の色の浅黒い御用聞きは思い出したようにそんなことも言っていた。

長い道も他愛のない御用聞きの饒舌《おしゃべり》を聞いているうちにいつか知らず識らずの間に捗《はかど》って、私たちの歩みは今、エコントラドス丘陵の麓《ふもと》に掛かって来た。もうここからは二、三丁ばかりを登れば墓の入り口にはいるのであった。そしてあたりは昼もなお闇《くら》いような鬱蒼たる樹々の葉蔭になって颯々《さっさつ》と高原から高原を吹き渡る風も爽やかに、いかにもこの世を去れる人々の安息所に相応《ふさわ》しい場所であった。ここへは町のなんの騒音も聞えて来ず、ただ墓場の茂る花から花へ蜂鳥が眠たげに飛び交って、足許に乱れた叢《くさむら》と叢の間から渺《びょう》茫《ぼう》たるマラカイボ湖の一部が平和な景色を覗かせているのみであった。

「早く来てご覧なさい！　フロウレスさん、ほら！　あすこいらですよ。坊っちゃんの立っていらしたのは！」

見渡すかぎりもうこの中腹一帯は累々《るいるい》たる、ただ一面の墓標の世界であった。種々様々な形をとった十字架が、真昼の寂然たる山道の両側に、そしてその両側にまたいくつかの横通りができ縦通りができて、自然の傾斜を利用して設けられたこの幽静な高原はるかの下方まで、眼に入る限り立ちならんでいるのであった。

「そうだ！　この辺だったんだ。私の立っていたのがこの辺でしたから、間違いなくあのあたりでしたよ。坊っちゃんの立っていらしたのは！」

と御用聞きのメスチゾ人は左見右見《とみこうみ》して、記憶を辿りながら地点を指示してくれるのであったが、さて当惑したのは御用聞きの示してくれた附近をいくら仔細に調べて見ても、その辺に新しく設けられたらしい墳墓なぞはただの一つもないことであった。ただどの墓標の背後にもそれぞれに寝棺を地下室深く運び入れて、雨水が滲み込まぬように丈夫な掩《えん》蓋《がい》が降してあったから、そこには把手《とって》のついた鉄の蓋があり、青銅の蓋があり、花崗岩《かこうがん》の蓋があって、そのいずれにも錠前が施され凝固土《コンクリート》で確《しっ》かりと縁を目塗りがしてあった。もちろん言うまでもなく墓標の在るところ必ずその掩蓋は伴っているのであったから夥《おびただ》しい数であり、その一つでもの蓋をあけてみるということは素人には絶対不可能の事であった。よしまたかりにそれが出来たとしても他人の墳墓を無断で開くなぞということが、とうてい法律上にも道義上にも許さるべき性質のものではなかった。せっかく来ては見ても私は手を拱《こまぬ》いて失望と落胆とを禁ずることができなかったのであった。そして当惑して私の突っ立っている向うには相変わらず寂然として瞬き一つせぬ絵のような景色の中の聖《セント》コルソ島が眼下遥かに私の徒労を嘲《あざけ》るように、蓊鬱《おううつ》たる姿を白浪の向うに泛《うか》べているのであった。しかもウスカンガの記憶というものもまことに頼りにならぬものであった。私のほうでこうやって途方に暮れているとウスカンガ自身の記憶にも混乱を生じてくるらしく、自信に動揺を来たして今度は指示する方向に狂いが出てくるのであった。私は幾度何遍彼を変わった地点に立たせて記憶を想起させるようにその指す方角を考えさせたかわからなかった。しかもそのいずれもの方角に何の新しい墓所をも発見することはできなかったのであった。発見ができなかったばかりではない。すでにさっきからかなりの時間をこの静かな空気の中においていたのであったが、まだ人っ子一人にも行き逢わなければ石を刻む物音すらも響いては来なかったのであった。ただ白雲の翔ける中に淋しい風が颯々と吹き過ぎて、湖上に雲の影が幾度か晴れたり曇ったりしているばかりであった。とうとうしまいには私もウスカンガも草臥《くたび》れきって、とある墓石に腰を降して凝乎と今登って来た麓の方に眼をやっていた。麓の道の向うに通り過ぎてきたセイボの並木道、そしてその向うに大学の正門がポツンと点のように見え、そのまた奥にほのかに幾つかの構内の建物が甍《いらか》を眩しく光らせていた。凝乎とそれに眼をやっていると私の心はまたいくぶん晴れやかに、こんな莫迦なところをうろついている間に、ヴェルデが何かマリオからの元気な便りでも齎《もた》らせて私の留守の部屋に待ち倦《あぐ》ねているような予感が湧いた。そして守衛や御用聞き風情の言葉を信じて、こんな役にも立たぬ無駄骨を折っている自分自身を、嘲りたいような気持がして来たのであった。考えるともなく考え込んでいる私の上に今また何度目かの陽が翳《かげ》って来た。それがこの頼りない洗濯屋の若者を無上に心細がらせていたのであろう。

「じゃ、やっぱり俺等《おいら》の見たのは坊っちゃんじゃなかったか！　石屋を間違えてそう思ったのかしら！」

とさんざん大骨折らせた挙句の果てに、人が落胆《がっかり》して口もきけなくなるようなことを言い出して来たのであった。

四

なんの端緒《てがかり》も得られず空しく草臥《くたび》れきって、死んだようになって眠ったその夜も明けると、私は慌しく扉《プエルタ》を叩く音に吃驚《びっくり》して寝台《カマ》から跳ね起きた。眠りが足りずに半眠半醒のうつつのような気持で扉を明けたそこにヴェルデが佇んでいるのであった。朝の化粧《みじまい》はいつものとおり美しく整えていたが、何か新しい心配事でも起こったとみえて震えているかと思われるほどに顔色は蒼白であった。

「エミリオ！　昨日はどこへいっていらしたの？」と私の顔を見るや否や怨《えん》ずるようにヴェルデの言ったのはまずこれであった。「あたし三度も貴方をお訪ねしたのよ。朝に一度、午後から一度、そして夕方は帰っていらっしゃるかと思って六時頃お訪ねしましたけれど、それでもまだ帰っていらっしゃらないんですもの」

　六時頃といえば私が大学の正門あたりへ辿り着いた頃の時間であったろう。ヴェルデは私に返事をする間も与えず、

「でもそんな事はどっちでもいいんですけれど……エミリオ！　大変よ！　大変な事が起こってしまってあたし困ったわ！」と大急ぎでまた口を開いた。「困ったわ！　マルガリタがいなくなってしまったのよ。一昨々日《さきおととい》の夕方どこかへ出かけたっきりまだ戻って来ないんですって。あたし一昨日の夕方行った時にそれを聞いたんです。一昨々日の夕方からまだ帰らないって！　今日でちょうど四日でしょう。そしてそして……」と彼女は急《せ》き込んだ。彼女がこんなに急き込むなぞということは今までに決してないことであった。「だれか男の人が夕方迎えに来て一緒に出掛けたっきりそれっきり帰って来ないんですって！」

「男の人と？」私も吃驚してそこに突っ立った。

「ええ男の人と！」とヴェルデは泣かんばかりの表情であった。「エミリオ！　コルソの人たちに判って、だれか連れに来たんではないでしょうか？　あたし兄の身体に何か間違いがなければいいがと思ってそればっかりが心配で昨夜もろくろく眠れませんでしたわ。父にそんな事は言えませんし、何度来て見ても貴方はいらっしゃらないし……」と彼女は私の寝台《カマ》の端に身体を靠《もた》せて心配そうにうな垂れていた。

ともかく私は彼女に椅子を与えて一部始終を聞かせてもらったがその話によると、彼女はこの頃いつも二日おき三日おきぐらいにはマルガリタを訪ねて神妙にヴェルデの言いつけを守って身を隠しているマルガリタの生活に不自由のないように、心付けをしてやったり、時には沈んでいるマルガリタの気を引き立てるために、マリオの噂やあるいはマルガリタがマリオと世帯を持った後の行く末の話なぞをしてそれとなく慰めていたのだそうであった。

そうした心尽くしが酬われたものか、ヴェルデがひそかに心配していた島で暮していた頃の野育ちの性格がマルガリタに眼醒めて体《てい》のいい監禁を受けていると言ったような錯覚を起こしている様子もなく、かえってこの頃ではコルソ生まれの女とも思われぬくらい素直な慎《つつま》しやかな挙措《ものごし》を示して自分のコルソ島生まれを極度に呪い悲しんでいる様子であった。そしてヴェルデの配慮にも充分感謝していたし、またマリオの愛を疑っているような素振りなぞも少しも見えなかったということであった。

従ってそういう点から言えばもしマルガリタがコルソへ連れ戻されたのだと仮定してみても、まさか彼女が自分の父兄たちにマリオに弄《もてあそ》ばれたなぞと言い出すようなことは絶対にあり得ないと思われたが、しかし困ったことにはコルソ人は頑迷《がんめい》固陋《ころう》な性質を持っているから自分の娘の訴えることなぞはたいして重大視しもせず、自分たちの推定でもし弄ばれているようだと思えば自分の娘もろとも殺害してしまうのであったから、その点マルガリタは信じ得られる女であったとしても、もし彼女がコルソへ連れて行かれているのが事実だとすれば、まず第一にマルガリタ自身の身の上になんらかの危害が加えられるかもしれぬという懸念があった。ともかくマルガリタを預けておいたヌエヴァ村にあるメスチゾ人の女中の親許というのは、百姓を生業《なりわい》としている父母老人夫婦二人暮しであったが、ともにメスチゾ種特有の柔順な朴訥《ぼくとつ》な性質で人を疑うなぞということは、夢にも知らぬような人たちであったが、一昨々日の夕方、夕暮れの薄明りに一人の丈の高い男が自分で二人乗りの馬車を馭《ぎょ》して来て馬車を降りもせずに表口から、

「ヘルマノス家から来たものだがマルガリタを呼んでもらいたい」というので、ちょうどその時留守をしていた母親はなんの不安も感ぜず二階のマルガリタに知らせると、マルガリタは不思議そうに階段を降りて来た。一足表の様子を硝子《ガラス》窓から窺《うかが》うと飛び立つような喜びの叫びをあげて明け放した戸口から鞠《まり》のように走り出た。そして早口に何か馬車の上の男と話しているようであったが、母親は二人がやがて家の中へはいって来ると思っていたのでその時家の中へ引っ返して茶の仕度なぞをしていたので表の様子は皆目わからなかった。がいつまで経っても二人がはいって来る気色がなかったのでまた表へ出て見たら、その時にはすでに馬車は黄昏《たそがれ》の薄暗の中へ烈しい鞭鳴りの音をさせていたというのであった。しかも人のいい母親は車の音がヘルマノス家のあるリムダレ丘の方向に向って響いていたので安心して、何か急用でもあってマルガリタがヘルマノス家へ呼ばれて行ったもの

と信じきったまま、今日まで別に疑いも起こさなかったのであった。が、一昨日の夕方ヴェルデがいつものように訪ねて行ってはじめてヘルマノス家からは何の使なぞも出さなかったということが判ったので今さらのように驚愕して泣いたり喚《わめ》いたりして申し訳ながっているということなのであった。

「そして困ったことにドゴの母親は眼を患っていて三ヤードも離れていたら昼間でももう人の顔がよく見えないくらいなんです。おまけに夕方でもう薄暗かったし、家から迎えが来たとばっかり思っていたもんですから、なにもその男の人相や着物や声なんかでも何一つ注意していなかったって言うんです。そういう家だからいいと思ってあたしマルガリタを預けておいたんですのに今となってはかえってとんだ家へ預けてしまったと思ってほんとうに後悔していますわ」

「…………」私は黙って頷いた。

「ですからあたしその見知らぬ男が来た時にマルガリタはどんな声を出して叫んだのか、喜んだような声だったの、それとも怖そうな声だったの、と幾度も念を押して聞き返したんですけれど間違いなく大変喜んだ声を出していたというんです。それでドゴの家でも、すっかり安心しきっていたというんですの。エミリオ！　それをあたし昨日一杯一日中ずっと考えていたんですけれど、マルガリタがそんなに喜んだ男の人があるとすれば兄のマリオの外にはないでしょう？……その兄は今頃こんなところにいるわけなんかはありませんし……」とヴェルデは沈吟した。「ねえエミリオ……あれほど怖がっていた自分の兄さんやお父さんに逢ってもマルガリタはそんなに嬉しい気持がするものでしょうか？　あたしにはどうしてもその気持がわかりませんわ」とヴェルデは真剣な眼差しで私の顔を見守った。「あたしそれを知りたいんです。それさえわかればマルガリタがどこへ行ったかあたしにはすぐわかると思いますわ」

「……その男というのはいったい幾歳ぐらいの年恰好なんだろう？」

「ですからそう言ってるじゃありませんか！　眼は悪いし注意力散漫ですし……だってそれさえわかればあたしにだってだいたいの見当がつくじゃありませんか！　判っているのは馬は栗毛色の毛並だったということだけですわ」

私は当惑して凝乎《じっ》と窓へ眼をやっていた。

「ね、エミリオ！　あたしのつもりではきっとマルガリタの家で嗅《か》ぎ出してだれか連れに来たに違いないと思いますの。それより外にはどうにも考えようがないんですもの。あたし兄がサンチアゴへ行っていないなんてことは何も知らせてはおきませんでしたけれど。それでもマルガリタだって淋しい気持で暮している時に、自分の兄さんでも優しく迎えに来てくれればそれはきっと飛び上がるように喜んだに違いないと思いますわ」とヴェルデは眼を輝やかせた。

「エミリオ！　あたしはそう思うの。それであたしは決心して来たんですの。ね、エミリオ！　お願いですからこれからあたしと一緒にコルソへ行って下さらない？　あたしどうしてもマルガリタのお父さんなり兄さんなりに逢ってこんなにあたしのほうで苦労して兄との正式の結婚をさせようとしていることを言ってやりたいんです。そしてもしマルガリタがいなければいないでまた外を探すとして、もしいればマルガリタだってあたしの気持はわかってくれているでしょう。あたし一心籠めてようく納得の行くように説明してやればいくらコルソの人たちだってそれがわからぬはずはないと思うんです。……あたしそのつもりで出て来たんですわ」

「ヴェルデ！　賛成だ！　僕もそれはいい方法だと思う。もしそうしてマルガリタがほんとうに家へ連れて行かれてるんだとすればこの機会に充分僕たちの気持を説明してやれば、向うでも納得せんというはずはない。僕もそう思う。納得さえしてくれればマリオだって救われるんだし……マリオが救われればまた新聞に広告してでもこっちへ呼んでやることもできるんだし、僕もこうなってはそれが一番に手っとり早い方法だと思うんだ。だがしかし」

と私は凝乎と考え考えヴェルデの顔を見守った。この美しいヴェルデを人の恐れるコルソへ連れて行くということだけは、それだけはなんとしても私の気持が進まなかった。

「ヴェルデ、貴方はコルソという島をどういうところだと思っているかはしれんけれど、とうてい貴方なぞの行けるところではない。だから僕一人で行ってみることにしよう。僕にまかせておいて貴方は家へ帰って返事を待っていたらどうだろう？」

「それはいけませんわ。エミリオ！　マルガリタのことも元はと言えば兄のことから起こってるんでしょう。それを他人の貴方が行って下すったからとて、貴方はただマリオの友達と言うだけの関係なんですし、まだまだあたしとのことも表立ってそうなってるというわけでもないんですもの」と、ヴェルデは颯《さっ》と頬を染めた。

「向うで納得するわけがありませんわ。あたしはマリオの妹なんですもの。あたしが行ってようく説明すればこそ、向うでも初めて納得すると思いますわ。貴方の気持は有難いんですけれど、あたしどうしても行きますわ。それにエミリオ！　コルソがいくら危険なところだって言っても、貴方がついていて下されば……まさかの時にはあたしだってこれも持って来てますし」と淋しく微笑んで、ヴェルデは懐中《ふところ》からアストラの小型六連発を取り出して見せた。

「こちらから喧嘩を売りに行くわけではなし、まさかそれにも及ぶまいけれど」と私は苦笑した。「わかった！　一緒に行こう！　ヴェルデ、しかしその前に僕は貴方にちょっと話がある。妙なことを言うようだが、貴方はマリオのことで何か耳にしたことはないだろうか？　僕はこういうことを聞き込んだんだけれど」と私は昨日からのことをかい摘んでヴェルデに話してやった。大学の守衛に聞いてウスカンガと一緒にオメリダ墓地へ行ったことも、そして「僕はまさかにマリオがそんな処へ隠れているとは思わないけれど、もし万一にもそれが事実だとしたら、マルガリタを連れ出した今のその男というのも、ひょっとしたらマリオじゃないかということが考えられる。そうすれば僕は、一概にコルソにばかり疑いをかけているのもなんだと思うんだ。まさか僕もそれがマリオだとは信じないけれどね」と私はつけ加えた。

「いいえ、兄がまだこんなところにいるなんて、そんなことは考えられないことですわ。ああいう一本気な兄ですけれど、それほどまでにわからない人とは思えませんわ。エミリオ！　貴方はそんなことをお信じになるの？」と許すまじき瞳をまじまじと私に注いで、不快を顔に漲《みなぎ》らせた。

「僕は信じるとも信じないとも言ってやしないじゃないか！　貴方はそんなことを耳にしたことはないかと、ただ聞いているだけなんだ」

「だから耳にしたことはないと言ってるじゃありませんか？　エミリオ！　貴方はあたしと一緒に行って下さるの？　それとも行って下さらないの？　もし行って下さるのが厭《いや》でしたら、あたし一人でも行きますわ」

「下らん事を言うのはよし給え。だれが厭だと言ったんだ？　僕はさっきから行こうと言ってるじゃないか。君をそんなところへやって安閑《あんかん》と僕がここに待っていられると思うのかい？」ムッとしたから私もいくぶん気色《けしき》ばんで彼女に詰め寄った。「今の話とは別じゃないか。それはそれこれはこれ、コルソへは行って見ようじゃないか。僕がこうして仕度をしているのが君にはわからないのかい？」と委細かまわず私は手早く仕度を整えていた。
「拳銃《ピストル》は置いて行き給え。どうせ二人っきりで飛び込むのにそんな物は何の役にも立ちはせん！　あればかえって危険なだけだ！」

　もちろん繊弱《かよわ》い女の身には、あり余るほどの心配が彼女の気持をこの頃はいくぶん病的に昂ぶらせていたには違いなかったろうが、もうこうなっては私もこれ以上はマリオの話を遠慮しなければならなかった。これ以上言えば、さなきだに昂ぶっている彼女の気持を刺戟して、私がマリオを侮辱しているようにも受取られるくらいが関の山だったであろう。私はそのまま言葉少なに彼女と一緒に宿を出た。

　こないだは洗濯屋の店員風情と一緒だったから私もあの遠い道を歩いて行ったが、足弱《あしよわ》なヴェルデと一緒ではまさかに歩いて行くわけにもならなかった。私たちは宿を出るとすぐ自動車を呼んでアルタグラシアの渡船場まで一直線に道を急がせた。徒歩で行けば、こないだ行った並木道をオメリダ墓地の方へ曲らずに、どこまでもまっすぐに湖岸に沿うて行くのであったが、私たちの住んでいるリムダレ丘を中心としているラノプ大学町はこのアルタグラシア大学とを繋いだエコントラドス丘陵の背後にある町であったから、自動車で行けばうねうねとして野草隠れの高原の道をものの三十分ともかからずに行き着くことができるのであった。何が不快だったのかヴェルデは窓外《まどぎわ》に移り変わって行く一面の野原や山の峯々に眼を放ったきり、ほとんど私とは一語も交さなかった。が、車が道の中程も過ぎた時分からやっと気持も落ちついて来たのであろう。淋しそうに私の様子を気にしながらしきりに物言いたげな風情を示していたが、

「よっぽどあたしどうかしているのね……なんて莫迦《ばか》な女なんでしょう？」と小さな溜息を洩らした。

「どうして……？」

「だってこんなにまで心配していて下さった貴方の気持を悪くさせたりしたんですもの……あんまりあたし莫迦だったと思いますわ」と彼女は膝の上に私の手をとった。「ねえ、エミリオ、堪忍して頂戴ね……あたしなんにも悪気なんかはなかったのよ。ね、気持を悪くしないで頂戴ね」

「そんなことなんぞ僕はなんとも思ってやしないさ……色々な心配がある時だからね」と笑いながら私も彼女の手を握った。「そんなことよりかも僕たちはコルソへ着いてからの事をもっと色々と考えておく必要があると思う」

「ええ……有難う」と彼女は私の肩に顔を靠《もた》せたまま恍惚《うっとり》と呟いていたが、「でも……済みませんでしたわね……」と初めて甘えるように私の顔を振り仰いで、莞爾《にっこり》とした。その顔が私には、眼の前にポッカリと大輪の花が綻《ほころ》び出たような、そして恋はしながらも今までの彼女についぞ見ることもできなかった、言わば近づき難いとも評せられるほどの理智的な冷厳さをまったく失いきった、可愛い小娘の姿でもそこに眺めているかのような、一

種言うに言われぬ魅惑的な感覚を湧かせていたのであった。

五

遠くから眺めていればこそ絵のような聖《セント》コルソの島、近づけば近づくほどこの世からなる地獄のような島……魚や水産物の売り買いに島の住人たちとのっ引きならぬ関係にあったマラカイボ港やアルタグラシア附近の問屋場の荒くれた下層階級以外、全ヴェネズエラ人でコルソ島へ足を踏み込んだものが今までのうちに幾人《いくたり》あったであろうか。鼻を撮《つま》むばかりの饐《す》えた臭いと海草の香り、そして野卑な男たちの罵《ののし》り声と甲高い女の叫び！　登っても登っても累々層々と今にも落ちんばかりに熔岩を積み重ねて拵《こしら》えたような古びた家。その間々を縫って私たちはもうさっきからどのくらいの時間をこの島で過していたものであろうか。嚙んで吐き出すように突っ慳貪《けんどん》に教えられただけでは、この同じような漁師町の中にマルガリタの家を探し出すのは容易な業《わざ》ではなかった。

ほとんど道路らしい道路と言うものもなかった。砂礫に軽石《かるいし》の交った歩みにくい凸凹の土、そして椰子とバラタ護謨樹《ごむじゅ》の繁みの蔭を同じような崩れかかった家の軒先伝いに一歩一歩爪先上りに登って行くのであったが、慣れない者には容易なことではなかった。手巾《パニョレロ》で鼻口を掩《おお》いながら高い踵の靴がいくたびもいくたびも石に滑ったり躓《つまず》いたりしているヴェルデの姿を私は見ているに忍びなかった。しかも手を貸してやることもできなかったのであった。というのはさっきから私たちの後を半裸の跣足《はだし》の悪童たちが、なんにも言わずにただ呪わしげに珍しげに追っていたからであった。いくら叱っても叱ってもそれが私たちの後を執拗《しつこ》く遠巻きにして跟《つ》いて来た。そして私たちが立ち止まると、悪童たちも逃げ腰をしながら立ち止まってはヒソヒソと囁《ささや》いていた。学校のないことはわかっていたが、おそらくこれ等の子供たちは生まれてまだ躾《しつ》けというものを受けたこともなかったのであろうか。時々刺すように私たちに投げる言葉というものは、男性の私でさえも耳を掩いたくなるほどの思いきって淫靡《いんび》なものであった。しかも私たちを見る憎悪と好奇心の眼は必ずしもこの子供たちとばかりは限らなかった。胸毛を戦《そよ》がせていずれも赤銅色の筋肉逞しい腕や胸も露わに襯衣《ユナグワ》の外へはみ出させた男たち、装《な》りだけは割合いにキチンとしたものを纏いながら、懶惰《らんだ》に寝そべっている女たちは、同じ白人同士でありながら何か珍しい異人種でも来たかのように、譬《たと》えん方のない憎しみの眼でジロジロと私たちの姿を見送り見迎えて、通り過ぎる窓や軒から蔑《さげ》すむような視線を送らぬ家とてもなかったのであった。

　そしてヴェルデのような美しい上流の婦人がこの島へ来たこともなかったのであろうか。物悩ましげな男たちの眼は、貪るように執拗《しつこ》く彼女の額の上にのみ吸いつけられているのであった。しかもそれ等も聞えないのか眼に入らないのか、蒼白な顔を俯向《うつむ》けたままヴェルデは黙々として歩を運んでいた。その後ろ姿を眺めながら私も黙って跟いていたが、彼女を一人で寄越さぬでよかったとしみじみとそう思ったことであった。そしてそれもそう思ったが、同時にまた聞きしにまさるこの状態でコルソ島の住民自らが頑迷固陋にこうして自分たちを自ら卑《いや》しめたり、周囲を固く拒んで昔ながらの自分たちの生活の殻の中に閉じこもっていようとしていたのでは、いかにズリア州の政府《ゴビエルノ》が骨を折ってみたところで、とうていコルソの統治は難しい。この子供たちを無頼な親たちの手許から引き離してしまうか、さもなくば大地震でも起こってコルソ全島が海底に沈んでしまわぬかぎり、同化も救済も百年河清《かせい》を待つに等しいことをつくづくと感じたのであった。しかも襤褸《ぼろ》を纏いつつも、妙に子供たちの顔立ちは整っていた。

私はマルガリタのような妖艶な少女がこの拗《ひね》くれた島に生まれ出たことにも一種頷かれる思いがしたが、また同時にこんなところに野放しに育っていたならば、あんな美しい顔立ちの少女もやがてはまた口汚く子供を叱りつけていたあんな底意地の悪そうな老婆になってしまうのだろうと思うと、なんともいえぬ暗い気持がして来たのであった。ともかく、何度か道を聞き、そして何度か突っ慳貪に教えられつつようやく私たちはそれと覚しき陋《むさ》くるしい家の前へ辿り着いて来た。そこは島の中腹、眼下はるかに蒼黒い海を見下す屏《びょう》風《ぶ》のような断崖の上に屹立《きつりつ》した岩山であった。そして家の入口には五十がらみの頑丈そうな親爺が腰を掛けて私たちのほうに訝《いぶか》しげな眼を光らせていたが、今私たちが嶮《けわ》しい岩を刳《えぐ》って拵えた自然の階段を登っている子供の一人が猿《ましら》のようにすり抜けて駆け上って行った。

「爺《とっ》つぁん！　妙な人がお前の家を訪ねて来たぜ」

親爺は無言のままその子供を抱いていかにも人攫《さら》いからでも子供を保護するような恰好で瞬きもせずに私たちの方を眺めていた。そして階段は直立したように急峻で、下にはさっきから跟いて来た子供たちが口をあけて私たちの方を見上げていた。

　私は登りつめて今最後の段階を登り切ろうとするところであったが、親爺は相変わらず身動きさえもせずに私たちを睨みつけている。いやおうなく私とヴェルデとはこの最後の一、二段を前にして階段の中途に佇《たたず》まずにはいられなかったのであった。

　この辺は島の裏海岸寄りのほうと見えて、マラカイボ市は眼下遠くに賑かな姿を手に取るように見せていたが、足下は直立幾千フィートの絶壁で渺茫《びょうぼう》たる海波ははるかの岩の虧《か》け目を洗い、波頭は眼もはるかの水平線の彼方から寄せては返していた。一歩踏み外したらおそらく身体は粉微塵になってはるかの海面へ飛礫《つぶて》のように落ちて行くだろうと思うと、眼も眩《くら》むばかりの気持であった。習慣とはいえ、よくもこうしたところに生まれ成長し、老い朽ちて行けるものだと今さらながら驚嘆せずにはいられぬ心地であった。

「ボッカルドーさんのお家でしょうか？」と片脚を最後の段階に掛けつつヴェルデが聞いた。

「そうだ」と親爺は傲然として答えた。今気がつけば、片眼はひしゃがれたように萎《な》えて、残る眼が蛇のような底光りを放っていた。

「ヴェルデ・ヘルマノスというものです。マルガリタは戻っていないでしょうか？　いましたらマルガリタに逢わせていただきたいと思って参りましたが……」

「マルガリタ？」と初めて親爺はその底光りのする眼を挙げてヴェルデの姿を穴のあくほど見上げて見下ろした。が、再び元の冷然たる風に返ると、

「マルガリタはお前《めえ》さんの家へ稼ぎに行っている。マルガリタのことなら俺に聞くよりもお前さんのほうがよっぽど精《くわ》しく知っているはずだ」

　さすがに口は切ったものの、こういう物言いっぷしの悪い礼儀を知らぬ親爺にかかっては、ヴェルデも厭《いと》わしさが先に立ったのであろう。代わって頂戴と言わんばかりに、私に眸《ひとみ》を挙げ口を噤《つぐ》んでしまった。

「四、五日前にマルガリタが突然私たちのところから姿を消してしまったのです。もしこちらへ帰っていられるようならば、ちょっと逢いたいと言ってヘルマノス嬢が訪ねて来られたのです。またもし御都合が宜しければ、ヘルマノス嬢は貴方にも話を聞いていただいてお互に誤解のないようにしたいと言っていられるのです」

「フン！」という返事であった。そして親爺は改めて私を吟味し直すように、その無気味な隻眼《せきがん》を光らせて頭のてっぺんから足の爪先までジロジロと見上げ見下ろしているのであ

った。「そしてお前はなんだ」

「ヘルマノス嬢に附いて来たものです。ヘルマノス教授の学生です」

「フン！」と再び親爺は嘲るように頤《あご》をしゃくった。

「そっちでは話があるかもしれねいが、俺のほうでは別段に聞きてえことはねえ。マルガリタという奴はお前たちも知ってる通り、島で生まれたくせに妙な奴に騙《だま》されて島を忘れやがった女《あま》だ！　他国者《よそもん》にうつつを抜かした生れ損ねえだ。来ても島は二度とあんな女は寄せつけねえ。マルガリタもそれを知ってやがったと見えて、フン！　結句仕合わせに暮してやがる！」としまいは嚙んで打《う》っ棄《ちゃ》るような物の言い振りであった。急に語調の変わって来たのに吃驚《びっくり》して、親爺の膝に靠《もた》れている子供は怯えたように親爺の顔を見上げていた。「ワモ！　他国者はこういう綺麗な装《なり》をして島の人間を騙《かた》りやがる！　汝《うぬ》なぞもよっく面《つら》を見ておけ！　忘れても騙されるでねえぞ！」

ニベも容赦もない言葉に、私たちは取っつき端《は》を失ってそこに立ち竦《すく》んでいた。足場の悪い急な階段の上に、石のように冷然とした親爺と顔を向い合わせて突っ立っているばかりであった。ちょうどその時のっそりと暗い家の中から出て来た見上げるばかりに丈の高い男が二人、怪訝《けげん》そうに私たちの顔を眺めながら親爺の側へ寄って来た。一人は眉間に生々しい刀創《かたなきず》を帯びて親爺よりもまだ獰猛《どうもう》な顔つきをしていたが、これが話に聞いていたマルガリタの兄たちなのであろう。眼のあたり口許の辺がどこかマルガリタに似たところがあった。

「父つぁん！　何を言っとる！」そして親爺から何か二言三言呟くように聞かされると、これもまた冷笑せんばかりの様子で親爺の側に佇んで私たちの顔を眺めているのであった。

「マルガリタはほんとうに、まだ帰ってはいないのでしょうか？」

それには返事もせずに、

「空《そら》っ恍《とぼ》けやがって！」と扱《こ》き出すようにその刀創のほうが呟いた。「父つぁん、あの手紙をこやつらに見せてくれたほうがよかあねえか？」そして親爺もろとも憎悪を一杯湛えた眼で凝乎《じっ》と私たちの方を見下ろしていたが、突然に、「クラウデオ！」と破鐘《われがね》のような声で、さっきから茫然と突っ立ってヴェルデの面《おもて》にばかり眼を注いでいた弟らしいのに向って呶鳴りつけた。「手紙を持って来い！　このヘルマノスの狐どもに拝ましてやる。さんざんマルガリタをおもちゃにしやがって、まだぬけぬけと俺たちまで騙そうと来てやがる。早く行って取って来い！」と険しい顔をして呶鳴った。そしてやがて弟の持って来た手紙をさも腹立たしげに私たちのほうへ抛《ほう》りつけて寄越した。「汝等《うぬら》は学問のある手輩《てあい》だ。この字は、だれが書《け》えたか覚えがあるだろう。俺等には読めねいが、汝の兄の寄越した果し状だと問屋場のディスラ親方が読んで聞かしてくれたぞ！　俺たちの妹は生まれ損いでヌケヌケと騙されたが、俺等は二度とその手には乗らないぞ！」と腹立たしげに睨みつけた。

「まあ、マリオの手紙だわ！　エミリオ！　マリオの！」とその罵り声も耳にはいらぬように、ヴェルデは夢中で手紙を抱いてそこにしゃがみ込んだ。

そして私と顔突き合わせて一気に読み下したそこには！　私はまだ空でその文句を覚えている。

勝利の墓場からマルガリタの一族ボッカルドー、クノス、クラウデオ達に告げる。呪われてあれ！　コルソ！　貴様等の野蛮な習慣が如何《いか》にコルソ島周囲の人々の上に大きな災いを投げているかを知れ！　そして俺達も苦しんだぞ。そのために俺の父や妹さえも俺は苦しめた。貴様等の執拗な眼が俺の心を真っ暗にして、俺の一生涯を滅茶滅茶にしたぞ！　マルガリタとの恋には貴様等の眼が俺の心を脅やかして、俺はただの一度も楽しい日を地上に送った事はなかったぞ！　しかし俺は今ぞ打ち勝った。貴様等に打ち勝った！　死を超えて恋の法悦に酔っている！　苦しんでいる父や妹達に知らせる事の出来ぬこの勝利の喜びを、今貴様等に告げてやる！　殺伐な死を以て他人の幸福な恋を呪う貴様等に教えてやるぞ。貴様等が死を酬いようとしている貴様等の娘の恋人マリオは、この数十日オメリダの墓地に人知れず自分の墓を地下に拵えて来たぞ！　そして今その墓は出来上ったぞ。数十日を楽しむ食物を備え、酒を備え、燈火《あかり》を備え、そして貴様等の娘マルガリタとその恋人は、これから地上一切に別れを告げて地下の墓場であらん限りの恋を楽しんで、接吻を楽しんで、抱擁を楽しんで、地上で楽しむ事の出来なかった恋の華のあらん限りを咲かせ楽しんで、抱き合って死の中へ躍り込むぞ！

刺殺者を送れ！　剣を磨け！　そして貴様等に出来るものなら、俺の墓を発《あば》いて見ろ！　オメリダの墓地に墓は数十基！　その何処かの地下の数十フィートの底に、俺と貴様等の娘の屍体は幸福に微笑んで抱擁して死んでいる。貴様等に発けるものなら、発いて見ろ！

死で恋を脅やかす愚かさを悟ったら、二度とその愚を繰返すな！　コルソの戒律を棄てろ！　父を泣かせ妹を苦しめて一生を滅茶滅茶にした恋の勝利者より、最後の忠告を貴様等に与えてやる。自分を生んだ父、血を分けた兄の戒律よりも俺の腕の中に幸福を感じて、満足して笑って最後の息を引き取って行くものは、貴様等の娘のマルガリタだぞ！

マリオ・ヘルマノス

読み終わったその手紙は、すぐ兄のほうが猿臂《えんぴ》を延ばして奪い取ってしまったから、頭で記憶した文意に多少の後先になったところや文句の異った個所はあったかも知れぬが、意味はもちろんこの通りであった。

「エミリオ！」と顔を挙げた時のヴェルデの哀れな姿を、今も私は忘れることができないのであった。ワナワナと身を顫《ふる》わせながら、ともすれば唇を衝《つ》いて洩れようとする嗚咽《おえつ》を食い縛りながら、大粒な涙が眸に一杯湛えられていた。張りつめ切っていた気が一時《いっとき》に緩んだというか、絶望困惑落胆の極みというか。ただとめどもなく身体を震わせて、すさまじいまでに青ざめきった姿は、今にもこの急峻な階段上から仰《の》け様《ざま》に倒れるかと危ぶまれるばかりに、足許が定まらなかった。

「ヴェルデ！」と私は急いでその身体を抱きかかえた。足場の悪い階段から、私自身までも今にも倒れ落ちるかと思うばかりの烈しい眩暈《めまい》がして、夢中で一段二段と這《は》うようにしてずり降りた。

　そして見上げる急峻上に、親爺は相変わらず冷然と嘯《うそぶ》き、弟は眼も離たずにヴェルデの面を瞶《みつ》めきっていた。その中に兄一人は、噛みつかんばかりの形相をして地団駄を踏まんばかりの仁王立ちで、

「餓鬼ども！　ヘルマノスの狐どもを叩き出してしまえ！　ヘルマノスの狐どもを叩き出してしまえ！」と罵り騒いでいたのを覚えているだけであった。

　ようやくのことで岩の階段を降りた途端、子供たちはさっと道をあけたが、続いて頭上から、「キロパの祭りの日には、礼を言いに行くぞ！　コルソの礼はキロパの祭りにたっぷりやるぞ！」と狂人のようになって罵り騒ぐ兄の声が追っかけて来た。

しかももう私たちには、兄のこの罵り声が何を意味するかは少しも頭へはいっては来なかった。階段は降りても相変わらず足許の悪い石礫《いしころ》の上を、私はただ今にも倒れんばかりのヴェルデに腕を貸しつつ降りていたのであった。悪童たちは兄の濁声《だみごえ》に勢いを得て、いっそうワイワイと囃《はや》し立ててついて来る。そして私たちの通る途々《みちみち》、相変わらず家々の男や女は刺すような瞳をして見送っている。しかしそれももう今の私たちにとっては何の煩《わずら》わしさでもなかった。

やがて小一丁も降りて来ると、ヴェルデは急に身をもじって、

「もう……いいわ……有難う！」と一人で歩くというのであった。そして私に助けられつつ、見栄も外聞もなく涙をあふれ落しつつ歩いて降りる彼女には、涙に遮ぎられておそらくもう島の何物も眼にはいらなかったのであろう。時々立ち止まって彼女は何故ともなく過ぎて来たほうを振り返っていたが、その眼は別段何を眺めているというのでもなかった。囃しながらも怪訝さでついて来る子供たちのほうを振り返っているというのでもなければ、今出て来たマルガリタの家のほうを眺めているというのでもない。おそらくは悲しみや絶望や、その顔をあまり島の人たちに見られたくなかったヴェルデの欲望やが、彼女をして無意識にそう努めさせていたのであったろう。

私たちは再び島の渡し場へ出て、来る時とは違って夢にも予期せぬ大きな悲しみを抱いてまた舟に乗ったが、もう彼女は涙を零《こぼ》しはしなかった。ただ空虚《うつろ》のように血の気のない

瞳をして、放心したように流れて行く雲、流れて行く水の面に眼を放っているのみであった。そしてアルタグラシアの船着き場で自動車を拾って、帰る道々も一言も言わず死んだように無感覚な表情をして乗っているばかりであったが、やがて自動車がマカンナホあたりの立場《たてば》へ来て、あのオメリダの墓地が遥かに右手エコントラドス丘陵の中腹に見え出す頃になると急に、「自動車を返して！　ね、自動車を返して！」と訴えるように、手巾《パニョレロ》で眼を抑えながら私に強請《せが》むのであった。そして元来たほうへ帰って行く自動車の影が、森の繁みへ消えてしまったのを見ると、初めて、

「エミリオ！」と私のほうへ振り向いた。怺《こら》え怺えていた涙を一時にどっと溢らせながら、力も根も尽きはてたように「マリオは死んでしまったのよ！　死んでしまったのよう！」とそこに崩おれた。

そして身を投げ出して涙も涸《か》れるほどに泣き続けていたが突然真っ赤に充血した眼を挙げると、墓地のほうを怨めしそうに眺めながら、

「病気のお父様を残して！　あんまり酷《ひど》い！　あんまり酷い！」狂気したように叫びだした。

「こんな悲しい思いをさせて……ひどい……ひどい……マリオが怨めしい……あんまり身勝手すぎて……エミリオ！　あたしはマリオが怨めしいのよう！」とまた見栄も恥じもなく声をあげて泣き出した。

人一人通らぬ日暮れ時、途方に暮れて暗然として私もそこに突っ立っていた。泣きじゃくっているヴェルデの姿も哀れなれば、何にも知らぬ教授の身の上も淋しく、そして友達を失った私の心は真っ闇であった。眼を挙げればオメリダの墓地は――こないだ私がウスカンガと行ったあのオメリダの墓地は、今静かに夕靄《ゆうもや》のうちに暮れかかろうとしていた。その墓地のどこかに、恋の勝利を唱えてマリオは、マルガリタを抱いてもう今頃はこの世に別れを告げて、やすらかに横たわっているのかも知れなかったが、そしてマリオはその恋を自ら祝福して勝利を絶叫して死んで行ったが、私はこんなにもヴェルデが悲しんでいるのを見ると、胸が疼《うず》いて義理にもその恋を祝福してやる気にはなれなかった。

「マリオ！　死んで行く君よりも遺された者のほうの苦しみを、なぜ君は考えてやらなかったんだ！　そして死ぬほど苦しんだのならば、なぜもっと早くにヴェルデや僕に一言相談をしてくれなかったんだ！」と叫びたいような気持で、そこに佇んでいたのであった。

六

あの忘れられぬ日から、いつかやがて一ヶ月近くの日は経っていた。その間いかにヴェルデが憂愁の日を送っていたかは、おそらく言うだけ無駄なことであろうと思われる。しかもヴェルデは遂にこの悲しみにも打ち克ってしまったのであった。今病床にいる老いたる父教授に――今度病気がぶり返して来たならもうおそらくは絶望であろう父教授に、マリオの死を打ち明けるには忍びず、遂に彼女は自分の胸一つにこの悲しみを秘めてしまったのであった。従ってヴェルデと私以外には、ヘルマノス家でマリオの死を知っているものはだれもなかったのであった。

　そしてそればかりか、この頃病気の加減で時々苛《じ》れてマリオの消息《たより》ばかりを子供のように待ち焦《こが》れている父教授の心を喜ばせるために、サンチアゴのマリオからの手紙を一通と、同じくペレズ・アンセルモ教授からの手紙を一通私に代筆させて、それを父教授の病床へ持って行って読んで聞かせるのであった。その手紙には、どんなにマリオが自分の非を後悔して父教授の許しを請うようなことを書いていたか、サンチアゴ大学の愉快なる学生生活を叙して父教授の心を喜びで有頂天にさせていたか！　喜んで喜んで、私にまでもその喜びを語っている教授の他愛もなく相好を崩した顔は、私をして親心というものがいかに涙の零《こぼ》れるほどに有難いものであるかをしたたかに感じさせていたが、それにも増して私の一番に辛かったのは、何にも知らずににこにこしている父教授の側で、悲しみを秘めてともに楽しそうにマリオの噂話なぞに打ち興じている気の毒なヴェルデの姿であった。私自身には泣いている時のヴェルデの姿よりも、その笑っている時のヴェルデの笑顔の方がどのくらいに哀れであったかわからなかった。私にはとても真正面《まとも》にヴェルデの笑顔が見てはいられなかった。私は胸が一杯になって、そうした時には大急ぎで用にかこつけて教授の病室から飛び出していた。ヴェルデは微笑んでいるのに、私の眼からは意気地なく涙があふれ落ちて、声が鼻にかかって、とうてい我慢にも教授の側に坐っていることができなかったのであった。

あの時、ヴェルデは、泣いて兄の心が怨めしいと掻《か》き口説いていた。怨めしいのも彼女の本心には違いなかったろうが、しかしもちろん怨むばかりがヴェルデのマリオに対する感情のすべてではなかった。その証拠には、それが今では彼女の唯一の人知らぬ慰めともなっていたのであろう。あれ以来、私はヴェルデとともにオメリダの墓場へは三度ばかりも行ったが、そのたんびに、私から促されるまではヴェルデは時の経つのも忘れて、幾時間でも幾時間でも頬に涙をこびりつかせたまま、凝乎《じっ》と死んだ兄のマリオの追憶に耽《ふけ》っていた。病父の前に見せているのが飾った彼女の反面であるとしたならば、ここで見せていたのが弱い女心のすべてでもあったかのように、睫毛《まつげ》に一杯涙を溜めて幾時間でも幾時間でも亡きマリオの俤《おもかげ》を偲びながら飽かず広い墓地の中を逍遥《さまよ》い歩いていた。そして泣き濡れ嗚咽しながら、買い整えて来た花をあちらこちらに投げていた。マリオとマルガリタとの魂はこの墓場のどの辺の地下深くに眠っているか知る由もなかったからであった。

そしていったい、マリオはそうした不思議な死の計画を予《あらかじ》めマルガリタとは諜《しめ》し合わせていたのか、いなかったのか、あるいはマルガリタはマリオに呼び出されるその日まで、マリオの計画についてはなんにも知るところがなかったのか、もし知らずにいたとすれば、マリオはどうしてヴェルデがマルガリタをドゴの親許へ預けたことを知ったものであろうか。そして秘密の墓場を拵《こしら》えるのにいったいどこの石工を連れて来て作らせたのか？　そうしたことについての疑問のいっさいは、二人の死とともに完全な謎となって、しかもそうした謎は謎のままにまた私とヴェルデとが胸の中で葬り去って今では私もヴェルデもマリオのことはお互に自制してなるべく口に出さぬように、触れないようにと努めていたのであった。

　やっとその頃に、ヴェルデの最も案じていたヘルマノス教授の病気も幸いに快方に向って来たのであった。が、まだ大事をとって講義だけには出られなかったが、この頃は邸内での軽い運動やわずかの読書くらいには何の差支えもなく、食事もヴェルデと一緒に食堂へ出て摂られるようになっていたのであった。

　そしてヘルマノス教授の姿がまた食堂へ見えるようになったその頃に、いよいよ聖《セント》コルソ島では、いつぞやマルガリタの兄のクノスが言ったキロパの祭りが始められていたのであろう。二、三日以前から遠くコルソ島の方角では花火の打ち揚げられる音が聞えていた。が、そんなものはコルソ島だけの祭礼で、マラカイボ港やアルタグラシアやここの大学町あたりはなんの関係もないことであったから、もちろん私はいっこう頓着もしていなかったのであった。

　ちょうどその日も昼頃に講義が終わって、私はいったん宿へ帰ると、いつもの通りこの頃の日課のようになっていた教授邸へ足を向けたのであった。が、邸《やしき》の中はいつもと違って妙に森閑とした淋しさであった。顔を見せたのは年をとった下男頭《がしら》のアマレたった一人きりであったが、私の顔を見ると、今日はコルソの祭りの一番おしまいの日と見えて珍しく朝から続け様に山車《だし》が練って来るので、女中たちも下男たちも昼から夜にかけて半日のお暇《いとま》が出て、みんな思い思いに祭りの山車を見物に行っていると言うのであった。「どうせ呑気な奴等ですから、お暇が出れば夜遅くでもならなければなかなか帰ってもまいりますまいよ」とアマレは笑っていたのであった。

私はやがて教授の書斎へ行って、この頃教授に頼まれている二、三の切抜きなどをしていたが、やがてまた山車が練って来るものと見えて人の立ち騒ぐ声や笑いさざめく声、一方ならぬどよめきが丘の向うのほうから伝わって来た。その騒々しさに、ふと私が何気なく二階の露台の方へ上りかけていると、「エミリオ! 山車を見に行らっしゃるの?」と出会いがしらにヴェルデがいくぶん侘《わび》しそうな様子で居間へはいりかけた。「いくつ来たってみんな同じようなものばかりですわ。野卑で騒々しくって! 何が面白くてあんな騒がしい真似をしているんでしょう?」と顔を顰《しか》めながらヴェルデは私を見て笑っていたが、今にして思えばそれが私とヴェルデとの最後の別れなのであった。が、その時の私にどうしてそんな予感なぞが露ほども感じられたものであろう。

私はヴェルデに笑われながらもそのまま露台へ出て、門の鉄柵越しに表通りを練って行く山車を眺めていたのであった。いずれもそれは祭りの後の飲み食いの祝儀集めのための仮装した島の娘でも引き連れて大急ぎでアルタグラシアあたりから貨物自動車《カミオン》へ乗ってやって来たものであろうが、山車と言えば山車、飾り物と言えば飾り物には違いなかったが、背景の一つか二つに仮装の人物がむやみやたらに乗って、その廻りを酒に酔ったコルソ人たちが練り歩きながら、濁声《だみごえ》を張り上げて傍若無人に吹鳴ったり歌ったりして、およそ殺風景しごくなものであった。しかもその歌もいかにも昔コルソの海賊でも歌っていたものらしく、

引け　押せ　キロパ様が
黄金の宝を七つの海へ投げ込んだ
銀の兜と金の鎧と
引け　押せ　突けやものども

　といったような歌だか号令だかわからぬようなものを、薄汚いふだんの装《な》りの男どもが手を叩き、足踏み鳴らし、囃《はや》し立てそれに笛を入れ太鼓を鳴らして練って歩くのであったから、その騒々しさといったら耳を聾《ろう》せんばかりであった。

　さすがに取り囲んで見物していた群集たちもその騒々しさには眉を顰《ひそ》めていたが、それ

でも何が面白いのか離れようともせずに、この破れ返るような祭りの山車を眺めていた。ふだんは閑静な上品な大学町も、まったくこの喚声と騒々しさとの中に巻き込まれて、町全体がコルソの歌と一緒に足踏み鳴らしているかのような騒ぎであった。そして一つの山車が通り過ぎて行ってしまうと、またしばらくして次の山車が一倍の騒々しさで練り込んで来て、その度ごとに群集は町の両側を埋めて吃驚《びっくり》したように眼を瞠《みは》っていた。しまいには、

「なんという莫迦《ばか》莫迦しい騒ぎだ」とさすがの教授までが、たまりかねたように書斎から私の佇んでいた露台へ出て来られた。そしてアマレが運んで来た椅子に腰を下ろして、苦々しげに髭《ひげ》を捻《ひね》りながら山車の練って行くのを眺めていられた。

　ちょうどその時であった。

「お嬢様はこちらにお見えになっていらっしゃいませんでしょうか！」とアマレが上って来た。破れ返らんばかりの騒ぎであったからお互の言葉も聞えず私も教授も手を振って居ないことを知らせたが、これも今にして思えばおそらくその喧騒の真最中こそが、ヴェルデがコルソの刺殺者の手に拉《らっ》し去られその兇刃に倒れていた時だったのであろう。しかも神ならぬ身の私も教授も、どうしてそうした事に気づくわけがあったろう。そしてコルソの復讐はいよいよ成就したのであろう。残虐なる復讐の成果を示す最後の山車は、なんにも気づかぬ私たちのほうへと徐々に練って来たのであった。

「旦那様」と再びアマレが急ぎ足に上って来た。「どちら様へも御挨拶を申して参りましたから、御門をあけていただきまして、御当家様へも御挨拶を申し上げたいとコルソの者どもが申しておりますが」

ちらと迷惑そうな色が教授の額に動いたが、さすがにマリオ事件のあった直後とて、コルソの祭りということが教授の脳裡を掠《かす》めたのであろう。黙って教授は頷かれた。こうした時それを拒むことは、後で様々な悪戯《いたずら》をされることを教授も知っていられたのであった。

「あけましても宜しゅうございましょうか？」

「宜しい！　そしてアマレ、いくらかの祝儀を付けてやりなさい」

アマレは畏《かしこ》まって立ち去ったが、やがて木立の向うの大門を開いたのであろう。たちまち五、六名のコルソ人を先頭に最後の山車は門内へ練り込んで来て、それを取り囲む群集とコルソ人たちとで広い前庭は一杯になった。そして山車は今教授が椅子に倚《よ》っていられる露台のすぐ前まで進んで来たが、今までの数多くの山車には仮装した人間が乗っていただけであったのに不思議なことには今度の山車だけはいかにも山車らしく飾付けをして、人形を載せているのであった。しかもその人形もコルソ島の口碑そのままに、海賊キロパに刺されたという西班牙《エスパニア》の王妃メサをかたどったものであろう。山車の上にはメサに扮して胸を刺された等身大の人形が短刀の欛頭《つかがしら》だけを見せて、全身には昔海賊の用いていたという古びた青色の引きずるようなマントを纏っていた。そして顔には道化た化面を着けていたが、山車の進んで来るのにつれて人形も寄り掛かった岩とともに軽く揺れていた。そしてこの山車につき従ったコルソ人たちもことごとく古代海賊の扮装にかたどっていると見えて、一様に鳥の羽根のついた帽子、人形と同じ地に這うような長い青色のマントを着けて、一人残らず道化の仮面を着けているのであった。そして山車が今教授の佇んでいられた露台の前にピタリと止まると、それが首領であろう道化た仮面の一人が人形のかたわらにヒラリと飛び上って、莫迦丁寧なおどけた調子の声を張り上げた。

「海賊キロパの一党が謹んで当国一の大学者ヘルマノス先生に御挨拶を申し上げます。ヘルマノス家万歳！」と音頭を取ると同時に、なみいる同じ服装の一同がいずれも腰の短刀を抜いて万歳を唱和した。眺めていた群集の中にもそれに和してヘルマノス先生万歳と叫ぶものがあった。

首領らしい仮面がもう一段上に飛び上って、人形の靠《もた》れている岩に片手を掛けると、ガヤガヤと立ち騒いでいた一同が鳴りを静めた。

「キロパの一党の御挨拶を終わりますれば、続いてこれなる王妃メサよりもヘルマノス家御繁昌を寿《ことほ》ぎまして、厚く御祝い申し上げます」と靠れている人形の手をとっていっそう小腰を屈《かが》めて莫迦丁寧な敬礼をした。それがいくぶん嘲弄するような調子とも思えぬこともなかったが、もちろん教授も私もコルソの深い企みなぞのわかるわけもなかった。教授は立ち上って首領に手を取られて、挨拶の恰好をしている人形のほうに眼を注ぎながら、

にこにこと会釈をしていられたが、

「酒が用意してある。諸君遠慮なく盃を挙げて行ってもらいたい」と挨拶された。同時にワッと湧き起こるような喚声と、ヘルマノス家万歳万歳という歓呼のうちに、やがて山車はまた後戻りをしはじめたが、コルソ人たちは破れ返るような歓呼を挙げつつ、

引け　押せ
キロパ様が七つの海へ投げ込んだ

と勝ち誇ったように声高らかに、例の祭りの歌を歌いつつ、手を振り足を振ってあらん限りの乱舞をしつつ、群集とともにしだいに門の外へ引き揚げて行くのであった。しかも不思議なことに、教授は椅子に靠れたまま凝乎と何か考え込んでいられた。

「エミリオ君、下らんことを言うと君は思われるかも知れんがどうも儂《わし》には今のあの人形の顔がどこかで逢ったことのあるような気がして仕方がないのだが……」と教授はしきりに沈吟されていた。

「だって先生、可笑《おかし》いじゃありませんか。どれもみんな同じ顔の仮面をしていますのに」

「……だから儂も考えてるのだよ。こんな不思議な気持になったのは儂にも初めてで、君の言う通りに違いないのだが、それがどうもどこかで見たような気がするのだから不思議

だ。どうしても思い出せん」

「お食事の仕度が出来ましてございます」とその途端にアマレが階段の上に現われた。

「お嬢様はどちらへお出でになったのでございましょうか？　さっきからもうだいぶになりますが、どちらにもお見えになりませんのですが」

しかしそれにも気がつかれないように、教授はまだ凝乎と考えていられた。が、とうとう諦めたように苦笑された。

「どうもだれかに似ているような気がするのだが、どうしても思い出せん。どれエミリオ君、食事にしようではないか。ヴェルデももう戻って来るだろう」

七

しかしどこへ行ったものか、ヴェルデはやっぱりまだ帰ってはいなかった。今の騒ぎが破れ返るばかりに大きかっただけに、群集や山車《だし》の退いて行った後の静けさは、まるで大嵐の凪《な》いだ後のような寂然とした淋しさに戻って、煌々《こうこう》たる電燈の輝いている広い食堂に、長い影を曳いて、たった一人で立ち働いているアマレの姿ばかりが、余計召使たちも出払ってしまった無人の家の侘しさを感じさせているように思われた。

「どこへ行ったのか、若い者の気紛れにも困ったものだ」

と教授は隣りのヴェルデの空席を眺めながら、初めて不快そうに眉を顰《ひそ》められた。

「ともかく始めていよう！　そのうちには戻って来るだろう。何をしとるのかしれんが」

私を促して匙《スプーン》をとり上げられた。ヴェルデのいない食事に気は進まなかったが、ともかく私も匙をとりあげた。もちろん教授と私とでは話の弾もうはずもないことであった。

「エミリオ君、研究は進んでいるかな？」

と教授も思いなしか侘しそうな顔で麺麭《パン》を挘《むし》りながら、私に話しかけられた。が、私の返事を聞いてもさして深い興味があって問われるのでもないらしく、また言葉少なにせっせと肉叉《フォーク》を運んでいられた。

遠くではまだ爆発するような喚声が湧き起こって、山車の練り歩いているどよめきが聞えて来、そしてその間を縫って、コルソの空の方角には花火の揚がる音がひっきりなしに響いて来るのに、その戸外の賑やかさに引き換えて、この食堂の淋しさというものはないのであった。

私はやっぱりなにか私の無意識でしていた素振りのうちに不快を感じるものがあって、ヴェルデは、わざと見たくもない祭りの賑いでも眺めに行って気を紛らわせているに違いないと思ったから、食事が終わったらさっそくもう一度探しに行って見ようと思いつつ、進まぬ食事を口に運んでいた。そして廊下でちょっと物音がしても、ヴェルデが帰って来たのではなかろうかと、そのたびに胸を躍らせていたが、今までに無断でこういう事をヴェルデがしたことは、一度もなかっただけに、そしてこの食堂が余りにもがらんとした静けさであっただけに、なんとも言いようのない不安な気持が、犇《ひ》し犇しと身に迫って来て、心も空で腰を降していたのであった。が、私たちのこの静けさもそう長くは続かなかった。喰べ汚した皿を運んで行ったアマレが急いで用ありげに入って来たのであった。

「ただいまのコルソの者たちがまたやって参りまして、何かお祝いのしるしに旦那様へ差上げたいものがあるとか申しておりますが」

「祝いのしるしに？」と教授は苦笑された。「祝いの品ならこっちからこそ出すべきではないか！　コルソの者どもから貰うというのは可笑しいではないか」

「でもそう申しております」

「帰してしまえ！　もしまた祝儀でも足りんというのならば、適当に殖《ふや》してやるなり、酒でも要るようならば飲ませてやれ」と苦い顔をされた。「ただいま主人は手離せぬ調べ物をいたしておりますから、はなはだ無調法ですがと喰べ酔っている連中と面倒なことを惹《ひ》き起こさんようにしてな！」

「畏まりました！」とアマレの引き退った後で、

「物事も程度にしておいてくれるといいのだが、どうも、ああいう連中というものは、物事の度合というものを心得んでな」とあらわに不快を顔に現わして言われた。

「どうも旦那様蒼蠅《うるさ》い奴等でございます。酒や御祝儀が頂戴したいのではない。決してお手間は取らせませんからちょっと旦那様のお顔を拝借して、御挨拶だけを申上げたいのだと申しておりますが……」

「始末に負えん奴等だ！　宜しい！　逢おう。ではここへ通せ！」と教授は苛ら立たしそうに、顔を顰《しか》められた。こういう手合との交渉を、最も厭《いと》うていられる教授の不愉快な気持が、私にはわかるような気がした。

　やがて蒼蠅く面会を求めていたその五、六人のものがアマレに導かれて入り口へ姿を現わしたが、いずれも装《な》りはさっきのまま相変わらず仮面をつけながら、したたかに酔っているものと見えて、足取りも危なかしくはいって来た。そして後からこれも同じ扮装《なり》をした二人ばかりの者が、驚いたことには、さっきの岩にもたれていたあの等身大の人形を抱きかかえて来たが、そこの入り口の脇の椅子に掛けさせて、いかにもその倒れるのを用心するかのように番をしているのであった。

「何か儂《わし》に下さるとかいうお話だが……」

「御多用のところを再三お邪魔する失礼の段は平に容赦していただくこととしました」とまたさっきの首領らしいのが道化た身振りで進み出た。「マーゴの一党はさきほど頂戴いたしました御多分なる御祝儀の御礼として実はこれなる人形を末永く御当家様へお贈り致したいと思うので御座りますがお受け下さるでござりましょうか？」

「まあ、諸君、お掛け！」と先生はにこやかに言われたが言葉のにこやかさに引き換えて、ありありと不愉快さが額に幾筋かの皺《しわ》を刻んでいた。

「せっかく諸君の苦心してお拵《こしら》えになった物を、儂が頂戴する理由もないし、これは御厚意だけをいただくこととして人形はお持ち帰りになったらいかがかと思うのだが……」

「いやいや先生お言葉を返すようではございますが、至って粗末なる人形、ことに祭りも、もはや今日が最後でございますれば、携え帰りましたればとて、砕いて壁の塗料《ぬりしろ》にいたしまするか、途中で海に投じて棄ててしまうくらいが関の山、それよりも当国の御名家誉れも高きヘルマノス家の土塊《つちくれ》の端にもお加え下さいますればこれなる人形としても、この上の光栄、また私どもの喜びもこれに過ぎたるはございません。曲げてどうぞ御笑納下さりまするようキロパの一党言葉を低くして幾重にも御願い申し上げまする」

それにつれて一同は再び莫迦丁寧な路易《ルイ》王朝式のお辞儀をした。そこへアマレがめいめいの前に洋盃《さかずき》を配って酒を満し、さらに一封ずつの祝儀を皆の前に並べて歩いた。教授は苦り切って、凝乎《じっ》と聞いていられたが、ほとほとそういう手合との交渉が莫迦莫迦しくなられたのであろう。

「儂としてはやはり御辞退したいのだがせっかくの御厚意だし、では頂戴しておくとしよう……」

といずれは帰り掛けの駄賃を強請《ねだ》るために祭りの済んだ後の邪魔っけな人形を押し付けて行くと踏まれたのであろう。等身大の人形を見ながら、気の進まぬ様子で渋々と、

「だがこういう大きなものを飾っておくところもないのだが」

「いやいや先生、何度も申し上げまするとおり、毀《こわ》して壁の塗料なり畑の土に還していただきましょうともかえって人形は本懐に思うでござりましょう。御斟酌《ごしんしゃく》は御無用に願いたいのでござります。では……」と首領は並んでいる五、六人の者に眴《めくば》せをした。

「先生！　この盃はこれなる王妃メサのために、そしてあれなるお方」と不思議なことには首領の道化た仮面の眼は、凝乎と私の面《おもて》に注がれた。

　仮面を通してなんとも言えぬ寒気のするような瞳を私は感じたのであった。「やがて先生のごとく赫々《かくかく》たる当代一の大学者となられるでございましょう、あれなるお若い方とのために乾杯していただけるでござりましょうか？」

「それはお安いことだが」

　と先生は浮かぬ顔で盃をとり上げられた。私も仕方なく立ち上って盃を挙げてグッと一息に干したのであったが、干し終わると首領はさらにひときわ高く盃を挙げて、「万歳ヘルマノス家！　お祝いを申し上げます」それと同時に並いる一同も「お祝いを申し上げます。お祝いを申し上げます」と声高く歌でも唱和するように口々に叫んだ。

「では諸君！　なにもおかまいもなくて失礼だった。わずかだがお納めを願いたい」

「ヘルマノス家万歳！　万歳！　万歳！」と狂せんばかりに口々に叫んでいる一同は、やがてアマレに案内されて部屋を立ち出でたが、玄関口へ出るとさらにいっそうその声は高く万歳！　万歳！　と足踏み鳴らしつ躍り上りつ、絶叫しつつ、帰って行くのであった。

苦りきって黙然と聞いていられたが、

「困った奴等だ！　人の迷惑ということをさっぱり考えん！」と先生は嘆息するように呟かれた。そして「こんな莫迦なものを持ち込んでからに！」と苦々しそうに取り残されて椅子に靠《もた》れかかっている人形のほうに眼をやっていられた。

「では先生！」と私は今の莫迦莫迦しい騒ぎのためにヴェルデを探しに行くのがまた立ち遅れたので、いらいらしながら、教授のほうへ振り向いたが不思議にも教授は、まだ凝乎と人形の面に眼を注いでいられるのであった。

「では先生！　私は……」

ともう一度私は瞬きもしないで眺めていられる教授の顔を仰ぎながら腰を浮かせた。しかも教授には私の言葉も耳にはいらぬかのように相変わらず凝乎と人形の面を瞶《みつ》めながら、

「エミリオ君！　儂にはこの人形は……」と半ば無意識のように呟いていられるのであった。「どうも生きているように思われてならぬ」と眼を瞠ったまましだいしだいに椅子を離れて立ち掛けられた。

瞬間思わず竦然《ぞっ》として私は教授が発作的に何か精神錯乱でも起こされたのではないかと思ったが、コトリとも物音一つしない中に、時計のみがいたずらに秒《セコンド》を刻んで心臓をも氷りつかせるような無気味な一瞬間、その無気味さが思わず何かは知らず私をも立ち上ら

せた。

「先生！　どうなさいました？」

しかも教授は吸い寄せられるようにしだいしだいに人形のほうへ歩いて行かれる。そして凝乎と眼をすえて熟視していられたかと思うと、いきなりパッと躍りかからんばかりの勢いで人形の仮面を跳ね退けられた。と同時に、

「ウウウム」と呻《う》めくように口の中で何かを呟かれたが、額を抑えてヒョロヒョロと、二足三足蹌踉《よろめ》かれるとさらに一声「ウウム」と腹の中から絞り出すような声を引っ曳《ば》って、虚空を摑んで仰《の》け様《ざま》に、ドターンと倒れられた。

「先生！」と吃驚《びっくり》して駆け寄って抱き起こそうとした途端、ドサッと、土塀でも崩れるような鈍い音がしてその人形が横倒しに倒れて来た。ハッとして思わず教授を抱えたまま眼を移した瞬間、私は全身の血液が一時《いっとき》に逆流して、

「ヴェルデ！」と我を忘れて人形にしがみついた。

見よ！　道化た奇怪な仮面のとれた処に、マントのずり落ちたそこに、無残な鮮血を胸一杯にこびりつかせてすでに死後硬直の来ているヴェルデの屍体が胸に短刀を貫かれたまま、変わり果てた姿を父教授の傍《かたわ》らに横たえていたのであった。

マトモッソ渓谷

一

最近容易ならざる一つの報道が南米各地を中心として、驚くべき加速度をもって全世界文明諸国の学者間に瀰漫《びまん》しつつある。

すなわち今より四月《よつき》以前の一九三八年の八月以来智利《チリー》の首府サンチアゴ、亜爾然丁《アルゼンチン》の首府ブエノスアイレス、伯剌西爾《ブラジル》の首府リオ・デ・ジャネイロ各都市の生物学者人類学者連を湧立たせ至るところで寄ると触ると各知識階級話題の中心となっている驚くべき一つの情報は、信頼し得《う》べき亜爾然丁の青年二名の目撃により、既存人類以外の半獣半人とも目すべき未だかつて世界学界に記録せられたることもなき奇怪兇暴なる生物の一群が、現在パラグアイ共和国とボリビア共和国の国境係争地点となっているグランチャコ地方の一部、人跡未踏のコロルタン丘陵灌木《かんぼく》地帯において発見せられし事を報道！　異常なる評判《センセーション》を捲き起こしつつある。しかもこの報道は海を越えてすでに米国新聞界を賑わせて軍拡建艦熱や州知事選挙に沸騰していた全米の人士を驚倒せしめ、さらに飛んで英京倫敦《ロンドン》に打電せられて物に動ぜぬ英国人《ジョン・ブル》士の魂を震駭《しんがい》せしめた。はたしてそういう奇怪な人が現実に棲息しているものかどうかという議論なぞはおいて、私は近着南米各地の新聞を基として、ここにしばらく読者諸君とともに、この驚くべき世紀の報道《ニュース》の検討をさせていただこうと考える。ただ恨むらくは報道が未だ全貌を語らるるの域に至らず、わずかに生存せる二名の青年の目撃談に止《とど》まることであるが。

二

まず第一にこの奇怪なる獣人の発見せられたという地域の概念を諸君とともに知っておく必要がある。グランチャコといったならば読者諸君も御承知のとおり一九三二年以来パラグアイ共和国とボリビア共和国との間の激烈なる係争国境となって、彼我おのおの三十万の敵味方が入り乱れ文化の光のまったく閉《とざ》している酷熱の沙漠と沼沢灌木帯と草原の交錯するところ、両国国力の限りをつくして鎬《しのぎ》を削ったことによって世界にその名を轟かせた紛糾地帯であったが、一口に国境地帯といってもこれは満州国と蘇《ソ》連国境のごとき一衣《いちい》帯水《たいすい》的な概念をもってはとうてい律し得ぬところ、チャコはその広袤《こうぼう》まさに二十六万平方キロメートル、わが国の本州全土に四国四県の全面積を加えたものよりもさらに大いなるものがある。しかもこの厖大なる地域に住む者は、わずかにグラアニー族印甸人《インディアン》とキチュア族印甸人あわせて五万内外の原住民族がきわめて蒙昧《もうまい》なる原始生活を送っているにすぎず、人口密度よりすればまるで真空にも均《ひと》しき稀薄さであった。しかもその五万の原住民族もほとんどその大半は、パラグアイ大河とその支流ピルコマーヨ河流域に狩猟を営んでいるにすぎぬというにいたっては、奥地沙漠草原地帯がいかに寂々寥々《せきせきりょうりょう》として太古ながらの人跡未踏のままに、無限の拡がりと大いさをもって横たわっているかが想像できよう。両国三十万の大軍が鎬を削ったといっても、それはわずかにピルコマーヨ河に沿うボリビアとの国境道路ウスラ街道に沿う原野の一部に砲声と硝煙が立ち罩《こ》めしのみ。残余わが国全面土を一呑みするごとき大沼沢大灌木地帯にいたって、千古神秘の帷《とばり》深く白雲は悠々と去来して、草に明けて草に没する道なき曠野の上に影を這《は》わせ、禿鷹《コンドル》はアンデスの連峰より蒼穹を掠《かす》め来って弧を描く。蔦葛《つたかずら》生い茂り荊棘《けいきょく》行く手を閉ざす怪沼には、瘴気《しょうき》陰々と立ち罩めて、時に獲物を水中に絡んで骨を折る水蛇の音が森の静寂を破るのみ。しかも処々の岩山には砂金採取業者のなれの果てと覚しき人馬の白骨や、獰猛《どうもう》なる亜米利加豹《ジャッカル》や山猫《ピューマ》、響尾蛇《がらがらへび》等に襲われし野猪《やちょ》、野牛等の白骨の雨露に叩かれて淋しく立ち枯れしを見る。したがってこの茫々莫々たる無人の地帯、命知らずの砂金採取業者の外には訪《おとな》う人のあるべきはずもなく、まして地名のあるべきはずもなければ、いわんや地図においてをや。

三

しかも南緯十八度四分より六分にわたり西経六十度一分より三分ぐらいにわたる通称コロルタン丘陵灌木地域においては、草原に籠《こも》る大地の呼吸《いぶき》は湿熱まさに百九十度と想像せられ、もはやとうてい人類に堪え得られる暑熱ではないのであった。もうこのくらいの暑熱になれば汗線はとうてい皮膚の外に水分の一滴をすらも流すものではなく、もはや渇きもなければ食欲もなく、ただ呼吸が切迫し眩暈《めまい》を催し、覚ゆるものは皮膚全面にはげしき疼痛《とうつう》感と倦怠感とのみ。したがって人間としては頭脳の働きが鈍って思考力判断力の明晰を欠き、いささかの疲労でもこれに加われば容易に妄想に陥り我と自ら一種の幻覚や錯覚を醸《かも》し出すに至るべきは想像にかたくない。これがグランチャコ地方の全貌であり、マトモッソ河の東、酷熱コロルタン地域とは、まさに実にかくのごとき形容に絶する焦熱地獄の丘陵地帯であった。

しかも見よ！　今この焦熱地獄の中を人馬もろとも瞞跚《まんさん》として蹌踉《そうろう》として、灼熱せる頭上の直射に悩みつつ、影を長う曳《ひ》いて喘《あえ》ぎながら馬をやる若人の一隊がある。これがすなわち砂金成金を夢みて不敵なる運命の開拓を求めて、グランチャコの大自然に挑戦し、しかも不覚にも今この人獣ともに恐るるコロルタンの丘陵草原地帯へ踏み入って来た亜爾然丁《アルゼンチン》青年鉱山技師の一行であった。最も先頭なるをアグエロ・トルバート技師という、二十九歳。次なるをデーラ・ペーナ技師という、二十七歳。最も若きをナペル・ヴィラノヴァ青年と呼ぶ、これは未だブエノスアイレス大学の工科学生の身の上であった。

彼等が今一刻も早くこの灼熱地帯を逃れんとして唯一の目的とするところは、これより西方約六十三哩《マイル》西経六十二度三分くらいあたりの地点において必ずや発見し得るであろうピルコマーヨの支流マトモッソ河の流域であった。もはや前進また前進そこに辿《たど》り着く以外に彼等の救わるる道はない。しかも幾十幾百の丘陵を越え来った彼等の前に、なお幾十幾百かの丘陵は彼等の行手を擁して峙《そばだ》つことであろう。それを越えずば彼等はマトモッソ流域に辿り着くことのできぬ運命にあった。影を長う曳いて人馬ともに黙々として道なき熱草の中に道を求め、丘陵を上り丘陵を降り馬の手綱を執って行く。天も地も人馬ともにただ荒涼たる喘ぎの世界であった。

四

行けども行けども同じような小丘陵を越え灌木《かんぼく》地域を越え、草も木もただ燃え立つような草原地帯を横切り、同じような単調な行程を明けても暮れてもすでに十何日も過して来た後の、ある日のことであった。そして暦の上ですでに何日かの日が経って今日が何日に当るかをもしらぬある朝のことであった。相変らず馬も人もただ降るような白光の中に喘ぎながら旅を続けていた時、ふと前方遠く二、三のケプナチョの疎林を透して、妙に薄黒いしかもどうも今まで眺めてきた丘陵とも趣きを異にした一つの丘陵を見出したのであった。一番最初にそれを発見したのはデーラ・ペーナ技師であった。ペーナ、何をそんなに見ているのだ、マトモッソ渓谷でも顔を見せて来たと言うのか、とハンカチを絞りながら後からトルバート技師が馬を近づけて来たのにも気がつかぬげに、ペーナ技師は瞬きもせずに双眼鏡を覗き込んでいるのであった。もちろん三人の馬を進めているマトモッソ渓谷は、よし方角に狂いはなくても、今のこの行程を馬背《ばはい》一日平均八哩《マイル》ずつとしまだこの単調な旅を六日間ばかり続けた後でなければとうてい顔を現わしそうにもない計算であったから、もちろん今頃マトモッソ河なぞの見えようはずもないことであったが、しかも瞬きもせずに双眼鏡を覗き込んでいるペーナ技師の表情は異様に緊張して、その髭蓬々《ひげぼうぼう》の面《おもて》にはマトモッソ渓谷でも見つけ出したのでなければ、とうてい浮び上りそうにも思われぬ限りない喜悦の笑みを輝かせている。「ペーナ、幻覚なら早く諦めるがいいぞ！　幻覚で楽しんだらまた後で失望が思いやられるぞ」と馬を側へ寄せて来て肩を叩いた。トルバート技師の声でペーナ技師は初めて我に返ったように双眼鏡を外した。

「トルバート」とその声は盛り上るような歓喜に顫《ふる》えを帯びていた。「見つかったぞ見つかったぞ！　人家が見つかったぞ。見てくれ見てくれあの丘陵の麓《ふもと》を！　俺の幻覚でないか！」

「何？　人家が見つかった！　この無人の境に」とトルバート技師もヴィラノヴァ青年も思わず馬上に息を呑んだ。「コロルタン地域に人家が見つかった？」と双眼鏡の度を合せるのももどかしく、トルバートの覗き込んでいる双眼鏡にもヴィラノヴァの取り出した双眼鏡の凸凹鏡《レンズ》の先にもありありと映って来たものは、なるほどペーナの錯覚でもなければ幻覚でもない遥かに例の黒ずんだ丘陵の麓に、それは確かに人の住んでいる洞穴に違いはない。丘陵の麓を刳《えぐ》って確かに石を積み重ねて拵えたらしいアーチ型の入口が見える。そこには炊爨《すいさん》の煙こそ上っていぬが、しかもこの入口に向って確かにこれも人の拵えたらしい道が、右方遥かの彼方《かなた》の灌木と灌木との間を縫ってうねうねと草原隠れに続いている。

「おう！　ペーナ確かに人家だ！　間違いなく人の棲家だ！」

「しめた！　トルバート確かに俺の幻覚ではなかろうな！」

「救われた！　ヴィラノヴァ！」とトルバート技師とペーナ技師とヴィラノヴァ青年とは馬の鼻面を寄せ合って互いに抱き合わんばっかりに雀躍《こおどり》した。一番年少の純真な学生のヴィラノヴァ青年のごときは「万歳！　万歳！」を絶叫して馬上に躍り上ってそれでまだ足らず、冠っていた帽子を天高く抛《ほう》り上げて落ちて来た帽子を、馬の後脚で踏みにじらせながら、子供のような喜びを洩らしていた。限りない安堵《あんど》と感謝とを、面に漲《みなぎ》らせながら互いに帽子を取って無言で十字を切った一瞬の後、三人の駒はもう疾風のようにその遥かな洞窟をめがけて砂塵を蹴立てていた。灌木を飛び越え草原を躍り越え枯木を踏みしだき草を捩《ね》じて！

もちろん人がこの辺りに住んでいるものとすればそれは確かに剽悍《ひょうかん》グラアニーかキチュア族に違いない！　しかし今の場合剽悍野蛮が何ものぞ！　グラアニーであれ、キチュア族であれ、これが躍り上らずにいられることであろうか！

長い旅路、ただ南十字星《サザンクロス》のみを唯一の指針として、野に寝《い》ね、草を褥《しとね》として数十日、酷熱は全身の隅々までも灼《や》き爛《ただ》らせて、現在ではすでに人間の惰性と、生への盲目的な本能一つで曠野に喘いでいるようなものであった。

これが狂気せずにいられようか！　三人とも落涙せんばかりの歓喜を面に躍らせつつ必死に馬を駆けらせた。はたして人の足跡の踏み固めたらしい道へ出で来た。

しかもこれもただ草を薙《な》いで踏み固められた一条の怪しげな小径というなかれ。道なき曠野に彷徨《さまよ》うこと数十日、手足は疵《きず》つき、衣は破れ、困苦疲憊《ひはい》の限りを舐《な》めつくした身には、今眼前に現われて来た一条の人の足跡道にさえも、どんなに馬上ながらに脱帽して雀躍したいほどの懐しさ嬉しさが込み上げて来たことであろうか！

やがて三人の馬は、ようやくその洞窟の門あたりへ辿り着くことができた。ビッショリと汗をかいた駒をその場に乗り放して、いきなり無我夢中で「お願いだ《ボルデナス》！　助けてくれ《オハラ》！　助けてくれ《オハラ》！」と歓声をあげて、薄暗いその洞窟の中へ飛び込んで行ったのであった。

五

が、今にもその洞窟の中から獣皮の腰衣をつけた剽悍なグラアニー印旬人《インディアン》かキチュア印旬人が弓矢を携えて躍り出して来るかと思いの外、これはまたいかな事！　洞窟内は寂然として無人の洞穴の如く、死の静寂のうちに冷やりと肌寒い空気ばかりが頰を撫でて来るのであった。しかも蝙蝠《こうもり》ばかりの羽搏《はばた》いていることの洞窟の内部の広々として奥深いことは！　苔蒸《こけむ》して絶えず地下水の湿《じ》め湿めと滲み出している足許《あしもと》は、ともすれば身を滑らせんばかりつるつるとして手懸りがなく一歩一歩なだらかな下り勾配になっているらしいのであった。暗《やみ》の天井は高く数十呎《フィート》の広やかさを持ち、坦々たる足もとはどこまでもどこまでも地底に届くかと思われるばかり、ただ無限の傾斜をもって地下深くへと下っているのであった。これには勢いよく飛び込んだ三人も呆気《あっけ》にとられてしまったが、この冷え冷えとした地底への道は酷熱に喘ぎ切っていた身体には譬《たと》えん方ない爽涼感を蘇らせ、たえず天井からポトリポトリと滴《したた》り落ちる水滴は、味わいこの世のものならぬ冷たさと甘さとを渇き切った喉に伝えてきた。しかもいかに小首を捻《ひね》ってみても、これだけの地下道が天然自然に穿《うが》たれたものとはとうてい考えられぬことであった。何十年を経ているか何百年経ったものかは見当もつかなかったが、よほどの強力な人工と巧みな工夫をもって刳《く》り抜かれたものであろうことは、鉱山技師である一同には容易に判断のついたことであった。しかもどこから光が取り入れられてあるのかは分らなかったが、採光排水さえも考慮に入れられて、これだけの地底でありながら、漆黒の暗《やみ》の中に足許や道の両側の岩壁だけは朦朧《もうろう》と浮び上っているのであった。「ヴィラノヴァ！　拳銃《ピストル》を出しておいたか？」と一番年長のトルバート技師が声を潜めてこの時注意した。「ペーナも拳銃を外しておいたほうがいいぞ」。そして三人は拳銃を握りしめながら一瞬無言で顔見合せて、足許おぼつかない道を夢見る心地で更に奥へ奥へと岩壁伝いに辿って行ったのであった。さっきからおよそ何百呎《フィート》ばかりも下って来たことであろうか、ようやく地下道の底に達したとみえて勾配はこの辺で止まった。そして平坦な道はいっそう広やかな幅を取ってさらに奥へ奥へと限りもなく続いているのであったが、さてここで当石《はた》と当惑したことには、このあたりからこの平坦な大道に接続していくぶん狭い小径がほとんど数限りもなく右に左に屈折して、まるで迷宮にでも足踏み入れたかのごとき状態であった。もはや何と考えてみてもこれは単なる洞窟ではなかった。何人《だれ》が何の目的で切り拓いたものか分らなかったが宛《えん》として地底における一大城廓であった。しかも、相変わらずこの暗の城廓は無人の静寂裡に鳴りを潜めてさながら冥府のごとき寂莫《せきばく》さ。うっかり足をその細径に踏み入れたが最後出口も戻り道も分らなくさせてしまうであろうという恐れと懸念とが、一同をしばしそこに釘付けにさせていたが、その途端であった。ふと右手傍《かたわ》らを振り返った一同は思わず、呀《あ》っ！

と声を呑んだ。天然岩を刳《く》って拵えた巨大ないくつかの柱の蔭には無数の細長い岩壁の室が隣接しているとみえて、今暗に段々慣れて来た一行の眼に留ったのは、背後の大きな柱の横手にその小室の一段高い壁を刳って設けたらしい台座の上に、まるで生けるがごとくに安置されてある五つ六つの美女の立像であった。立像と言わんよりはむしろ生ける美女の立ち姿といったほうがいいくらいのものであった。頰に垂れた金髪の乱れ、あるいは微笑《ほほえ》んであるいは瞑目してあるいは含羞《はじらい》を含んであるいは権高《けんだか》く美しく曳いた裳裾《もすそ》！　長く垂れた伸びやかな手！　もしその手や顔の色やふくよかな胸のあたりの白蠟のような青白ささえ、これが人間の肉色をしていたならば、今にもそのまま裳裾をとって台座を飛び降りて来るかとばかり疑われそうな一群の等身大の美女の立像であった。一同が啞然としてその像を見上げて言葉もなく茫然自失しながら佇《たたず》んでいた瞬間ふと、この美女像の奥さらにいっそう暗い岩壁の彼方《かなた》から異臭鼻を劈《つんざ》かんばかりの血腥《ちなまぐさ》いかおりを立てて、これも岩を刳った祭壇らしいものに向って誰か真っ黒な衣を纏《まと》うた者が、凝乎《じっ》と背後《うしろ》を見せて端坐しているのを見出したのであった。思わず総毛立って一同がギョッ！　とした刹那、端坐している僧体《そうてい》の人間のほうでもうしろに近づいていた人間の気配を感じたのであろう。静かに頭《こうべ》を廻してこちらを返り見た。朦朧たる薄暗の中で全身真っ黒な衣を纏うて、透し見る一同に手足までは眼も届かなかったが、その一行のほうに振り向いた物凄い相貌は！　爛々として暗に輝いた眼は横に切れて高くピンと張った耳の！　しかも口は大きく裂けて牙を剝《む》き出して、寸分たがわぬ南米狼《ハイエナ》の顔であった。南米狼が間違って人の衣をつけて端坐しているよりは評しようもない顔であった。しかもこの瞬間振り向いたその獣のほうでも、見慣れぬ人間の不意の侵入に憤怒したものであろう！　暗にも、著しい全身の毛が逆立って牙を剝いて「ガグロ！　ガグロ！」と奇怪な咆哮《ほうこう》を立てながら、いきなり坐っていた台座を蹴って躍り上った。躍り上ったその瞬間に見たものは！

　その手、その足！　驚くべし。手は人間の手をし足は人間の足をして、胴体は人でありながら顔はまったくの獣であった。もはやそれから後がどうなったかを弁《わきま》えなかった。

「獣人だ！　獣人だ！　トルバート助けてくれ！　ペーナ助けてくれ」と真っ先切って進んでいたヴィラノヴァ青年の悲しげな断末魔の絶叫のみがただ暗の岩壁内に谺《こだま》している中に、ペーナ技師とトルバート技師とが夢中で発射した拳銃《ピストル》のみが続けざまに火を吐いた。その洞窟内でも一時《いっとき》に崩れ落ちんばかりの物凄い乱射の中に、獣人の咆哮と叫喚《きょうかん》との入り乱れた中を、一番にトルバート技師、次にペーナ技師と必死になって駈けつ転《まろ》びつ、ただ手当り任せに背後をめがけて拳銃を乱射しつつ、死物狂いになって今降った長い勾配を逃げ戻って来たのであった。

　そして一時に昏倒させるような酷熱と眼も眩《くら》まんばかりの光の待ち設けている洞窟の外へ転がり出すや否や、なおも凄まじい咆哮と叫声の渦巻き返している真暗な洞窟めがけてあらん限りの銃弾を打ち込みつつ、外に青草を食《は》んでいた馬背に飛び乗ってあらん限りの拍車をくれたということのみを意識していたばかりなのであった。ついに無念にもヴィラノヴァ青年の遺骸すらもこの魔の洞窟内に放棄して来るのやむなきに至った。

六

以上私は最近着南米各地の新聞を基としてこの前代未聞の出来事の極めて粗描な輪郭《アウトライン》だけを読者諸君にお伝えした。もはやこれ以上の蛇足を細々と書き立てる必要もないであろう。この一行がさらにその後道なき曠野に彷徨すること四十余日食は尽きて木の実に餓《うえ》を凌ぎ瘠せ衰えて見る陰もなく憔悴《しょうすい》し、ようやくにしてキチュア族印甸人《インディアン》にめぐり合って助けられるところとなった。そして伯剌西爾《ブラジル》の辺境マトゲロックに出てヴィラベリアよりさらにアントニオに出で、マディラ河を下って漸《ようや》くマナオス港に出で休養幾週日かの後、伯剌西爾政府の好意によって折りよくマナオス滞在中の独逸ルフト・ハンザの旅客機で一路懐かしの故国へ帰還して、やがてこの報道が南米の一角より全世界に向って世紀最大の驚異を伝え始めたということを添えたならば、それで充分であろう。前にも私の危惧したごとく読者諸君の中には以上の出来事の真実性を疑われる人々も数多いであろうと思われる。素直に受け容れるべく、いかにも前代未だかつて聞いたこともない出来事だからである。しかし今一度くり返して申し上げるが、これらの発見者である青年たちは何ら山師的な人格上の割引をもって受け取らねばならぬような人たちではない。いずれも純真なしかも年は若くてもいずれも科学に立脚した鉱山学を修めている青年技師たち揃いなのである。そこに私はこれらの報道を一応はまともにそして素直に信じて受け取るべき何か真実なもののあることを感ぜずにはいられないのである。しかもいわんやこれを立証すべく、現在亜爾然丁《アルゼンチン》及びパラグアイ国の人心を沸しているものは、この青年技師たちの見た例の一群の美女の像であった。当時この一行の眼にこれは美女像というよりもまさに一群の生きたる美女の立ち姿であると映ったと私は先ほども書いた覚えがある。生きた美女と映ったも道理《ことわり》、その後調査の結果、その一個向って最も左端にあった美女こそはその容貌着衣身の丈すべての点よりして、今より七年以前に、ボリビアの首府ラパスに駐劄《ちゅうさつ》中の夫の許《もと》へ急ぐべく従者を連れてピルコマーヨ渓谷沿いにウスラ街道を馬車旅行中行方不明を伝えられた、当時のパラグアイ総領事ヴィラロ・ジュアナス氏夫人マリイアという無双の美女に一分一厘の狂いもなく吻合《ふんごう》することが判明したのであった。さらにもう一つその右隣りの美女は、それよりさらに遡《さかのぼ》ること四年以前伯剌西爾《ブラジル》台地パラグアイ渓谷よりコルンバ方面に向って父とともに狩猟旅行中、有毒アマゾン蠍《さそり》に刺傷せられ、従者等が手当のためわずか六、七十ヤードを離れた父の許へ引き返したるその瞬間のうちに忽焉《こつえん》として行方不明となり、爾来《じらい》今日に至るまで杳《よう》として消息を絶っている英国の有名なる富豪クラーマン・リンドナー氏の令嬢モーリー当時二十四歳の美女と、着衣容貌その他がまったく吻合していることが判明したのであった。ためにこれらの美女群は、いずれもこの附近を通行中この奇怪なる獣人の襲うところとなって、人外魔境の地下道に拉致《らち》せられ獣人等の辱《はずかし》めを受けた後、死体は独特の不思議なる何らかの方法によって今なお生けるがごとき容姿を保っているのか、さもなければ地層の関係上自然風化作用によって一種の木乃伊《ミイラ》になっているものであろうと各方面学者の一致した結論が下されたのであった。その結果ブエノスアイレス警視庁当局は智利《チリー》、ボリビア、パラグアイ、伯剌西爾各隣接諸国の警察機関と連絡を取って、急遽ここ十数年以来のこの地方における白人美女行方不明者の再調査に取りかかりだしたということが報じられている。すなわち以上のような思いもかけぬ副産物的な傍系よりの立証事件によって、いよいよトルバート技師等一行の報道の真実性は今やもはや何らの疑いをも入れる余地ない確実なものと認定されるに至っていたが、ここにさらにこの報道の確実性を立証するものとして最近評判になっているのは、亜米利加《アメリカ》合衆国における有名なる人類学の権威ジョンス・ホプキンス大学教授チャールス・ハイマン博士が次のごとき意見を発表して、獣人の現存可能説を百パーセント有力に裏書したことであった。すなわちハイマン教授の所説に従えば、今より四百年以前、十五世紀の末葉に西班牙《スペイン》の征服者フランシス・ピサロによって滅亡させられた秘露《ペルー》インカ帝国の残存者が、クスコからワイナピチュに脱《のが》れさらにその幾人か幾十人かが、マトモッソ東渓谷にまで逃げのびて、ここにこの地下城を建設したが、この秘境以外とまったく隔絶した生活を営むうち、生理上の欲求により附近に住む獰猛《どうもう》なる南米狼《ハイエナ》との人獣媾合《こうごう》により生じたものが、この不思議なる獣人であろうという解釈なのであった。

すなわちその立論の根拠としては、第一、古代インカ帝国人は地下道地下城の掘鑿《くっさく》に最も特殊なる技能を持てること、第二、初めてその獣人の一人がトルバート技師の一行を見た時に「ガグロ！」と叫んだと言われているが、古代インカ帝国の言語中にも明らかにガグロという言葉があり、最高度の恐怖、憤怒の場合に発せられた言葉であったという、千《せん》鈞《きん》の重みのある獣人現存説肯定の意見であった。

いずれにせよこの世界にかくのごとき奇怪なる半人半獣の生物が棲息しているということは、今やまったく揣摩《しま》を越え憶測を越えて儼然《げんぜん》たる一つの既成事実なることを否《いな》み得ないものと私も思考する。しかし残念ながらこれ以上書くべき何らの材料をも持たぬから、私はこの辺でまずこの獣人報道検討の筆を擱《お》くこととするが、聞くならくはブエノスアイレス大学人類学教授連によって最近大規模のマトモッソ武装探検旅行の計画が発表せられ、同時に伯剌西爾リオ・デ・ジャネイロ大学にも、また秘露サン・マルコ大学にも近く同様の企画が発表せられ、各方面の権威ある学者の一隊が続々として同地に派遣せられるやに聞き及んでいる。ねがわくばこれらの優秀なる学者の手によって、この世紀の一大驚異が一日も早く現代科学のメスの下に余すところなく闡明《せんめい》せられんことを、私は読者諸君とともに衷心《ちゅうしん》より切望してやまざるものである。

ムズターグ山《アタ》

一

　歳まさに、すぎたる年、一九四六年という年は、妙に怪奇なニュースばかりが、世人の耳目をそばだたせた年であった。見ようによっては、奇怪なトピックに明け、怪奇なトピックに暮れた年ともいう事が出来るであろう。小平、樋口両事件はしばらくおくとしてもいま試みに指を繰ってみても、かもしかと共にシリアの砂漠に住んで、かもしかよりも脚が速いという少年のニュースが伝えられ、一万年前の巨大なる原生動物が、イタリアコモ湖に棲んでいるというニュースが伝えられ、ハンガリイで人肉のソウセイジが市場に氾濫したニュース、四十何年前に軍神広瀬中佐と共に、確かに旅順沖の閉塞隊で死んでいる筈の杉野兵曹長が、生きて帰って来るとか来ないとかいうニュース、十九年間に四十何人かの婦女をもてあそんで、殺したという独逸製小平クンのエロニュース、最後には満州事変の直接導火線となった、中村震太郎少佐が生きて満州で働いているという怪ニュースまでが飛び出して来た。こうなって来ると読む方でいささか辟易《へきえき》して、この物価の高い世の中におれ達が生きておまんまを食ってるという方が、よっぽど怪ニュースだろうぜエ！なんて悲鳴の一つもあげたくなるぐらい、事ほど左様にこのごろでは、怪奇々々の氾濫とある。このところ読者も大分怪ニュースには腹もたれの気味で、免疫性もかなり高まっている傾向にある。その免疫度の高い読者に向って、又候《またぞろ》ここで私が怪奇を担ぎ出すのも、ずいぶん頭のない話だとは思うのであるが、しかしこれは正真正銘の怪奇なるニュース……昨年十月十八日、突如印度カラチの特電として、ユウピイ、エイピイ、タス等世界の大通信社がこの問題を取り上げて、これら通信社の電波が一斉に世界の空を飛び交うて以来、世紀を彩る怪奇なるナゾとして、目下全欧州に異常なるセンセーションを捲き起し一躍世界のトピックの首座たるの観がある。

　またもや怪奇をもって始まらんとする一九四七年のはじめを飾るのには、絶好な大怪奇ニュースであろうと考えるので、いささかこの全貌をここに抄訳してみようと考える。しばらくご辛抱を願う事とするが、嘘かまことかはもとより私の保証する限りでない。

　事件の起った場処というのは、印度とアフガニスタン、新疆《しんきょう》省とソヴエト連邦領と……この四ヶ国が国境を接しているところ。いささかアフガニスタン寄りになっていると報道されているが、もちろんくわしい事ははっきりしない。大体コンロン、ヒマラヤ、カラコルムヒンズークシの各山脈がこの辺でくびすを接して、世界の屋根と言われているパミール高原地帯の事であったから、国境とは言ってももちろん地図の上に線が引いてあるだけで、この深山高嶺天を摩し太古以来人蹟稀なる大高原密林地帯に、正確なる国境線なその存在していようはずもない。

だいたいにおいて北緯三十七度から三十八度九分にわたる線、東経七十七度六分から七十九度にかかる線の範囲内において、起った事件とお考え下されば宜しいであろう。

昨年三月胡砂《こさ》吹く北京を発し、綏遠《すいえん》、エツィン・ゴール、ハミ、ウルムチを過ぎ東トルキスタンを横断して、カシュガルに達した英国天山南路探険隊の一行が、さらにカシュガルを発してこの地域にさしかかって来たのは、昨年八月中旬ごろの事であった。一応一行の顔ぶれを、ここで見ておく事にしよう。隊長は探険家として、このごろ名前を売り出しているサー・カーティス・ロドネイ卿、および二十七歳になる色香こぼるるその夫人。夫人もまた夫ロドネイ卿と共にかつて南阿を探険し、ブラジルアマゾン上流地帯を踏破して、冒険好みの若き女性達から、大いにその名を讃仰《さんぎょう》されていた。このたびもまた、夫君と行を共にしていたのであった。ロドネイ卿と同気相求むる、友人グレイ・ムウレイ卿。グリムフビイの広大なる庭園の持主であった。ムウレイ卿の夫人マーガレット・ムウレイ。これもまた、隊長ロドネイ卿夫人にまさるとも劣らぬ、美しさと若さの持主で、おきゃんで冒険好きな婦人であった。

地質学者として世界的の令名を持つ、エジンバラ大学の教授ロッドマン・ウィルダア博士。人類学者として聞こえた、ロンドン大学の教授ハスゲル・アダムス博士、ドクトル、ハレット・ワットスン。だいたいこのような顔ぶれであったが、これに前記ムウレイ卿の召使、およびエジンバラ、ロンドン両大学より参加した、ウィルダア博士、アダムス博士の助手副手達を加えると総計十八人。さらに途中より一行に合流した者に、スエーデンの考古学者マズセン・アダムゼン博士の夫妻があった。夫妻はすでに一年ばかりも前からチランに滞在して、独力をもって附近の廃墟チラン古墳の発掘に従事していたが、一先ず研究の成果を提げて、故郷へ引揚げようとしていたものであった。

この一行を加え、さらに北京およびハミにおいて雇い入れた、蒙古人キリギス人の案内者、荷物運送の土民達を合わせると、正に四十何人という大がかりなものであった。この大がかりな英国貴族を首班とする探険隊に対して、ウルムチ駐在の辺防督弁は特に敬意を表して、二十人の護衛兵を附しハミよりカシュガルに至る途中の安全と便宜を計ってくれたが、カシュガルよりは最早馬の背による外のなきけわしい山道であった。

一行はここで北京より乗って来た自動車四台を棄て、ついでに辺防督弁の厚意を謝して護衛兵を返し、いよいよこれよりはヤクと馬の背によって羊腸《ようちょう》たる九十九《つづら》折りの山道入とかかって来たのであったが、この事件に関係あるために、女の事だけはくわしく書いて置かねばならぬ。チランより一行に加わったマズセン・アダムゼン博士の夫人は三十一歳、あえて美しいとは言えぬが理智的なひらめきを持つ、均整のとれた手足と引きしまったかたちとを持つ婦人であった。

二

カシュガルにおいて十分食糧の補給と休養とを取って、一行はいよいよ山道に踏み入ったが、ブルンコールという人家七、八軒の、侘しく屯《たむろ》するクングール山麓を過ぎて、すでに今日で又七日目であった。草ぼうぼうとして生物の影一つなき無人の広野の遥か彼方に、老樹鬱蒼《うっそう》たるムズターグ山の山容がいよいよその形を現して来た。そして東方にはゴドウィン・オースチン山が、岩石怪奇なる姿を、白雲遥かにのぞかせている。道はここで、二つにわかれているのであった。一つはこの道をただちに南方へ切って、ゴドウィン・オースチン山の山懐から一挙にカラコルム山脈を横断して、インダス河上流渓谷を印度ナンガパルバットへとたどる道……一つは今はるかに聳《そび》ゆるムズターグ山の密林中へ分け入って、斜西南方にヒンズークシ山脈を横切って、アフガニスタンの首府カブールへと旅を重ねる道……後者は前者に比してさらに月余の旅程を加え、そぞろ前途の困難を予想させるものがあったが、この行程こそは天山南路の秘境中においてもさらに一層の秘密境……太古以来人跡まったく未踏の、最暗黒境こそが、一行の取ろうとしていた踏破コースの一つなのでもあった。

　が、まず頭を振って反対したのは、北京から連れて来た道案内の蒙古人であった。続いて頑強に反対を唱えたのは、ハミで雇入れたキリギス土人達の一群であった。

「大人《たいじん》、それでは最初の約束が違う。この道だけは、決して取らぬとおっしゃったではありませんか！」

「こっちの方角をお出になるのなら我々だけはここでお暇《いとま》を頂きたい」蒙古人もキリギス人達も烈しく頭を振って、何としても応じようとはしなかった。

「約束が違うということはないではないか。我々は最初から、天山南路の探険をするために来ているのだ。その探険の道案内をするという約束で、お前達を雇っているのではないか」と、居丈高になったが、何と脅かして見ても罰して見ても、あの方角へお出でになるのなら、我々だけはここから帰して貰うの一点ばりであった。そして荷物運送の土人達もこれに和して進むのを拒み出して来た。

　有《なだ》めすかし、最後には給料の割前を出して、日当を増そうと持ち出して見たが、やっぱり応じようとはしなかった。金も欲しいが命には代えられぬというのであった。いったいあの方角へ行けばなぜ、そんなに命が危ないのか？

「大人達は、何にも御存知がないからです、この恐ろしさが……」そして土人達が恐ろしそうに、身ぶるいしながらいうところはこういうわけであった。

　この方角は、我々の物心付いてからまだ一人の人間も、足を向けたことのない道であった。というのは、この方角には昔から恐ろしい言い伝えがあって、どんなことがあってもムズターグ山《アタ》へだけは決して近寄るな！　ここにはウニ・ウスという物凄い魔物がひそんでいて、昔から間違ってこの山へ踏み込んだ者で、帰って来たためしはまだ一度もない。殊にウニ・ウスは女が大好きであるから、いくら男の服装はしていられても、大人達のようにこんなきれいな奥様達を連れて、あの山へお登りになるのはまるで命を棄てに行くようなものである。どんな災難が起るかもわからぬから、あの山へお出でになるのなら、我々だけはここから帰してもらいたい！　というのであった。五、六年前にお出でになったスウェン・ヘデンの大人も、また近ごろ探険にお見えになったサー・タイクマンの大人も決してあの方角へだけはお出でにならなかったと、こういうのであった。これには一同腹を抱えて笑ったが、ここで案内者達に帰られたのでは、土語のわからぬ一同まるで、暗夜に灯を失うようなものであった。

　暗夜に灯はまだいいとしても、案内者達が引揚げたなら、たださえ浮き足立っている土人達は、荷物を放棄して総崩れになってしまうだろう。いっそのこと案内者達の意を迎えて、ここから印度の方へ道を変えてしまうのが、無難なのではあるまいかしらとアダムゼン博士は言い出したが、いやしくも英国の探険隊ともあろうものが無智文盲な土人に脅やかされて、計画を変更してしまうのも余りに意気地のない話ではないか！　という方が勝ちを占めた。そしてこんなばかげたことを言い出すのも結局は金欲しさのためであろうということにきまって、給料は約束した金の二倍を出す、ムズターグ山通過中は日当を今までの三倍ずつ取らせるということにして、ようやく怖《お》じ気づいた土民達をなだめ、どうやらこうやら、無理やりに承知させることが出来たのであった。

　そして一行はいよいよムズターグの方へと道を進んで行くことになったのであったが、日当よりも金よりも実際はハスゲル・アダムス博士の一言の方が、余程功を奏していたのであろう。というのはこの話を聞いて、巨軀《きょく》をゆすぶって一番に笑い出したのは、故国では狩の達人として聞えている人類学者のアダムス博士であった。

「何、ウニ・ウスが出る？　結構々々、面白かろうな、大いに出てもらおうではないか」

という元気さであった。

「白人達がウニ・ウスを恐れているかいないか、一つこの荷担ぎどもに、実際の腕前のほどを拝ませてやろうかな。おい！　ロッドマン君、一寸《ちょっと》その銃を貸し給え！」という調子であった。

　無人のパミールにも、行き倒れの人獣の腐肉をついばむために、大鷲《わし》は常に空に弧を描いていた。今も彼方の大木の梢に、翼を休め大鷲めがけて、ロッドマン助手の差出したウインチェスター二連発は、太古の寂寞を破って火を吐いたのであったが、博士の狙いはあやまたず、二つ、翼を射抜かれた鷲はバサバサと凄じい羽ばたきをさせながら、空から降って来たのであった。

土人達の恐るる、大鷲を射落す銃の力、そして博士のすばらしい腕前……これが日当よりも給料よりも、土人達の勇気をふるい立たせる大きな力となっていたのであった。そして彼らは浮かぬ様子はしながらも、東洋人特有の無表情な額に汗をうかべながら、黙々としてまた荷を担ぎ、ヤクの尻を追い、探険隊の一行は土人達とともに土人の無智を笑いつつ、馬の背にゆられて歩を進めたのであったが、それから三日ともたたぬある夜のことであった。

三

目指すムズターグ山へも、いよいよ明後日あたりは踏み入れるだろうと話し合いながら、一行がその夜、キャンプを張ったのは、ムズターグ山どころか！　それよりもまだ七十マイルばかりもこちらの草原地……やっとゴドウィンオースチン山の奇怪なる山容が、視界の外へ消え去ったばかりの灌木《かんぼく》地帯であった。

その夜ハスゲル・アダムス博士とテントを同じうしたのは、地理学者のウィルダア博士、ハレット・ワットスン医師、そしてロッドマン助手と……この四人であった。このテントは一番東のはずれ、大篝《かが》り火を囲んで中央のテントには、隊長のカーティス・ロドネイ卿とその夫人……そしてさらに侍者助手達の眠る幾組かのテントを隔てて、最も南寄りが、アダムゼン博士夫妻のテントであった。

その裏手を取り巻いて、さらに二つばかりの大テントを張り、ここには土人達がいぎたなく寝そべっていたのであったが、さてアダムス博士達はその夜遅くまで、篝り火を囲んで四方山《よもやま》の雑談にふけり、テントに入ったのはかれこれ夜ももう十一時を過ぎたころであろうか。土人達の集めて来た土語で彼等のアモと称する、やわらかな香気の高い草を厚く積んで褥《しとね》とし、その上に毛布を敷いた限りのベッドの上に身を横たえたのであったが、およそいく時間くらいをとろとろとして過ごしたことであろうか。

人馬の狂い走る容易ならぬ物音に、たちまち夢をさまされてしまったのであった。今にも手綱を切って駆け出さんばかりの馬のひしめき！　足ずりして大地を蹴って、断末魔の悲鳴！　その間々を縫って断続する女の叫び！　遂に天幕の外を逸脱して行く、馬のひづめ！　草木も眠る高原の夜の静けさは、阿鼻叫喚の巷《ちまた》と化してしまったのであった。飛び起きてかたわらのロッドマン助手とワットスン医師とを呼び起して、銃をつかんで表へ飛び出したが、手綱を引きずって眼の前を狂いまわる馬の群れ。泣き叫びながら、死物狂いに逃げていく土民達……その土民達には眼もくれず天幕から天幕へと出つ入りつする、いくつかの奇怪な黒い影！　余りにもこの世ならぬ喧騒と悲鳴とのために、何が何やらしばしが訳はわからなかったのであった。その間にも、銃を持ったまま虚空を掴んでのけ反るものがあり、背後からこれに躍りかかって、ポキンポキンと銃床をたたき割る音がする。しかもどこから響いて来るのかポカポカと絶えず馬のひづめの土を踏む音がして、パンパン！ パパーン！ と烈しい銃声がした。

「撃つな！ 撃つな！ 撃ってはならぬぞう！ 女達がさらわれてるぞう。むやみに発砲すると、女達にあたるぞう！」

「アダムス君！ そこは危険だ！ こっちだ！ こっちだ！ 早くこっちへ来給え！」うしろからウィルダア博士の声がして、アダムス博士は急いで声のする方へ近づいたが、とたんについそこの脇から、「助けてえ！」と絹を裂くような女の絶叫が聞えて来た。そして博士の眼前を、白衣の寝衣のすそを乱して、アダムス博士の夫人が、黒衣の怪人の小脇に抱えられながら身もだえしていたが、その怪人のすばやいこと！ さながら陽炎《かげろう》か稲妻の如くであった。

今そこを走っていたかと思えばたちまち七、八ヤードの向うへ！ さらに十七、八ヤードの向うを！ しばらくは茫然として突っ立っていたが、たちまち気がついて後を追った時には、怪人はすでに彼方の老樹の方へ……天を摩して聳え立った彼方の大樹のかげを走っていたが、すでに博士との間に三、四十ヤードも、距離がつくられたのに安心したのであろうか、この時一寸足をとめて、博士の方を振り向いた。まっ白な大きな歯をむき出して、笑ったのか嘲《あざけ》ったのか！

おりから雲を離れた月は、煌々《こうこう》と大地を照らして怪人の姿を残るくまなく博士の眼に映したがその物凄さ！　思わずぞっとして総身にちり毛たったが、馬面人身……まったくの獣人であった。その歯をむいた顔は、眼横に切れて鼻面高く上げていななく時の馬の顔さながら、鬼気身に迫らんばかりであった。しかも身の丈高く、三、四十ヤード離れてなお確実に七フィート以上の高さがあるように思われた。そしてその直立した身体に真っ黒な毛衣《けごろも》を着けてすでに気を失ったかグッタリしている夫人を軽々と抱え直すと、「ケケケケケ」と身の毛もよだたんばかりの叫びを挙げた。たちまち彼方此方からも「ケケケケ」と同類の友を呼ぶ声がして、次の瞬間三度身をひるがえすと、早くも老樹のはるか彼方の叢《くさむら》を夫人の着物が散らついていたというのであった。

そして獣人の足は、馬のひづめそっくりであろうか。余りの幻奇さに夢に夢見る心地して、再び追うことも忘れて立ちすくんだ博士の耳に、ポッカ！　ポッカ！　ポッカポッカ！　とさながら遠くへ消え去って行く馬のひづめのような音のみが、いつまでも聞こえていたのであった。

四

茫然として、天幕にもどって来た時に、博士の驚きは遂に絶頂に達したのであった。何たるざまか！　隊長のロドネイ卿夫人は奪われて跡方もなく、ロドネイ卿自身は口から多量の黒血を吐いて、天幕の入口近くにうつぶして、すでに骸《むくろ》はまったく冷え切っていた。いうまでもなく、獣人の一ト蹴りによってその場に即死を遂げているのであった。

隣りの天幕……ムウレイ卿夫人もすでに奪われて姿なく、ムウレイ卿は顔を蹴られたと思う、頭蓋骨はくだけて柘榴《ざくろ》の如くになって、鮮血の中にのけざまに息絶えていた。南はずれ、アダムゼン博士の天幕……博士は立ち上って抵抗を試みたと覚しくこれはしめ殺されていた。その胸はグチャグチャにくだけて、せんべいの如くに圧《お》しつぶされ天幕の支柱にもたれて眼を閉じていた。

土民等の大半、乗馬の大半はほとんど逃げ去ってしまったと見えて、最早その辺何等の物音とてもなく、天地はまた元の静けさに返って無気味な沈黙の中に、月のみただ徒らにさえていたが、逃げおくれた助手や土人らの死体、馬の死体……縷々《るる》層々として足の踏み場もなく、何等の凄惨さ！　面《おもて》を向けんようもなかったのであった。いずれも、蹴られ、小脇に抱えしめ殺されたと見えて、血を吐き、板の如くに圧しつぶされ、堅牢なくるみの銃床さえもささらの如くに踏み割られ、殊に驚くべきは巨大なる馬さえも、獣人の一撃によって太いくび骨をたたき切られたものの如く、その腕の力と握力の強さに至っては、ただ茫然たるの外はなかったのであった。しかも土人を除いて二十二人の隊員ことごとく殺されて、残るは博士等ただ四人のみ！

「何という凄い力か……まったく凄い……まったく強い……類人猿が強いの何が強いと言ったって……」放心したようにワットスン医師が、ふるえ声でとぎれとぎれにつぶやいた。失われた財物食糧とては何一つたりともなく、この馬面人身の獣人達は、ただ美しく溌剌たる白皙《はくせき》の夫人三名のみを狙って、この挙に出て来たものであった。

奪われた夫人三名が、ムズターグ山の密林の彼方に世にも奇怪なる獣人達の愛撫を受けて、いま如何《いか》なる怪奇の日を送りつつあるか？　そしてこれ等馬面人身の獣人達が、果して土人等の恐怖すウニ・ウスと同一のものであるか？　そのいずれも未だ解けざる謎のままに、妖雲漠々《よううんばくばく》、ムズターグ山は千古の秘密を包んで、高原の彼方、ただ深い煙霧の中に閉されて眠っているのであった。

……以上私は、外電の伝うるがままにいま欧州を驚かしている、世紀のニュースを御紹介した次第であるが、馬面人身しかも馬のひづめを持った獣人とあっては、余りにも事件が奇怪過ぎて我等の常識では、いささかこのままは受け取り難い節《ふし》を感じる。事件の発生した場所が如何に世界の暗黒境とは言え、文明の今日こんな荒唐な話が！　と一笑に付したい気持が起らぬでもないが、しかし土人を除いて二十二名のロドネイ探険隊員中、十八名までが一夜のうちに非業の運命にたおれた事も事実であれば、又ロドネイ夫人、ムウレイ夫人、アダムゼン夫人等の行方不明を伝えられている事も事実である以上、軽々には笑い去り得ぬ何物かが、そこにあることを感ずる。

いわんや、一名はロンドン大学の教授であり、一名はエジンバラ大学の教授である二名の令名ある学者、学者としての名誉にかけてその事実たる事を立証し、死体を検案した医師が驚きの叫びを挙げて、この事実を裏書しているにおいては、信ずべく余りにも怪奇なるニュースとは言え、しばらくこれ等学者達の証言に範従するの外はないであろうと考える。ましてや事件以来、ロンドン、パリー、モスクワ、ストックホルム等の権威ある各一流誌が、筆陣を揃えてこの事件を大々的に報道し、魔手にあるこれ等三人の夫人の運命をいたみ、欧州の世論も学界もまた沸騰《ふっとう》して、近く大規模なる第二の探険隊を組成して、秘境に送り出さんとしているにおいてをや。

読者諸君と共に、第二、第三の詳報に接する日の早からん事を、待つ事にしようではないか。

殺人鬼と刑事

一

今夏フィラデルフィアで開催された、逃亡犯人引渡条約の改訂会議に出席した、瑞典《スエーデン》国防省の特別情報部長一行がある。帰途、日本の警察制度を視察して行ったが、ふとした縁で一行中の、ハンス・イ・ボウエルという若い警部と知り合って、二、三度話したことがあった。

「瑞典といえば、失業救済とか老幼の保護施設とか、社会立法が完備して、地上の楽園か天国のように考えている人が、随分お国に多いのには、驚きました」

とこの若い警部は、笑い出した。そして、こんなことをいった。

「そんなら、私の国の刑務所でも、警察の留置所でも、ガラ空きの筈ですがね、いくら社会施設が進んでも、人間が住んでる以上、仲々犯罪の絶え間はありませんよ。おまけに時々変質者なぞが出て……ほら、ロンブロゾーがなんとか、いったじゃありませんか、天才と狂人は紙一重の違いだとか……案外、貴方なぞ思いも及ばぬようなものが、転がってるか知れませんよ」

その時は、笑いながら珈琲《コーヒー》を啜《すす》っていたが、今思い出して見ても、仲々笑ってしまえぬものがある。瑞典にも犯罪者が多いとか、日本なぞで想像も付かぬ犯罪があるとか、そんなことばかりではない。もっともっと考えさせられる、世の中にはこんな犯罪もあるのだろうか？　と、びっくりするような話をしてくれたからである。

この警部が、ヘルシンゲボルグの大学を中途でやめて、ストックホルムの中央警察庁に始めて新米の刑事《デテクティーヴ》として、勤めた頃だそうな。

二

その頃、警視庁悩みの種として、なんとしても解決することの出来ぬ、迷宮入りの事件が二つばかりあった。

第一は、郊外ズンスヴィークに於ける、製粉業者一家の鏖殺《おうさつ》事件。

このズンスヴィークというところは、見窄《みすぼ》らしい純粋の、農村ではない。首都から西南に六哩《マイル》ばかり、赤松や樺、楢《なら》なぞの鬱蒼《こんもり》とした恰好のいい丘が幾つもなだらかな尾を曳いて、首府の実業家達の別荘が、これらの丘の中腹から青々とした菜種や馬鈴薯の畑を見下ろしている、いわば別荘地帯ともいうべき村であった。

製粉業者というのは、この丘を二つほどめぐった、ハムメルビイの国道に沿った、一軒家である。付近でも評判の資産家《ものもち》であった。工場はこの国道を更に、一キロばかり西に離れた、ヴェステルスンドという村に建っている。

尤も、製粉屋といったところで、オヤジが粉だらけになって、水車小舎《ごや》で立ち働いているそんな惨めなものではない。動力設備が完備して、職工の五、六十人も働いている。ズンスヴィークの自宅には、女中の二人に下男も使っている、むしろ工業家と呼んだ方が、いいのかも知れぬ。この製粉屋の自宅へ犯人が押し入って、家族全部に女中を鏖殺《みなごろ》しにして、おまけに家に放火してしまったという、事件である。

エドヴァルドというオヤジさん五十四歳、細君のベルタ四十六歳、長女のエルサ二十三歳、次女のトーラ十九歳、息子のヤン十六歳、この家族全部にハンナという四十二、三歳の女中に、グニラ二十六歳という二人の女中、下男のモンスだけは、用をいいつけられて前日から、ヴェステルスンドの工場の方へ泊り込んでたから、難を免かれたが、この七人の屍体が黒焦げになって現れたというのだから、耳目を聳動《しょうどう》せしめた大事件である。

おまけに今七人といったが、厳密にいえば、長女のエルサの屍体だけは現れなかったから、六人ということになろう。しかもこの長女というのが、この地切っての評判の美人であり、おまけに瑞典《スエーデン》名うての名提琴家《ヴァイオリニスト》、アンマリイ・ボールレンゲ嬢の秘蔵弟子というのだから、与論はいよいよ喧《やか》ましい。

調べるとその犯罪の行われた当日、長女はボールレンゲ嬢の許《もと》へは現れず、昼過ぎストックホルム、ニルス街《ガータン》のノルド銀行へ現れて、百六十何万クローネかの大金を引き出している。翌日晦日《みそか》の工場の支払や、雇人達の給料に、当てるためである。が、自家用車を運転して立ち去る姿を、銀行の守衛は目撃しているが、それ切り誰れも姿を見かけたものがないから、果してまっすぐに家へ帰ったものかどうか、わからない。

家財家具悉《ことごと》く、灰燼に帰しているのだから、そんな紙幣も銀行の通帳なぞも、現れよう筈はない。自動車は、スカーニア社製のサアブ型だが、こんなものはどっかへ売り飛ばして、塗り換えてしまえばそれ切りだから、捜査の重点にはならぬ。

長女がこの犯罪に、一役買っているのではないか？　さもなければ帰途、どこかで殺されて、大金が奪われているのではないか？　と、男友達や家族との関係、美貌に心を惹《ひ》かれていたらしい工場の若い職工や、銀行から金を引き出すことを知っていたと思われる、工場の会計係から支配人……はてはその時銀行に居合せた人間、町の浮浪者まであらゆる方面に探索の手が伸されたが、調べれば調べるほどヴァイオリン以外になんの興味も持たぬ、生真面目さが現れて、疑惑をさしはさむ余地がない。

主人公のエドヴァルド氏に対する、金銭関係の怨恨ではないか？　さもなければ、女関係の？　もう一つさもなければ、細君や次女の男関係？　女中の？　と、およそ考え得られるあらゆる方面の疑惑も向けられたが、いずれも浮いた点、人から恨みを受ける点なぞは、微塵も見出されぬ。恨みどころか！　朗らかで質実な家庭には、紛擾《いざこざ》とか陰翳《いんえい》というものが、些《いささ》かも見当らぬ。

それっきり、死んだのか生きたのか？　杳《よう》として消息の判明せぬ長女を中心として、強盗《ものとり》の仕業か、怨恨関係か？　一切が謎のまま、今日に至っているのである。

勿論、前記六個の黒焦げ屍体は、欧州に名だたる法医学者、マグヌス・ヨーワンソン教授執刀の下に、ストックホルム大学で解剖に付されたが、頸部腹部等には放火前に悉くガソリンか重油の如き、可燃物を注いだと見えて、それ等の部分はほとんど白骨化して、胃の内容物を検出するどころか！　放火前確かに、殺害されていることは推定されても、それを裏付ける証拠は何一つ、発見せられなかったのであった。

警視庁の屍体検案書には、

「下顎頸部焼棄ノタメ、分明ヲ欠クモ、両腕血管ニ充血ナク、絞扼殺セラレタル形跡ナシ。同ジク焼棄ノタメ、内容物ノ検出不可能ナルモ、胃部ガ灰分析ノ結果毒物ト見做《な》スベキ酸性、アルカリ性ノ化合物ヲ認メ得ズ」

というヨーワンソン教授の解剖所見の横手に、赤インクでこう、註が施されている。

「犯人は稀有の姦智に長けたるものの如く、放火前の殺害と推定せらるれども、法医学上の盲点を衝き、屍体重要個処を悉く焼棄して犯跡を晦《くら》ませり」

ボウエル氏が、始めて刑事として、捜査課へ勤める約半年ばかりも前の出来ごと。これが捜査課第一の悩み――ということは、中央警察庁《デー・ゲー・セー》頭痛の種だということになる。

三

第二の事件は、ボウエル氏が刑事になってから、三ヶ月目ぐらいに起った。前回とまったく同じ手口である。場処は、ストックホルム市の都心から、やや北に外れた山の手、ストラーネフォルシュ二番街、昼間でも物静かな、勤め人の町である。

主人公のカール・エーリクソン氏は三十二歳、ゲータ運河会社本社の調査部係長、夫人のアストリードは二十六歳これもまた近所で評判の美人である。夫婦の間に、三歳になるヨスタという子供があり、おまけに夫人は今、妊娠四ヶ月の身重《みおも》であった。

これもまた、放火された焼け跡から、エーリクソン氏といたいけなヨスタの黒焦げ屍体が現れた。が、やはり、夫人だけは前回同様、誘拐されたか、この事件に主役を演じたのか、屍体が発見されぬ。近隣の噂さでは、若夫婦評判の睦まじさで、疑惑のさしはさむべき何ものもない。

殊に探査の結果は、この夫人もまた、その日エッシンゲ街のサルショー銀行へ現れて、七十二万クローネという金を、下ろしている。その翌《あく》る日から夫のエーリクソン氏と、子供を連れてブリュッセル、巴里《パリ》への小旅行に出かけるためであった。

エーリクソン氏も会社の方は、その前々日から三週間の休暇を取っている。そして、同僚や友人達にも洩らして、夫人や子供を連れてブリュッセル、巴里方面への観光旅行を非常に楽しんでいた。夫人は有名なゲーテボルグ市の富豪、ヘルベルト・ヒルマン氏の愛嬢である。

ヒルマン氏といえば、百貨店を営み劇場を持ち、同地方に鉄道を経営しているためゲーテボルグ市に住んではいるが、ストックホルム市内にも宏荘な邸宅を構える瑞典《スエーデン》切っての大富豪である。友人達も、大富豪の愛婿《あいせい》の身の上を、羨ましがったということを、警察庁では聞き込んだ。が、そのために悪心を起したり、嫉妬したりするような、不審な友人というものも見当らぬ。

例によって捜査の方針は、強盗《ものとり》怨恨説に置かれて、夫人のアストリードがエーリクソン氏と結婚前の、男友関係にまで及んだが、警察庁が最も重きを置いたのは、前回のズンスヴィークの場合は、消火に努めても不便な丘の上の麓《ふもと》ではあり、非常に水の便が悪かったが、今度の場合は市中目貫の山の手の住宅街で、火を発見するのも早ければ、全市の消防車は八台も集まって、階下なぞはほとんど、半焼け程度で救われている。が、それにもかかわらず、階段下踊り場の二号金庫は、在庫品一物も残さず燃え切っているし、二階寝室でエーリクソン氏も、子供のヨスタも前回同様頸《けい》部腹部等の重要個処がほとんど白骨化した、黒焦げ屍体になっている。というこの点に、最も注意が注がれたのであった。ということは、火の手を発見したのが、真夜中一時頃であり、三時半には完全に鎮火しているという事実と、大人の屍体が完全に燃え切ってしまうのには、普通二千度の火力で二時間半を要するという定則《ていそく》から推して、どうしてもこれは前回同様、犯人が金庫とエリクソン氏と子供の屍体には、何か非常な可燃物を――たとえばガソリンか重油のような、それも警察では、重油と視ているのであるが――注ぎかけて、その焼棄を早めているということになるのであった。

ズンスヴィークの場合は、国道に沿った一軒家だから、もし叫んでも高声はラジオでもかけて置けば、道行く人にもわからなかったかも知れぬが、今度のエーリクソン家の如き、隣り近所の密接した家でも、なんの物音も聞いていないとすれば、一体どういう巧妙な殺害手段が、講ぜられたのであろうか？　捜査当局でもこの点だけには、推定の立てようがなかったのであった。解剖でもまた今度も、警察当局の要望する点は、何一つも明らかにされなかった。

恐らく長女も夫人も、九分九厘まで犯人によってどこかで殺されているに違いないとこの頃では、捜査当局も見込みの建て直しを始めた。これと覚しき地点には、シェパード、ドーベルマン等の警察犬が、臭いを嗅いで走り廻っているのであった。

以上が大体、ボウエル氏が始めて刑事になった時分に、中央警察庁の抱えていた、迷宮入りの事件なのであるが、さてその後は別に変ったことも起らぬ。一月たち二月とたち、三月四月は瞬く内に、過ぎて行く。

四

犯人が挙らぬから、捜査本部《モルド・コンミッション》を解散するわけは行かぬ。駆け出しながらボウエル氏もこの頃は大分、刑事の仕事に慣れて来た。相変らずヨーナス街《ガータン》の、トルベリイ警察署に設けられた、捜査本部の門を潜っている。

嗅覚を働かせて聞き込みは続けているが、七月《ななつき》以上もたっては殊に最初の、ズンスヴィーク事件以来では、一年三ヶ月以上もたっていれば、誰れの面《おもて》にも沈滞と倦怠の漂って来るのは、已むを得ない仕儀であったろう。当初の生気を失って、今では全員ただ惰性と習慣で、本部の門を出たり入ったりしているといったが適当だったかも知れぬ。

しばらく鳴りを潜めていた新聞が、業を煮やしてこの頃また、眼が醒めたように当局の無能を、責めて来る。新聞に刺激されて、市民は毎日のように、罵倒を浴びせてくる。ただ苛立ち切っているのは、七十万の人口を擁する首都ストックホルム市の秩序と治安を担う、中央警察庁の長官であったろう。その焦燥と癇癖を、直接頭上に落下されている次官や捜査課長等の幹部級ぐらいのものであったろう。

長官なぞは、写真で顔を拝むばかり、滅多に姿を見たこともないのだから、しばらく措《お》くとして、後の面々に至っては……というところで、一寸《ちょっと》ここで、ストックホルム中央警察庁の機構に、触れて置く必要があろう。警察庁は一番てっぺんが長官、その次が次長、この人達は直接捜査の実際には触れぬから別として、捜査一切の実務の指揮は捜査課長が執る。その下に係長がいて、第一強力《ごうりき》犯係長、第二強力犯係長、智能犯係長、専属の警部《コンミッサリエ》や刑事部長《エーベルコンスターベル》、刑事等百二、三十人が、その下で地区警察《ディストリクツポリース》と連絡を執って、手足になって働いている。

日本の制度とは、多少違うかも知れぬが、今ヨーナス街の捜査本部には、第一強力犯係長のモーベリイ警部以下、全庁員中から選《よ》りすぐった腕利きの、刑事三十数名が固めているのであった。刑事が直接追い廻されるのは係長だから、ボウエル氏の如き新米刑事が、捜査課長と直接口をきいたことはなかったが、ただ、モーベリイ警部を通して、親分の捜査課長の今度の事件に対する、焦躁と癇癪《かんしゃく》ぶりだけは、しょっ中聞かされている。

一昨日も課長は、警察庁から捜査本部へやって来て、仁王立ちになって本部付の、カールソン警部を木っ葉微塵にやっつけた。昨日も長官に、尻をヒッパタカレたのであろう。来るといきなり火の玉のようになって、係長のモーベリイ警部を頭ごなしにドヤシ附けた。つい今し方また様子を見に来たから後で荒模様のほども察せられる。……ああ恐ろしやな！　とばかりに、噂をするだけでも肥《ふと》った係長なぞは、首をチヂコメテいる。この癇癪持ちの捜査課長は、名前をレンナート・エワルド。四十三、四の精悍無比なる、面魂《つらだましい》の警視である。大きな身体ではない。大きいどころか極く小柄な、痩せてコツコツした、皮膚が青白く眼がギョロリとして、見るからに隼《はやぶさ》のような光りを放つ。

前科数犯の悪党でも、この人に睨まれたら震え上って、泥を吐くといわれているその眼が、際立って不気味な妖光を放つ。あの人がニヤリとすると、五体が竦《すく》み上るようだと、係長のモーベリイ警部なぞは、真から恐れ入っている。度量とか、人を容れるなぞというものは微塵もないが、その代り犯罪捜査の至宝と謳《うた》われているだけあって、鋭い眼は物事すべての裏の裏まで見透すようにキビキビとした理智と、直観と、才気に底光っている。

第一、錆びて濁って、その癖よく徹る声が聞いただけでも怖《おっ》かない。まるで、水の底に沈んだ鐘が、鳴ってるようである。ついこないだも、ウッカリ門の前で同僚のヘルストリヨム刑事と、勤務中に煙草を吸いながら冗談をいっていたら、摺れ違いざまにギロリと鷹の眼で睨まれた。

「おい、そこの木偶《でく》の棒共！」と、あの沈んだ鐘の声で、一喝されたことがある。「ヌクヌクと、陽溜りで笑ってたら、犯人が自首する約束でもあるのか？」

高い地位にある人が、ああまで汚く罵《ののし》らなくても、よさそうなものに！　とは思ったが、しかしこの市民の憤激と、長官や次長達の焦燥を一身に浴びせられては、つい苛ら立たしくもなるのであろう。と叱られながら、その時も課長の心を思いやったことであった。とも角、ストックホルム中の全警官刑事達も、この小柄の隼を畏怖し切っている。同時にまた、全警官刑事達の憧れの的でもあったろう。

今日までに、この隼の眼に射抜かれて、挙った事件のなんと数多いことか！　ベングト贋札《がんさつ》事件、ブランクス美術館の名画盗難事件、グラーンルンドの魔窟の女豹、インゲエルドの殺害事件、国王グスターフ七世陛下暗殺未遂事件等々……数え立てれば切りがない。まだまだ、五指や十指では、利かなかったであろう。これ等は悉くこと課長自身の、炯々《けいけい》たる眼光の見破ったものばかりである。

殊に、科学的捜査の面に於ては、現在北欧三ヶ国、諾威《ノルウェー》、瑞典《スエーデン》、丁抹《デンマーク》中、肩を並べるものもないといわれている。人によっては課長自身、犯罪の中から生れたのではないかと毒吐《づ》くほど、犯罪捜査にかけては、天才的の頭脳を持つ。それだから、短軀の上にそれ等の栄誉が、無数に光っていればこそ、いくら頭ごなしにドヤシ付けられても、誰れも反感を起すものはないのであった。

この捜査課長が、眼鼻の付かぬ事件と、上司の苛ら立ちの間に挟まって、いよいよ堪え切れなくなったのであろう。この頃は無暗ヤタラに、捜査本部長室へ出張って来て、係長や警部達を呼び付ける。渋い太い声が、ピリピリと本部長室の窓硝子《ガラス》を震わせている。

「聞けエ、みんな！」

と本部長室へついて行った係長がまた汗を拭きながら大声を出したことがあった。

「課長殿が長官殿に請求して、特別捜査費が九十六万クローネ、増額になったぞう！　エーリフ、安心してどんどん、暖房《ヒーター》を焚けエ！　暖まって、うんと働くのだぞう！　課長殿は長官殿に、降誕節《クリスマス》までには犯人を、挙げると請合われたのだア！　まだあるぞう！　この犯人を挙げたものには十五万クローネ、犯人の所在を探知したものには八万クローネ、長官殿の内賞が出るぞう！」

　その十五万クローネが二十一万クローネになり、八万クローネが十三万クローネになってもまだ眼鼻の付かぬ約一ヶ月の後、到頭エワルド課長の訓示する日が来た。

「よろしい、そのままで、よろしいのだ」

と、いく度聞いても、まったく以って怖《おっか》ない声である。錆びてはいるが、同時にまた、人の肝腑を貫くような声でもある。才気の満ち溢れた青白い頬が、思い做《な》しか今日は悄然たる影を、宿しているように思われる。

「この兇悪犯人を、このままにして置いたのでは、我々市民が枕を高うして眠ることが出来ぬと、日にどのくらい痛罵の投書が来るかわからぬ。警察の威信はまったく今、地を払っているのだ。我々は、犯人に愚弄されているようなものだと、今日も長官殿は、残念がっていられた。こうして語り合っている今この時間も、犯人はどこかで舌を出して、我々を嘲笑《あざわら》っているのであろう。連日連夜で、疲れてはいるであろうが、ここでもう一奮発も二奮発も、やって貰わぬことには安心して、降誕節が迎えられぬのである。長官殿も痩せる思いであろうが、まだかまだかと催促されるごとに、こちらはもっと痩せる思いである。この苦しみは、捜査本部全員に負担して貰わねばならぬのだ」

一寸見れば、平警官と何んの変りもない濃紺の制服に、灰色のネクタイを結んで、ただ捜査課長の地位を現す銀の王冠の徽章のみが襟元に四つと肩に四つと、ただそれだけが違っているのみだ。が、気のせいかその徽章も今日はくすんで光を失っているように見える。あの峻厳《しゅんげん》氷のような課長が、家へ帰って制服を脱いで、奥さんや十八、十六になる二人のお嬢さん、坊っちゃん達と寛ろいでいる時には、お嬢さんの洋琴《ピアノ》に耳を澄ませて、眼尻に皺《しわ》を湛《たた》えて、笑ってばかりいられるといつか係長が、ウソのような話を聞かせてくれたことがある。こうして訓示を聞いていると、早く犯人を挙げて、課長を奥さんやお嬢さん達の前で、笑っているいいパパにして上げたいなと、気の毒な気がしてならぬ。が、いくら死物狂いになっても、犯人の眼星が付かぬものは、どうにも仕様がないではないか。

五

粉雪は上っていたが、空は暗鬱に、相変らず胴震いのしそうなほど、寒い日の夕方であった。ニェッペル街《ガータン》を歩いている時に、ボウエル刑事は妙なものが眼に付いた。黒の外套着の後姿だから、ハッキリとはわからぬが服装《みなり》の卑しからぬ、肥った老婦人が、酒に酔ったようにヨチヨチと歩いて行く。

二階三階建ての兵舎《カセルン》のように殺風景な建物が並んだ、人けのない淋しい通りである。思い出したように自動車が、広い通りを疾駆《しっく》している。

歩道の中程の電柱の蔭に、警官が立っている。と、片手を挙げて狂気したように婦人が駆け出した。転ぶように走って行く。立っていたのは、顔なじみのこの辺の受持警官の、ベルティルであった。

「殺されます……早く……助けて下さい！　あの娘が殺される……指紋がないから、いつでも殺すぞと、男が恐しい顔をして……た、助けて下さい！」

酒に酔っているのではない、警官に訴えるために、こけつ転《まろ》びつ、救いを求めに来たのであろう。息切れがして道も歩けなければ、口も利けぬのであった。

「た、助けて……下さい！」

ダァーン！　と銃声が轟いて、ヒューン！　と、耳の側を、弾が通り抜けて行った。誰れかが狙っているのだ。パッと身を伏せた途端、ズドーンとまた二発目！　ウウムと呻《うめ》いてベルティルが仰《の》け反《ぞ》った。誰れがどこから撃ったのかわからぬ。向う側に停っている、自動車が怪しい！　が、困ったことに今、拳銃《ピストル》を帯びていない。

今日は久しぶりに早く退《ひ》けて、私用で用足しに出てるのであった。拳銃を家へ置いて来た。咄嗟《とっさ》の機転で、スグ脇の二階家との廂間《ひあわい》へ、飛び込んだ。

ズドーン！　とまた一発！　守宮《やもり》のように壁にへバリ付いて、再び外へ出て見た時には、さっき見当をつけた自動車は、ダーラ街の方角へ、全速力で走り去っていた。窓のカーテンを降ろした、あの自動車が怪しい。駆け寄って見ると、老婦人も胸を紅《あけ》に染めて、倒れている。スグ電柱の受話器を外ずす。

「非常線、非常線！」

今自動車の疾駆して行く、だらだら坂上のニェスタノース警察へ急報する。

「ニェッペル街第六区……二名銃殺、自動車はヴォルヴォア四四四型番号1か7か不明、1万台から7万台！　王様が丘《クングスヘイデン》方面へ遁走中！」

二人の側へ駆け寄って見たが、よほど腕達者であろう。ベルティルは真眉間《まみけん》を、老婦人は、左斜めから心臓部を狙撃されて、二人とももはや締《こと》切れていた。若し自分が身を伏せなかったなら、こんな目に逢ってるだろうと戦慄が、背筋を抜けて行く。

今の三発の銃声に驚いて、近所の家から人々が、一時《いっとき》に駆け出して来た。その一人に頼んで、スグ医者を迎えたが、もう手の下しようがない。また霙《みぞれ》に変った歩道の泥濘《ぬかるみ》に、黝《どすぐろ》い血溜りを拵《こしら》えて、凄惨極まりない。

医者が首を振って起ち上った時には、もう街角にサイレンが響いて、今急報したニェスタノース警察から……続いて警察庁の非常呼び出しに驚いて、巡視中のパトロールカーが！　すぐ後から、捜査課員を満載した救急自動車が、続いて来た。

　弥次馬を追っ払って、黒山のような警官達によって、スグ老婦人の身許調べが行われたが、よほど急いで家から、駆け出して来たのであろう。ポケットにはサック入りの鼻眼鏡、古万年筆の外に、眼星しい物はない。タクシーでも拾って乗りつけて来たと見えて、後《あと》はヨーレ貨のはいった革の札入れハンカチの類ばかり！

が、赤革の靴には、市内のルタ街《ガータン》の、ハーゲベリイという一流靴店のマークがはいっている。オーヴァーには、これも名の売れたヴェステルルンドのマークがある。相当の家の老婦人であろう。勿論これだけの手繋《てがか》りがあれば、やがて身許も判明する。

とも角、ボウエル刑事の聞いたのは、慌ただしい数語だけだから、老婦人が何の救いを求めようとしたかは、今になってはもうわからぬが、あのカーテンを降ろした、怪自動車からの発砲が――発砲したのは、確かにあの自動車であった――この老婦人だけを殺そうとしたのではなく、それを聞いている傍《かたわ》らに立っていた自分までも、殺そうとしたところを見れば、確かに何か大事件を、孕《はら》むものに違いないであろう。

　それだから、老婦人に口を開かせまいとして、そして、多少でも耳にしたと思われる人間を、鏖殺《みなごろ》しにしようとしたのだ。唯一の目撃者として、逸早く駆けつけて来た智能犯係長のサミュエル警部の問いに答えた後、ボウエル刑事は傍らの電柱に凭《もた》れて、昂奮した胸を押し静めていた。一台……二台……三台……と、続けて地区警察の、青バイが乗りつけて来る。

「クングストリイの出口、ヴェステル街《ガータン》からアードルフス街の角、ストランドヴェーゲン方面へ張りめぐらせましたが、まだ賊は非常線に、かかりません」

そして救急車へ、屍体を搬び入れようとした時であった。

「課長だ！　課長殿がお見えになった！」

と、波のようにさざめいて、人波が分れる。サミュエル警部の報告を受けながら、現場を見廻してしばらく調べていたが、

「よろしい、最初目撃した、ボウエル刑事を呼び給え！」

と短軀から出る声は、例によって人を威圧するようである。

「ボウエル刑事！　その時君は、どこに立っていた？　第一弾は、どの方面から来たか？　君はそこに、伏せたのだな？　よろしい、伏せた恰好をして見給え！」

仲々以って、係長の問いぐらいのものではない。

「その時婦人のいった言葉を、繰り返して見給え」

「殺される、助けて……と、娘が殺される……指紋がないから、いつでも殺してやる、早く助けてくれと、こういったんです」

「フム……指紋がないから、殺してやると、そういったんだな。……だから、助けて欲しい！　と。……フウム、明確を欠くな」

と刑事の言葉を吟味するように、上眼遣いにその辺を、見廻す。

「その外に、何といった？」

「ベルティル君が驚いて、聞き直そうとした途端に、助けてと叫んだのは覚えています。が、その瞬間に伏せましたので……続いてベルティル君が倒れましたから、それっきり何んにも聞えませんでした」

「確かにそれ切り、なんにもいわなかったのだな？」

と考え込むように、課長はいった。そして、じいっとボウエル刑事の眼をみつめて、確かにそれだけだということを、確認する様子であった。

「とも角、発砲したのは確かにその自動車か、どうかということと、車の番号を、確実に認め得なかったということは、君の重大な失態だ！　警官としての、沈着な判断を欠いている。7万台か1万台かということは、致命的な齟齬《そご》を来《きた》す。ただヴォルヴォア四四四型ならば、その辺をいくらでも、走ってるではないか！」

いわれて見れば、その通りである。が、あの危急な場合、どうしてそれだけの余裕《ゆとり》が、あっただろうか？　小雪を被って、1か7かハッキリしなかったのに第一自分は拳銃を帯びていなかったではないか！

「それが警官として、怠慢ではないか！　公務でないからとて、拳銃を帯びていない時は、犯人は君を容赦してくれるのか？　現に先ず第一に、君を狙って撃っているではないか！」

「課長殿……自分の怠慢でありまして……」

「サミュエル君！」

と係長を呼んで、不興気に何かいいつけながら、苦々しげな一瞥《いちべつ》をくれたまま、課長は立ち去ってしまったが、散々な目であった。やっと命拾いしたかと思うと、この黒山のような群集の前で、散々に小言をブッ食らう！

が、課長のいうことも、一つ一つ当然の理屈である。一切、自分の未熟のせいであった。迷宮入りの事件の眼鼻は付かず、民衆の包囲攻撃を食らっている最中に、またこんな奇怪な事件が突発したとあっては、捜査当面の責任者たる課長の立場としては、みすみす好機を逸した自分の不甲斐なさを、地団駄踏みたいぐらいに、残念に思っているのであろう。と、叱られながら申訳なさを、胸一杯に感じていた。勿論この事件が、迷宮入りの前二回の事件と、深い関係があろうとはその時、夢にも思うわけがなかったのである。

六

しかし、事件は深い関係があることを、いよいよ相貌に現して来た。翌る日といわずその夜の内に、新しい展開を見せて来たのである。ヨーナス街の捜査本部と切り離して、この事件は警察庁の智能犯係へ持ち帰って、抜き取った弾から拳銃の口径を調べたり、ヴェステルルンドの洋服店、ハーゲベリィの靴店と洗い立てている真っ最中に、クラーラビイ村の消防署から、慌ただしい電話がかかって来た。

夜半、村の郵便局から出火して、全焼した。郵便局長のオレ・ヤンソン老人と、養女のカイサ十六歳が、焼死した。老婦人は、昼頃から外出したということであり、まだこの外にこの家には、十日ほど前から若い女が、一人滞在しているが、その姿が見えぬ。

火事は、放火の嫌疑が歴然として、屍体にも疑問の節《ふし》が、多分にある。即刻御出張願いたいという急報である。

クラーラビイ村は、前のズンスヴィーク村とは反対に、首都から西北に約四哩《マイル》、その二哩先きにはリンケピング丘の中腹に、風光明媚なヴェステルショーンという、小湖がある。ここもまた、ストックホルム市中の富豪や実業家達が、別荘を構えて週末には、都会風景を見せるまことに優雅な、村である。

真夜中の深閑とした街路に、サイレンを鳴らしつつ警官刑事を満載した警視庁の自動車が、スッ飛んで行く。

郵便局は骨組だけを残して、燃え尽している。勿論普通の村の、小さな郵便局と、なんの変りもない。窓口の事務室、鋼鉄の書類棚、三号型の小金庫等々の位置から推して、燃える前の状態も、略々《ほぼ》察知し得られる。

事務室の背後は質素な広間《サール》になって、ペーチカ式の煖炉《カーケ・ルウク》がある。その隣りが、老人夫婦の寝室らしい。老人はここで死んでいた。二階階段スグ左側の小室《こべや》が、養女カイサの部屋、そしてカイサはここで死んでいる。その奥の比較的広やかな室に、今行方不明を伝えられる二十五、六の、滞在の女がいたというのである。

　犯人は巧妙な瓦斯《ガス》の放出で、老人養女を殺害した後放火したものと見えて、火脹《ぶく》れのした黒焦げ屍体はいずれも、寝台に寝たまま死んだらしく、飴のように爛《ただ》れた鉄片の散乱中に、さして苦悶の痕《あと》も止めていない。勿論瓦斯の放出は、消防署員によって、止められてあるが、屍体は翌日ストックホルム医科大学に送られて、解剖に付された結果、やはり警察の推定通り、瓦斯殺人であることが判明した。

　この郵便局は、村でも相当古く、村人との交際《つきあい》も、広い。年齢服装容貌等から、外出中の老婦人の照合も、ただちについた。例の、怪自動車から狙撃されて、即死した婦人であった。ただこの家に滞在して、今行方不明を伝えられている、若い婦人の見当だけがどうしても付かぬ。この婦人が何者かということを、老人夫婦も人に語ったこともなければ、婦人自身もまた、村人等と話したことがなく、いつも家に閉じ籠《こも》っていたという。

　偶《たま》にその顔を見たものの話によれば眼のパッチリとした亜麻色《ブロンド》の、非常な美人であったという。そして老人夫婦のことを、小父《ファルブロール》さん小母《タンテ》さんと、呼んでいたという。小娘ならばとも角、二十五、六にもなる婦人が、小父さん小母さんと呼んでいることは、親類関係かよほど近しい間柄を、意味する。

とも角この婦人が、非常な美人であるということ、屍体が見当らぬということが、当局に小首を傾げさせた。可燃物こそ注いではなかったが、一家鏖殺《おうさつ》といい放火といい、手口は予《かね》て探査中のズンスヴィーク事件、エーリクソン氏事件とまったく、同一である。同時にまた、製粉工場主の長女エルサも美人なれば、エーリクソン氏の夫人アストリードも聞えた美人、して今度の行方不明者も優れた美人である。揃いも揃って、美人の関係者が殺されて、美人の屍体だけが、行方不明になっているということは、今度の事件もまた、前二者に繋りを持つ同一ヶースの犯罪であり、犯人は同一人である、ということになる。早速厳重な、報道禁止令が発令される。

　警察当局はこの事件を、ただちにヨーナス街の捜査本部へ移して来た。そしてこの新しい事件を究明することによって、前の迷宮事件を一挙に解決すべく、智能犯係中から更に七名ばかりの、優秀な刑事を選んで捜査本部の責任たらしめ、警部刑事部長級をも、大増員した。

　ボウエル刑事は、勿論当夜クラーラビイへ、急行した仲間ではない。急行したのは本庁の捜査課員であって、この事件が捜査本部へ併合されてから、始めて迷宮事件の犯人が、又候《またぞろ》活動を始めたことを知ったわけであったが、老婦人の死に立ち会っているだけに、緊張したことは一通りではない。捜査首脳部も勿論この犯人が行きがけの駄賃に、金銭を奪ってはいるが、本来の目的は金銭関係にあるのではなく、稀代の痴漢であろうということに、意見が一致している。が、若き刑事のボウエル氏は、その外にいつか老婦人のいった、あの娘が殺されるというあの娘なるものは、死んだ養女ではなく、間違いなくその行方不明の美人の方に違いない、という見込みを立てていた。それとももう一つは、その時老婦人のいった、指紋がないからいつでも殺してやると、脅やかした男というのは――その男こそがあの怪自動車の中から発砲した男であって、この線に沿って探索して行くのが犯人を挙げる最も近道であり、同時にそれがいつか捜査課長に叱られた、刑事としての自分の不手際を、一挙に回復する道であると確信していた。

七

聖誕節《クリスマス》までには、犯人の眼鼻をつけると、課長が長官に約束したその聖誕節も、もう旬日《じゅんじつ》の彼方に迫っていた。が、事件はまだ、五里霧中の裡《うち》にある。あれから亦一月半という月日が、夢のように過ぎ去っていた。

そしてその間に、課長のお賞めに預りたい一心で寒風を衝いてストックホルム市中を駆け廻り、近在の都市にまで足を伸した甲斐あって、到頭新米刑事のボウエル氏は、見事な解決の端緒《いとぐち》を、摑むことが出来たのであった。いくら躍起になっても、なんとしても今日までハッキリしなかった、例の郵便局長宅の行方不明の美人の身許を、完全に探知することが出来たのである。

結果として見れば、なアんだ！　ということにもなるが、写真一枚あるわけでもなければ、氏名年齢背恰好容貌が確実にわかっているわけでもないのに、ただ郵便局長の家へ来ていた、美人とだけで探り出すのは、まるで雲を摑むようなものであった。それを盲滅法手探りで、あっちにブツかりこっちで聞き込み、体力と根気にものをいわせたのだから、若き刑事氏の欣喜雀躍《きんきじゃくやく》たるや天にも登らんばかりであった。そこで、その美人の素姓！

ストックホルムから、北方スンズヴァル行の急行で、七時間半！　ウプサラ、ダンネモラなぞの都会を過ぎて、ボスニア湾に臨む港に、ゲフレという人口五万ばかりの、割合賑やかな地方都市がある。昨年の八月、この町の助役でヴィクトル・ニールソンというものを、公金費消の廉《かど》でストックホルムの旅館に潜伏中、逮捕して捜査課長の手で、地区検察官《ランズ・フィスカール》の許へ送ったことがある。

ニールソン助役は懲役三年を宣告されて、目下首府の南部ロングガータン刑務所に服役中の筈であるが、美人というのはすなわちこの助役の細君、名前はセシリヤ二十六歳。肉付き豊かな、性質の極く温和《おとな》しいゲフレ市評判の美女であった。

近所近隣の評判もそう大して悪くはない。ただ、夫助役の収檻後、去年の十月か十一月頃から、年頃四十七、八とも思われるストックホルム市の、製鉄業者と名乗る男がよく入り込んで、寝泊りして行くという。

「あれだけの縹緻《きりょう》をして、あんな若さですもの、旦那さんには悪いけれど、まあ男の一人ぐらい仕方もないでしょうさねえ。子供も、ないんですものねえ」

ふだんの交際《つきあい》が、そう悪くもないのであろう。近所の内儀《かみ》さん連の口吻《くちぶり》も、至極同情的である。土曜日、日曜日は、決ってその男が泊って行くが、妬心がかなり強いらしく、時には一晩中女の、啜《すす》り泣きが聞えることもあるという。

交際がないから、その方は一切わからないという。蝙蝠《こうもり》見たいに、夕暮暗くなってから来て、朝早く帰って行く。茶の格子縞の外套を着て、頤髯《あごひげ》を楔型《くさびがた》に刈り込んだ、却々《なかなか》の男前だと、衆口が一致する。

視力が弱いらしく、いつも黒眼鏡をかけて、痩せて細面《ほそおもて》の……そうねえ、丈《せい》は五呎《フィート》三吋《インチ》ぐらいのものか知らねえ？　と、一人がいう。ああら、もっとあるわよ、五呎六吋は、確かにあると思うわ。あら、そんなにはないじゃないの、いつもそこの木と摺れ摺れぐらいだったわよ！　と、女の評判は区々《まちまち》である。

アパートの入口に植えてある、樅《もみ》の若木の高さは、五呎四吋くらいのものであろう。どちらにしても、小男の部類である。では中を取って、五呎四吋くらいとして置こうか？

その外の細かい点に至っては、一向に要領を得ぬ。

尚丹念に、聞き込みを続けている内に、やっとハッキリして来たのは、男は舐めるように女を可愛がっているが、嫉妬と猜疑が特別酷《ひど》いらしいということであった。男に噛まれたといって、豊かな二の腕に血のにじんだ痕を、見せられたという女も出て来れば、左の眼を紫色に腫らせて、男に殴られたと女の泣いているところを、見たという婆さんも出る。苦心の末に、やっと鉱脈を掘り当てることが出来た。先々月の何日頃とか、金もくれるし可愛がってもくれるけれど、ああ嫉妬が強くては、わたしきっと今に、あの人に殺されるわ、酷い変質なんですものねえ、と女が真剣で、訴えていたというのである。

何かよほどの責め折檻に遭わされたらしく、痛そうに跛を曳きながら歩いていたとある小娘がいう。昔自分の父親の下で働いていた女が、年を取って今では何とかいう村で、旦那さんと郵便局を開いているから、先ずそこへでも逃げて行こうかしら？　と、本気で考え込んでいるのを、目撃したと、いうのである。刑事は雀躍《こおどり》して喜んだ。いよいよこの女に違いない。これならばピッタリと、すべての点が符合する。変質的な男の、嫉妬と猜疑に堪え兼ねて、それならばこそ、女は到頭郵便局長の許へ、逃げて行ったのだ。女も家に閉じ籠っていれば、匿《かくま》っている郵便局長夫妻も、近所の人になんにも喋らなかったのだ。その点も合致すれば、またいつかのあの老婦人の、ベルティル警官に対する訴えとも、符合する。

「早く助けて……下さい！　あの娘が殺されるんです……」

それではその頤髯の男は、女の逃げて行った先きまで突き留めて、女を責め折檻して、いたのであろうか？　その危険を見兼ねて老婦人が、町の警官へ、助けを請いに来たのであろうか？　それを聞かせたくないために、あの怪自動車の中からその男が、撃ったのだ！　そしてそのまま、クラーラビイへ車を走らせて、女を連れ出して、どこかで惨殺する……腹立ち紛れに郵便局へ、放火して犯跡を晦ます……

「……指紋がないから、人殺しは平気だ……男が恐しい顔をして！　は、早く、あの娘を助けて下さい……」

それではその男は、無指紋なのだ、世にも珍しい、無指紋の人間なのだ！

犯人は――そしてこの事件の犯人ということは、エーリクソン事件の、同じく工場主一家事件の犯人ということになるが、いよいよその無指紋の頤髯の、ストックホルムの製鉄業者こそが、怪しいと決った！

考えてそこまで来て、ボウエル刑事は子供のように、躍り上った。そうだ！　そうことが決まれば、もう一刻も、猶予は出来ぬ。急いで近所の肖像画家《にがおえかき》に頼んで、内儀さん連の言葉を頼りに、モンタージュを一つ、作り上げる。よう似ている、生き写しだわ、と内儀さん連が声を揃えて、賞め立てる。それを携さえて、捜査本部へ引揚げて来た。

ようし、それを持ってクラーラビイへ、急行し給え、郵便局付近の、顔見知りの人間に見せて、確認して貰って来給え！　若しこの女に違いないとなれば、すぐ捜査課長に報告して、全員でゲフレとストックホルム中を、虱潰《しらみつぶ》しに捜索だ！　と係長も大いに意気込む。

意気込んでは見たが、年中油を絞られ通しの、課長だけは恐しいから、あの人に迂闊な報告も、出来んからねエと頻《しき》りに、尻込む。

そうだ、その通りの顔をしてた、ほんものそっくりに出来とる！　と、クラーラビイでも異口同音に、認めてくれた。いよいよこの難事件の解決も、近きにありと、そこでボウエル刑事が気負い立って、捜査本部へ戻って来て見たら……というところで、次へ持って行くことにしよう。

八

「係長殿、モーベリィ警部殿！　間違いないそうです、いよいよこの女に、間違いないそうです」

と、意気込み切って報告したのに、係長はサッパリ意気が上らぬ。銷沈してる。

「警部殿、どうしたんです？　元気がないじゃありませんか」

「ないこともないさ！」と、気の抜けたような、笑みを泛《うか》べる。

「あの報告は、課長殿へ出して下さったんですか？」

「出したさ、俺も喜んだから出したよ。お蔭で大目玉を食らったぜえ。君達はこの犯人を、そんな甘い人間だと、舐めてたのかア！……とな」

「しかし……しかし、この線で進めれば、犯人の挙がることは、確実じゃありませんか！　あれでは駄目だと、いわれるんですか？」

「ハッキリそうも、いわれんが……まア、駄目かも知れんなあ」

牛みたいな、声を出す。

「みんなで寄ってたかって、なんと頓間《とんま》なことばかり、クソ骨折ってなんだといわれたのは、確実だぜエ。いいかい、これだけの用意周到な犯人がだな」

と、やっと机の上に、身を乗り出して来た。

「自分で手を下《くだ》したり、不在証明《アリバイ》を用意せんなぞということは、絶対に考えられんことだと、いわれるのだ。これからまた何ヶ月もかかって、もしそいつを捕まえたとしてもだ。不在証明で躱《かわ》されたら、即座に、釈放してしまわんならん。おまけに後《あと》が、滅茶滅茶になる。そんな間尺《ましゃく》に合わんことをするぐらいなら、なぜもっと綿密に、現場を調べて直接の下手人を、挙げる工夫をせん。そいつに泥を吐かせて、のっ退《び》きならぬ証拠を突きつけて、犯人を追い詰める外に、方法がないじゃないか！　といわれるんだ。ボウエル刑事の想像や夢で、この上費用をかけるわけにゃいかん……とな、俺は散々に叱られてまったぜえ！」

叱られて、係長はそれで恐れ入ってしまったかも知れんが、骨身を削った刑事にして見れば、これでは納得が出来ぬ。犯罪捜査の天才かも知れんが、課長のいうことはなんだか、尤もな理屈をつけて折角の手繋りを、滅茶滅茶にしてしまうような気がする。犯人が直接手を下したか下さないか、完全な不在証明《アリバイ》を持っているかいないかは逮捕して調べてからでも、遅くないような気がする。そして今の場合、この方法で進んで行く以外には、解決のメドがないような気がする。が、新米の癖に、上司にタテ突くわけには行かぬから、顔を脹らませて突っ立っていたら、

「お、そんなことよりも……だ」

　と人のいい係長は、思い出したように、語気を変えた。

「驚いちゃいかんぜ、ボウエル君！　君は今度、キルナヴァラの警察へ、転勤と決ったぜ」

「転勤？　私が、転勤になりましたって？　キルナヴァラ警察へ？」

　キルナヴァラとは、大変なところである。瑞典《スエーデン》最良の鉄鉱石の産地はいいが、そこに住んでるものはフィン人やラップ人ばかり、極北も極北瑞典最北の、僻地である。スカンジナヴィア山脈の脊梁《せきりょう》越しに、諾威《ノルウエー》のナルヴィク港に通ずる沍寒辺陬《ごかんへんすう》の山地であった。ストックホルムから急行に乗って、昼夜走り詰めに走っても、尚五日一晩はかかるであろう。

「私が、キルナヴァラへ……へえ、私が？」

「ついこの間、キルナヴァラの署長が出て来てね、鉱山の関係でこの頃は、殺伐な刃傷《にんじょう》

沙汰ばかり、絶え間がないそうだ。誰れか適当な人間は、ないだろうか？　と相談があったらしいんだな。年は若いが君ならば、仕事熱心だし、適任だろうというわけで、遠くて気の毒だが、行って貰おうじゃないかと課長殿は、えらく乗り気なのさ。ま、そう悲観し給うな、課長推薦の栄転だヨ！」

係長は肩を叩いて慰めてくれたが、何が栄転なものか！　ストックホルム本庁へ出て来るのなら栄転もあろうが、あの辺鄙な田舎警察へボイやられて、何がクソ栄転があるものか！　どうも、昨夜の夢見が、悪かった！　と、愚痴をいって見たところで始まらぬ。どうも叱られた時以来、俺はあの課長の受けが、サッパリ駄目らしいなと、落胆《がっかり》してムシャクシャして、ぼんやりして外へ出たことがあったが、あの我の強い癇癪持ちの課長が一旦口から出したことを、引っ込めるわけがない。厭《いや》だといったら、即座に罷めさせてしまうだろう。

バカバカしくなって、ムシャクシャして、すっかり厭気がさして外へ出て見たら……さあ、外は大変であった。破れ返るような騒ぎであった。ついさっき、女の片腕が出た！　というのである。ラジオが喚《わめ》き立ててるし、道行く人が立ち止って、噂している。本部へ戻って見ると、同僚が七、八人、シェパードの五、六匹を曳き出して、これから屍体の発掘に、出かけるところである。事件の当初こそ、これ等の犬も毎日のように狩り出されて、屍体捜査に駆使されたが、一ヶ月たっても二ヶ月たっても目鼻の付かぬのに業を煮やして、この頃では犬舎の中で、ワンワンキャンキャン咆《ほ》えてるばかりであった。それを野良犬が、女の脚を啣《くわ》え出したばっかりに、又候《またぞろ》いきり立って現場付近へ、犬を放とうというのである。

　犬が啣え出した女の脚というのは、鋭い刃物で右股の付根から、切断された片脚……屍後二ヶ月ばかりを過ぎたもの。出た場処が、こないだ郵便局の焼き払われた、クラーラビイから東の方へ四哩、デュポー街道から一キロばかり、西へ寄った針葉樹林の中だというのだから、勿論行方不明を伝えられている、例の助役夫人の脚であろう。

「おうい！　トラックが出るぞう、行って見んかア？」

　と同僚達が口々に呼び立てる。若い美女、それも今出た脚から見れば、着衣を剝ぎ取られて素《す》っ裸体《ばだか》の、バラバラ屍体というのに猟奇を唆られて、トラックの上には捜査とはなんの関係もない、本庁の仲間の四、五人も割り込んでいる。

　一人の警官が、これだけは世にも情けなさそうな顔をして、ドス黝く変色した女の股を、これが生前美女の脚か？　と、呆気《あっけ》に奪《と》られんばかり。木の幹のような、異臭鼻を劈《つんざ》く女の股を、犬に嗅がせている。その脚を眺めて、やや好奇心の動いているところへ、

「おい、何をぼんやりしてるんだア？　ボウエル！　行って見んかア、行って見んかア？」

　と例の係長まで声をかけたのを聞くと、乗るともなくそのままズルズルと、車に乗ってしまった。

「仕度出来たぞう！　全員乗ったかァ？」

「ようし、発車ようし！」

けたたましいサイレンを鳴らして、ゴーストップを突っ切って、車はまっしぐらにダーラ街の坂道を駈け上る。ノラ街からトール街へと、市の東北部を駆け抜けて行く。犬の啣え出したエンシェーダ原へ着いたのは、それから二、三十分ばかり後。

東側は広々と、一望遮ぎるものもない収穫後のライ麦畑になって、南側になだらかなトロニエム丘が、北側には遠くヴァーサ山やリッテルケンドの山々が、地平線の向うに頂を見せて、春や秋のピクニックにはさぞいい眺めであろうと、思われる。が、バラバラに切断された屍体が、身首処《しんしゅところ》を異《こと》にして、埋められてあったと思えば、身の毛のよだつ心地がする。

問題の針葉樹林は、指呼《しこ》の彼方に迫って来た。山を切り拓いた赤土道は、こないだの雪に捏《こ》ね返されて、泥濘《ぬかるみ》である。

「ようし、エスキイル！　あの林を中心にして、この辺からやれエ！」

存分に女の肉を嗅《かが》された、犬の一匹を放つ。警官の一人が、飛び降りる。犬は勇躍して、枯れ野を林に向って、走り出す。警官が後を追う。車は爆音を立てて、坂道を登る。登り切って、また犬と警官が……動いてしばらく行って、また一匹……そして一人……かくて、林をめぐって半円を描いて、全部の犬を降ろした。いずれも消え残る斑《まだら》な雪の野を、蓊鬱《こんもり》とした鉢葉樹林目がけて、スッ飛んで行く。

九

林から半キロばかり西に離れて、椴《とど》の大木の根本から、これも裸体《はだか》の左脚が！　更に丘をグルッとめぐった、クラーラビイよりの野原の中央部から、首と両手のない裸体の女の胴！　時刻は既に、午後の四時近くなっているが、まだ両手と首が見つからぬ。

犬も、四方八方狂気のように、駆けめぐっているが、警官もうねりの此方彼方《こなたかなた》を右往左往して、もうさっきまでの猟奇も、好奇もあったものではない。ただもう、汗みどろである。状況検分に、やがて捜査課長も、車を乗りつけて来た。

首を欠き手を欠き、脚を欠いた人間の、胴体の不気味さ！　勿論ズンスヴィーク村の長女も、エーリクソン氏の若夫人も、どこかの地下に同じ運命に、遭っているのであろうが、そしてそのいずれも六十万、百何十万の大金を奪われてはいるが、なるほどもうこれは金奪りや、殺人目的ぐらいではない。稀代の色情狂である。色情狂も色情狂！　こんな嗜《し》虐《ぎゃく》鬼も、まず世界に類《たぐい》は、なかったであろう。

見よ、その胴体の惨《むご》たらしさを！　をである。首……両肩……そして両股の付け根の切り口から、ドス黝く乾干《ひから》びた神経や、血管なぞが蚯蚓《みみず》のようにウジャウジャ絡み合って、泥にまみれている。椀を伏せたように恰好よく、盛り上っていたであろう乳頭は、無惨な創面を見せて両方とも、スッパリと切り落とされている。

そして下腹部は――ただ下腹部ではわからぬ。女の恥部はこれも無惨に刳《えぐ》り取られて、断面から泥まみれの内臓が、乾《ひ》し固まっている。惨鼻《さんび》面《おもて》を背けんばかり、悪臭紛々たるこの異様な肉魂は、もはやなんと形容したらいいであろうか？

ここに至っては、もはや犯跡を晦まさんがためのバラバラではない。嫉妬や猜疑のために女を殺しているのでもない。弄んだ末にその弄んだ肉の一片一片を、切ったり刳ったり突いたりすることに、満足と快感を覚えている変質者の所為、というの外はない。

あまりの残酷《むごたら》しさに、一同思わず溜息を吐いた。何か嗅ぎあてたと見えて、犬が数匹群って急に傾斜を丘の東側の方へ、駆け上って行く。警官の一隊が、跡を追う。様子から察するに、臭いの所在地はどうやら、クラーラビィ村とは反対の、方角のように思われる。が、捜査課長が引揚げた後、ボウエル刑事もこの辺で、同僚や係長に別れを告げて、帰路に就いた。さっき胴体を見るまでは、一図に好奇心に駆られていたが、あの胴体を目にした瞬間から、急になんともいえぬバカバカしさ、空虚さ、幻滅を感じたからであった。刑事らしくもない無常感なぞに、襲われたわけでは毛頭もない。

今にも雪でも降り出しそうな暗澹《あんたん》たる空の下で、身を切るような寒風に吹かれながら、やがて手を掘り出したり首が見つかったからとて、それが自分になんの関係あるものぞ！

という気がして来たからである。どうなろうともう自分は、山の中の警察へボイやられた身ではないか、人が骨身を削って調べ上げたことは、取り上げもせず、どうでも勝手にしやがれ！　と、込み上げて来たからであった。

屍体の全部の発掘を終るまでは、まだまだトラックは、引揚げるどころではない。だからここから帰るとなれば、さっき歩いて来た道を、歩いて帰る外はない。それでは十二、三哩《マイル》からの道程《みちのり》になるだろう。事件のあったクラーラビイまでは、ここから大体四哩ばかりの距離になる。あすこまで行けば、ストックホルムの郊外スカンセンまでのバスが出る。それに乗って帰るつもりであった。

さっきからでは、もう三哩ぐらいも歩いていたかも知れぬ。夜の暗《やみ》はとっぷりと降りているが、月が明るいから、道はハッキリと見える。大分この辺は、高原になっていると見えて、うねりとうねりの間からヴェステルショーン湖の漣《さざなみ》が遥か、足下にキラキラと見える。その途端ギョッ！　として思わず刑事は、歩を停めた。今迄気も付かなかったが、百ヤードばかり離れた右手の森蔭に——黒々としたその森のこっちに、一本離れて聳《そび》えた木の蔭で、穴でも掘っていたのであろう、黒影がぬっと地上に姿を現した。月の光りだからハッキリとはわからぬが、何かフットボールのようなものを抱えているように思われる。ハテナ、犬を追って誰れかもう、あの辺まで来たのか知ら？　と、不審な気がした。さっき別れて来る時は、遥か反対の方角に犬が飛んで行って、しかもあれからもう大分の道程、歩いて来ている。まだこんな辺まで、来るわけは絶対にないことである。ええクソ！　誰れでもいいわい！　もう構わん！　俺に、なんの関係もないこった！　と、気にも留めずに亦七、八歩、歩んで来た時であったろう。森蔭からシュッと閃光《せんこう》を発して、ズドゥン！　と一発矢庭に弾が、右肩を掠めて来た。咄嗟《とっさ》に地上に、身を伏せる。続いて、第二弾が！　第三弾が道の傍の小石に当って、カチッと跳ね返る。ようし、撃って来たな、奇怪千万な！　撃って来る以上、もうこのままには、過されぬ。

有り合わせの白樺の木の蔭に身構えて、応射の第一弾を送る。続けざまに第二弾、第三弾を撃った途端、黒影が蹌踉《よろ》めいて、確かに手答えあったらしい。シュッ！　とまた幹を掠めて、弾が飛んで来た。

　黒影が走り出した。森をめぐって、ぐるっと北側へ向って走りながらまだ撃って来る。もうそれからを、刑事は記憶せぬ。ゆるやかな勾配の下を、走ってゆく黒影を湖の方へ湖の方へと追い詰めながら、盲滅法に撃ち捲《まく》ったことだけを、覚えている。瞬間突然に閃めいたのは、犯人だ！　ということであった。大繋《おおがか》りの発掘を察知して、逸早く先き廻りして、屍体を掘り出してるのだな、ということであった。して見ると、さっき抱えていたのは、手か首か？

　急に五体に、力が充ち満ちて来た。畜生、あの捜査課長に、キルナヴァラの田舎刑事の腕前を見せてくれるぞ！　犯人だ、犯人だ！　クソ、今度こそ逃がしてなるものか！　と、ただ警官の本能だけが蘇えって来る。

ダーン、ダダーン！　と月光の下で、銃声だけが、無人の広野に谺《こだま》する。その朧ろな月の光りを頼りに、逃げて行く犯人の左へ左へと撃つ。右手の湖岸へ、追い詰めたいからであった。途端に犯人が、右へ身を翻《ひるがえ》した。

しめた！　右手へ寄ればもうこっちのものである。ダーン、ダダーン！　ジャボン！　と水音高く、犯人が湖の中へ、飛び込んだ。岸へ這《は》い上らぬよう、もう一発牽制弾を、ブッ放つ。そして始めて、吻《ほ》ッとした。

水へ追い込めば、もうこっちの勝ちである。零下十九度のこの寒気の中で十分と水の中に泳いでいられるものではない。真ん中に島はあるが、そこまで行き着くまでには、五体が氷って、心臓麻痺が起る。岸へ戻らぬよう、もう一発、ぶっ放つ。

夢中で湖岸を、走り廻った。夜目にも著しく枯蘆《かれあし》の中に、ボートが一隻舫《もや》ってある。飛び乗って、水音の方へ、漕ぎつけた。犯人は必死で、島の方へ抜手を切っている。一発……続けてもう一発……その二発目が命中した。

ブクブクと水中に沈んで、また泳ぎ出す……又沈む……そして手を挙げて……二、三度宙にもがいて……それでおしまいであった。両手を伸ばして、顔を仰向けて、水面にポッカリと浮いている。

濡れた身体をボートへ引上げるのは、大仕事であった。舟が傾いて、水が入って来た。

だらりと手を伸ばした身体を、舟の縁《へり》へ凭《もた》せて、ついでに今犯人の手を離れたらしい、プカプカと浮いてるものを摑み上げる。

「ウワーッ！　首だア！」

　摑み上げたのは、解けた女の髪である。ゾロリと脱けて、手に纏《まつ》わり付く。構わず船の中へ抛《ほう》り込んで、必死に漕ぎ戻って来た。もうこの時分には、捜索隊の一行も犬を追って、こっちへ来たのであろう。そして今の銃声が聞えたと見えて、トラックを湖の岸へ横づけにして、ガヤガヤ騒いでいる。懐中電燈をかざして、口々に喚いている。

「誰れだア？　そこへ来るのは！　名を名乗れエ！」

「ボウエルだア！　犯人を挙げたぞう！　犯人を挙げたぞう」

「乗せてるのかア？」

「おう、ボウエルだア、ボウエルだア！」

　舟が着くのも待ち切れず、拳銃片手にジャブジャブと水の中へ躍り込んで来たものがある。

「おうい、ボウエルが犯人を捕まえたぞう。犯人が死んでるぞう！……ワアーッ、首だア、女の生首だア！」

　狂喜の叫びが挙って、もうガヤガヤと、何がなんだかサッパリわからぬ。が、舟が着いて、係長が電燈を差し向けた時であった。

「お、いけんいけん！　こ……これは、課長殿ではないか！　そ……そ、捜査課長殿ではないか！」

なるほど、見よ見よ！　である。そこに両手を投げ出して、舟の横木に頭を凭せて、今懐中電燈の光りを受けて青白い眼を閉じているのは、あのやかましい冷徹無類の捜査課長ではないか！　今も今、その人に鼻を明かさせてやりたい一心に、身体を張って拳銃の撃ち合いをした、レンナート・エワルド課長その人だったではないか。

しかも泳いでいる内に剝れたのであろう、無髯《むぜん》の左頰にだけ刈り込まれた頤髯が——左耳寄りに、楔《くさび》型に刈り込まれた付け髯の半分が、ペッタリと張りついている。呀《あ》っと声を呑む裡に、係長の呟きが、聞える。

「だが、おかしいな、課長殿の服が違う！　ついさっき検分に来られた時は、官服だったではないか」

「係長殿、係長殿、モーベリイ警部殿！」と、途端に舟の中から、大声を挙げたものがある。

「御覧なさい、御覧なさい、捜査課長殿の服は、……この服は……」

と声が沈んだ。

「表が背広で裏が、制服になっています……」

雲を離れたのであろう、月がぽっかりと顔を出してころがっている生首を照し出した。

途端に刑事は、ワナワナと身体が震え出した。今まで半信半疑でいた気持もすっかり失せて、今日までどういう薬を使って、隠していたのか？　見よ見よ、垂れている両手の指先きを！　水にふやけて今それが、正体を現したのであろう、十本が十本ながら酷《ひど》い瘢痕《はんこん》を、焦茶色の痣《あざ》のようにひっつらせていたのであった。

「この人が死んだために、どこへ埋めたのかもう後の二つは、死骸も出て来なければ、なぜああいう多勢の人を殺したのか？　そしてどういう殺害のし方をしたのか？　一切合切みんな、永劫の暗《やみ》に包まれてしまいましたけれど……」

と、その上のボウエル刑事、今の警部は暗い顔をした。

「が、私にはそんなことよりも、あの人のことを考えると、今でもまだ、悪夢の続きでも見ているような、なんともかともいいようのない、気持が……してならないのです」

雪原に旅する男

一

降誕節《クリスマス》もそろそろ旬日《じゅんじつ》の彼方に迫っている頃であった。灰色の暗澹《あんたん》たる空は急に朝から雲行きが険しくなって、ドウソン市《シティ》は大吹雪に包まれていた。雪は一かたまりになって息つく暇もなく、扉にはたき付けて来る。日が暮れるに従って、ますます猛威を逞《たくま》しゅうして来た。そして暴風雪《あらし》に怯えたように町はずれの教会は、風の吐息のまにまに牧師館の灯を、小さく暗黒の空に瞬かせている。

戸外は埋没者を出すであろう、烈しい大吹雪になって来たが、居間では赤々と暖炉に松丸太が燃えて、年《と》を老った司祭は余念もなく聖書《バイブル》に読み耽っていた。誰か扉を叩いたような気もすれば、そうでないような気もする。窓硝子《ガラス》がハタハタと鳴って、風が雪を捲いて通り過ぎて行く。

「神父様、……誰か会堂の前に立っているようでございますが」

と下婢《しもべ》のナンシイが、はいって来た。

「おう、中へ入れて上げなさい、吹雪で難渋していられるかも知れぬ」

会堂は誰でもはいれるように、扉に鍵はかけてない。そして、牧師館に隣《とな》って入り口を並べている。会堂の中へ招じ入れたのであろう。しばらくすると、ナンシイが又はいって来た。

「フォートユーコンへ行く、旅のお方だそうでございます。御迷惑でなかったら、会堂の中へ今夜一晩泊めて戴きたいと申しておりますが」

「宜しいとも、会堂の中はお前、火の気がなくて寝られやしない。構わないから、連れてお出で！　差し支えないから、こちらでお泊りなさいといって」

「でも、神父様、……見たこともない人を……それに何だか、怖いような顔をした人でございます」

「構わないとも！　そのために会堂は、年中あけっ放してある。さあさ、連れて来なさい、連れて……」

そして司祭は、薪を加えて炉の火を強くして、吹雪に難儀したであろうその人を迎える支度を整えたのであったが、やがてナンシイに案内されて怯《お》ず怯ず入り口に姿を現したのは、なるほど旅の人間と見える肩に大きな振り分け荷をかけて、山犬《カイヨテ》の毛の食《は》み出した短い外套に、海豹《あざらし》皮の長靴を穿いた、屈強な労働者風の男であった。

「さ、遠慮は要りませぬ、こちらへ来て、おあたりなさい！　どうも、生憎《あいにく》酷《ひど》い吹雪でな」

　司祭は椅子を勧めたが、男は口の重い性質らしく、四周《まわり》の壁を埋めた金ピカの書物に眼を放っているだけで、急には口を開こうとしなかった。

「遠慮は要りませぬ。こっちへ来て、ゆっくりお休みなさい」

　部屋の暖気に雫《しずく》の垂れ始めた外套を脱いで、男はやっと怯ず怯ず椅子にかけた。そして炉に手を翳《かざ》したが、蓬々《ぼうぼう》と伸びた鬚《ひげ》、頑丈そうな厚い胸幅……毛ムクじゃらな節くれだった指……小山の揺ぎ出したように、逞ましい男である。炉の火を受けてる半顔は、皮膚の底から滲《し》みついたように陽に灼けて、生れながらの労働者であることを語っている。

「どちらから来なすった？」

「今朝ヨハンボクを発って、……やっとここまでめえりやしたが、どうにも二進《にっち》も三進《さっち》も動きが付かなくなりやして」

「ほう、ヨハンボクから来なすったか！　そして、どちらまでゆきなさる？」

「フォートユーコンまでゆこうと思いやして」

「ほほう、それは大変だ……まだ大分道のりがある……」

　ナンシイが熱い珈琲《コーヒー》を運んで来た。

「わたし共も、これから食事を始めようとするところだが、今貴方の分も拵《こしら》えます。ま一つ、お上りなさい」

男は旨そうに喉を鳴らして、熱い珈琲を啜《すす》り込んだ。

「も一つ、持って来てお上げ……酒でもあると宜しいが、御覧のようなところで酒もないし……」

と司祭は沈吟した。

「ま、火にでも充分お当りなさい。この吹雪では、さぞ難渋しなすったろう」

熱い珈琲の二杯が、漸《ようや》く男の生気を蘇らせたのである。

「どうも、凄え吹雪でやして、今日だけアすんでのことに、命がねえと覚悟しやした」

「そうでしょうとも、このあたりでも近来にない、大吹雪です。しかし貴方は、この吹雪を承知で出て来なすったか？」

「少し急ぎの用事がありやしたもんで、……吹雪は加奈陀《カナダ》で慣れてやしたで、大したこともねえと思って来やしたが、今日という今日は命を落すところでごぜえやした」

旅人の来たヨハンボクの村からここまでは、二十一哩《マイル》の距離である。しかし氷雪に閉されたアラスカの徒歩二十一哩は、加奈陀や合衆国内地の徒歩、五十哩にも匹敵するであろう。その二十一哩の道を、この吹雪を冒してここまで頑張って来た体力にも驚かされるが、この吹雪を承知で出かけて来た、無鉄砲さにも舌を捲く。アラスカ慣れた旅人なら、これほどの大吹雪になれば、外出は見合せてしまうだろう。

　天候の激変し易いアラスカの冬旅は、決して徒歩をせず、宿駅で犬橇《いぬぞり》の支度をして貰って出かける。犬は道に迷わぬが、咫尺《しせき》を弁ぜぬ吹雪に捲き込まれたが最後、人は方角を失って凍死してしまうからである。その犬橇に乗っても尚、これほどの大吹雪に遭遇すれば、急いでその場に停止して、吹雪の通り過ぎるのを待つ。無暗に動いたら、窒息して倒れてしまうからである。この男の無鉄砲さ……同時にその無鉄砲さに伴う超人的な体力にも、司祭は、したたか舌を捲いたが、同時にこの人はまだアラスカに慣れない、新来の旅人だなと感じたのであった。ナンシイが、食事の仕度の整ったことを知らせて来た。

「では、何にもありませんが、食事にしましょう」

「御神父様！　飛んだ御厄介をかけますだに、その上又えれい御造作《ごぞうさく》に預りやして、何とも申訳ありましねえでやす」

　鬚蓬々として、見かけは恐しそうであるが、気は善さそうな男であった。旅人はひどく恐縮したが、腹は減ってると見えて旨そうに、卓上の物を貪り食う。そして凍えた身体も温まり、腹も満《くち》くなった時分には、貧しいながらこの牧師館の持つなごやかな雰囲気、人に差別《けじめ》を付けぬ老いた神の使徒の心の温かさなぞが、心に滲み徹《とお》って来たのであろう。食事を終えると暖炉の前に寛《くつ》ろいで旅人の口も大分ほどけて来た。問わず語りにポツポツ、身の上を語り始めた。

　名前はジム・ヘイワーズ……ついこの頃まで加奈陀奥地のアルバータ州と、サスカチュ

ワン州の州境、サドヴァリー山の伐木夫《きこり》として働いていた。山の伐木《ざいもく》小屋に、八年を暮してきたが、

「サドヴァリーという山は、ひでえところでがして、伐木夫は千七、八百人もへえり込んでおりやしょうが、どれもこれも兇状を持って逃げ込んで来たものばかりでして、酒を食らって賭博と喧嘩と人殺しでやす……どねえな月でも、一、二度人殺しがねえことはごぜえせん。麓《ふもと》には加奈陀騎馬警官隊の分遣所《ぶんけんしょ》もありやすが、いったん山へ逃げ込んだりや、警官の八人や九人踏ん込んだって、もうどうにもなるもんじゃごぜえせん」

いつかも、ケベックからの兇状持ちを追跡して、山に大手入れがあった際、行方不明の警官二人の屍体が、渓谷の埋木《うもれぎ》の下から、白骨となって現れて以来、警官隊も匙《さじ》を投げて一切踏ん込んで来なくなった。麓に網を張って、犯人の山を降りて来るのを待つ戦法を執った。そして山はまったくの強い者勝ちの天下であった。

「そうすると……お前さんも人殺しぐらいは、やったことがあんなさるかな？」

と司祭は笑いながら、聞いて見た。

「殺したくはねえですが、二度ばかり殺《や》ったでやす」

と、男は情けなさそうに苦笑して、

「乱暴な奴ばかりでやすで相手を殺さねばこちとらが殺られるでやす。でも神父様！　うら殺る気で殺ったでねえでやす……腕の一本も、へし折ってくれるつもりでつい力が入り

過ぎちまったでがす」

うらが殺したんじゃねえ、この手がおっ殺しちまったでがす！　といわぬばかりに、男は自分の手を眺めている。なるほど、この手でやられては、大の男も蟻一匹の脆《もろ》さであろうと思われる。手というより巨大な熊の手であった。松ぼっくり見たいな筋肉が、瘤《こぶ》々に盛り上って、普通の三倍くらいもありそうな逞ましさである。

「随分力があんなさるだろう？」

「自慢じゃねえでやすが、大抵の奴にゃ、引けは取らねえです。五人六人かかって来ても、クソでもねえでやす」

と男は又、人の善さそうな微笑を洩らした。その並み外れた力があるばかりに、山では兄哥《あにい》とたてられて、かなり面白い日も送って来たという。

「だけど、うらア無暗と、外の奴等見てえにゃ殺らねえです。あんまり暴れて、手に負えねえでつい殺っちまったですが、ちっとも相手を眠らしたかねえです。だから、兇状持ってアラスカさ、逃げて来たではねえでやす。麓の騎馬警官隊さ友達もあれば、十六哩《マイル》離れたダラスの町の神父様も、ジム、アラスカさ行《い》んで用が済んだりゃ待っとるから早よう帰《けえ》って来《こ》うとみんなで餞別くれたでがす」

司祭は男の眼を瞶《みつ》めていた。長年神の道に仕えて、今では相手の瞳さえ見れば、その人間のいってることがほんとか嘘かはすぐに看破ることが出来た。なるほどこの体格で、この膂力《りょりょく》で、そしてこの無教育さでは、そのいう通り人を殺しもしたであろう。喧嘩、賭博、飲酒……随分破落戸《ならずもの》同様な振舞いもしたであろう。

が、微塵も邪気のない眼である。正直で生一本で、嘘を語っていない眼であった。山の大気のように澄んで、山の清新な香りを発散させている、人のいい瞳である。陽に灼けて鬚蓬々な顔は、始めてはいって来た時は、四十幾つに見えた。食事をしている時、薄暗い洋燈《ランプ》の火影では、三十ぐらいかな？　と思われた。澄んだ瞳を瞶めながら、無邪気な山の想い出を聞いてると、相手の年が二十五、六歳、それ以上とはどうしても司祭には考えられなくなって来た。

二

「お前さん、幾つになんなさる？」

「みんなが二十三だてえから、そのつもりでいるんでさ」

と男は頭を掻《か》いた。

笑うと眼尻に皺《しわ》を湛《たた》えて、何ともいえぬ柔和な顔になる。名前もみんながジムと呼ぶから、そのままで、ジム・ヘイワーズ、ほんとのことはわからない。学校は、一度もいったことがない。阿母《おふくろ》は阿父《おやじ》に誘拐《かどわか》されて、十五の年に自分を生んで、三つの年に男を拵《こしら》えて、逃げてしまった。八つの年から阿父に連れられて土方をし加奈陀中の鉄道を渡り歩いて、合衆国までいったこともある。

阿父が、酒を飲んであまり眼の仇に、自分ばかり苛め付けるから癪《しゃく》に障って、到頭十六の年に勘忍袋の緒を切った。ある晩、酔っぱらった阿父が寝ているところへ忍び入って、思うさまブッ叩いて山の中へ逃げ込んだ。人から教えられるまま山から山、沢から沢と渡り歩いている内、漸くはいり込んだのが、今いったサドヴァリーの伐木山であった。そのまま根を下ろして、いつか八年暮した……

「そして、どうしてアラスカへ来なすった？」

今もいう通り、三つの年に、自分を置いて逃げた阿母の名前は、ヘレン・ライヤンズ……阿父がいつも口癖のようにその名を口にして悪鬼のように憎んでいた。阿父は憎み切っていたが、その阿母が自分には恋しくて仕方がない。酷い目にばかり遭わされたから、阿父のことなぞ思い出したこともないが、世間の人が阿母と一緒に暮しているのを見ると、羨やましくて仕方がない。いつか阿母を探して、一緒に暮したいのが十二、三からの、夢にも忘れぬ願望であった。

瞼《まぶた》に描いて描いて、描き抜いて八年……麓の分遣所の伍長リチャード・デヴィスが、いつか山の無頼漢《ならずもの》に狙撃されて、倒れているところを助けてやった事がある。そのデヴィス伍長にも頼んで置いたが、それからそれと手を廻して、伍長も真剣に調べてくれたのであろう。やっと、母親の居処がわかった。十八の年に三つになる子を置いて、レヂナの土方小舎《こや》を逃げ出した女が、アラスカのフォートユーコンに住んでいる。今エミイ・フルトンと名を変えて、三十八になる。それが間違いなくお前の母親だと知らされては、もう一刻の我慢もなるものではなかった。

「矢も楯もなく、うら、早速山の会社の暇《いとま》を取って、アラスカさやって来たでやす。会社でもお前《めえ》がいねえじゃ人夫共の束ねが出来ねえから阿母に逢ったらスグ帰《けえ》って来てくんなといってくれましただ。山の仲間も、兄哥《あにい》きっと帰って来てくんなと、みんなで涙澪《こぼ》して、送って来てくれましただ。今じゃ小頭《こがしら》にさせて貰うとるで小舎も一軒貰うて食うにゃ不自由しましねえだ。阿母に逢うたらスグに連れて帰って、又、山さ戻るつもりでがす」

鬼もひしがんばかりの大男が、阿母の話になると眼を細くして、子供のように他愛なく瞳を輝かせている。

「神父様、見ておくんなせえまし」

と振り分け包みを解いて見せた。

「こいつをうら、阿母に着せてえと思うて、買うといたでやす。阿母の好き嫌いがわかんねえで、ちっと派手かも知れましねえが……町のデパートの売子が勧めてくれるで、黒い色にしたでやす。靴……こいつも足の寸法がわかんねえが、あんまり上等だで、買うといたでやす。ハンドバッグ……神父様！偽皮じゃござえやせんぜ。ほんものの鰐《クロコダイル》の皮でやさあ……これえなもの一時《いっとき》にゃ買えねえだで、眼付けて何年も何年もかかって買うたでがす。帽子だけは荷《に》んなるで、何ぼアラスカでも帽子くらいあんべえと思いやして……」

男はこの着物を着てこの靴を穿いて——何とその靴は、エナメル塗りの夜会靴であった——このハンドバッグを下げた阿母の手をひいて又山へ帰って行く自分の姿でも、想像しているのであろう。眼を細めて、取り出した品物を、眺めている。包みの中から、まだ出て来た。隅に、忘れな草の刺繍《ぬいとり》のある絹ハンカチ……熊のような手が、大切そうに拡げて見せる。

香水……白粉入れ《コンパクト》……口紅……指環……振り分け荷の両方は、ただ阿母への土産で一杯であった。

男の顔から土産と、じっと視線を移している内に、司祭は眼頭が熱くなるのを覚えずにはいられない。

「眺めてますてえと、神父様……」

と男は述懐した。

「何でもねえように見えやすけんど、山で働きながらこれだけ集めるにゃ、ふんとうに大《てえ》変《へん》でがした。休みの日になるてえと、山下って、十六哩《マイル》も離れたダラスの町まで、買《け》えに行きやした。山じゃ、賭博も打たねえじゃ、小頭に出世するなア容易じゃねえでやす。

でも、うらどねえ苦しい時でも眼つぶって、阿母にゆき逢うまでア、酒も呑まねえ賭博も打たねえ女も買わねえと、我慢して来ただ。やっとのこんで、神様聞いて下すって、うら有難くて有難くてなんねえでがす。でも苦しい時、どねえにこの土産眺めて、眼えつぶったかわからねえでがす」

「そうでしょう……そうでしょう……無理もない」

と司祭は声をうるませた。

「よくやりなすった！　神様は、貴方の願いを聞いて下すったのです」

「神父様、金もこねえに、溜めやしただ」

と、ふところから、袋を取り出した。永年の苦しみを、鼻高々と親に訴える幼児《おさなご》の如くである。

「みんな、阿母にやるでがす」

袋の中には紙幣や銀貨が、ハチ切れんばかりに詰まっている。

「阿母さんが、喜ばれるでしょう」

「こっちい来る時、要らねえと神父様は仰ったけんど、ダラスの町の教会にも、寄附して来ましただ。……神父様の教会にもこねえお世話になって、済まねえだから、御寄附しますだ。お世話になった方を抛《ほう》っとく気はねえだ」

「教会は、皆さんのお役に立てばそれが何よりの報いです。長い旅をするには、これからもまだまだ金が要りましょう。大切にしまって置きなさい」

「ダラスの町のロウジス神父様も、始めはそういっていられた、だがそねえにお前《めえ》がいうなら、ほんの気持だけマリア様へ蠟燭代を受け取って置こうかと、取っといて下すったで、神父様にも、是非受取ってお貰い申してえでがす」

「その神父は受取られたかも知らないが、わたしのところは、要らないのです。貴方からこんな楽しい話を聞かせて貰って、かえってこちらから、何かお祝いを差上げたいくらいです」

「お、そうだ！　神父様！　うら忘れていただ。うらが兇状持ちでねえちゅう証拠まで、貰って来てあったでがす」

と男は思い出したように、ふところを探って、皺くちゃの紙を取り出した。

「どれどれ！　拝させて戴こうか」

と、司祭は眼鏡を取り出した。一通は加奈陀騎馬警官隊のロアン分遣所から出ているものである。

本状持参者ジム・ヘイワーズは二十三歳、当国サスカチュワン州ラヴァート区サドヴァリー森林会社、伐木夫小頭にして、今回アラスカ、フォートユーコンの実母を訪ねて行くものなり、資性醇良《じゅんりょう》、篤実なる者に付沿道各官衛警官隊に於かれては何卒

特別の便宜御供与下さるよう御依頼申上ぐ
加奈陀騎馬警官隊アルバータ州ロアン分遣所長、軍曹　ウイリアム・マコウマック

そしてもう一通は、ダラスの町の司祭から発せられたものである。

拝啓、本状持参者ジム・ヘイワーズは当教会員に非ざるも性質頗《すこぶ》る善良なるものにして、年来実母の行方を尋ねおりしところ、今回アラスカ、フォートユーコンに在るを知り、対面に赴くものなり。実直にして孝心深き者に付、何卒沿道各教会　教役者《きょうえきしゃ》諸氏の御同情と庇護を願うてやまず
一九三〇年十月十一日
加奈陀アルバータ州ダラス町に於て
羅馬《ローマン》カソリック教会司祭　ミリアム・マッギヴネー

「ほう、これは大したものです。貴方の孝心を賞《め》でて、皆さんが心配して下さる。……大切にしまって置きなさい。これから貴方のゆかれるユーコン地方では、殊にこういうものがものをいいます」
「これで……うら兇状持ちでねえてことは、おわかりでやしょうか？」

「ハハハハハこんなものを拝見しなくとも、わたしには貴方が善い方だということは、よくわかっています。そんなことは貴方のお話を伺う前からわかっていることです」

と司祭は微笑した。そこへナンシイが、寝室の用意が整うたことを知らせて来た。

「さ、では、おやすみなさい。明日の朝はこの吹雪もおさまるでしょう。ゆっくり阿母さんの夢でも御覧なさい」

しかし若者がナンシイに伴われて寝室へいった後も、司祭は心が楽しくて、スグには眠りに就く気にもなれなかった。立って十字を切りながら、赤々と暖炉の燃えている居間の中を、あちこちと歩き廻った。何という神の大きな御摂理であろう！　すべての環境が、当然この若者の堕落すべきことを指向しているにもかかわらず、尚且つ神はこの若者を浄め給うて、その愛の御栄《みさか》えを充分に顕彰し給うたのであった。しかも、こうしてこの若者の上に、よき花を咲かせる手引きとなったのも、遠くにいるその母親の隠れたる蔭の力だと思えば、今更に尊き聖マリヤの昔なぞも思い合わされて、世の母親という母親に感謝を捧げたいような、もっともっと世の母親の自重を促したいような、胸の躍る気持になって来たのである。

その夜の司祭の、就床前の祈禱は、いつもより、もっともっと時間をかけて長かった。先ず、虫くい錆くさったこういう醜い幹と枝の上に咲き出た、世にも高貴なる愛の花を見せて下さるために、この吹雪を利用して若者を立ち寄らせて下さった神の御心《みこころ》を感謝し、この若者を一晩泊めてやることによって、偶然にもこの輝やかしい神の御業《みわざ》に老いたる自分をも、一役与《あずか》らせて戴くことになった神の御恵《みめぐみ》を感謝した。そして、就いてはこのよき花に、有終の美果を添えしめ給うよう、その母親とめぐり合って、若者が楽しい親子の団欒《まどい》を一日も早く持つことの出来ますようにと、神の加護を祈り、そして最後にこの機会、若者が神の篤信なる僕《しもべ》として、父なる神の御栄えの証《あか》し人《びと》たるべきよう、何卒入信を与え給え、と跪《ひざまず》いて長い祈りを捧げたのであった。

吹雪に全館ガタガタと揺れている。が、牧師館の一室に若者も円《まど》かな夢を結んだであろうが、老司祭もまた、いつもよりもっと平安な幸福な気持に包まれて、楽しく臥所《ふしど》へはいったことであろう。

三

なるほど司祭のいった通り、吹雪は夜の間に収って、翌る日は前夜の暴風雪《あらし》と打って変った、麗らかな長閑《のど》かな天気であった。前夜掃きならされた一面の雪原は、キラキラと眩しく朝日に燦めいて、若者はこれからユーコン河沿いに三百六十哩《マイル》奥地のフォートユーコン指して旅を重ねて行かなければならぬ。

もう一度お礼に差し出した金を断って、司祭はナンシイにいい付けて、この若者のために弁当を支度させたり、万一の用意に途中の官憲に当てて紹介状を書き添えた。そして最近ディーム方面奥地に又金鉱が発見されたため、各地から色々な人間が入り込んで、奥地の風儀が相当乱れ切っている様子だから、この上とも誘惑に充分注意するようにと、心付けてやることも忘れなかった。

門口に立って見送っていると、若者は例の振り分け荷を肩に、手を挙げ手を挙げ段々にその姿は小さく、雪原の彼方の雪をかぶった針葉樹と、栂《とが》の原生林の間を下って行った。翌る日が来ても、その翌る日が来ても、涙ぐましい若者の心情に打たれた司祭の心は晴々と楽しく、雪原の彼方に消えた若者の姿を思い泛《うか》べて、楽しい親子の再会を一日も早く、よきに導き給えと神に祈念することを忘れなかった。さて老司祭がそうして、白髯をそよがせながら祭壇に跪いて、敬虔な祈りに余念もなかった頃、祈られている当の若者の姿はフォートユーコンへのディーム街道を急いでいた。

ジャックヴィールから百二十哩離れて、フォートユーコンとディームの中間に、ベレームの宿駅がある。奥地に新金鉱が発見されてからは、ジャックヴィールから走って来る犬橇《いぬぞり》も馬橇も、悉くディームに向って素通りして、ベレームの宿駅はさびれる一方であった。村で一軒のホテル……というよりも、曖昧《あいまい》屋兼宿屋のケルトンの二階に、今夜は珍しく赤々と灯が入って、濁《だ》み声挙げた酔っぱらいの唄が、往還の雪明りに賑やかに伝っている。そしてクララが親方のジョーから金の無心を、小《こ》っ酷《ぴど》く撥ね付けられていた。

「ね、そんな因業なこといわないでさ、もう一度だけ貸してくれたっていいだろう？……たった二弗《ドル》じゃないか、明日の朝までに、あたしはどうしてもそれだけ要るんだよ。洗濯屋のスーザン婆さんに、きっと払うって約束しちまったんだからさ」

「ならねえといったら金輪際ならねえだ！　手前《てめえ》にはもう、一文でも貸せねえんだ。いくら貸したって、溝ん中へ叩き込むようなもんじゃねえか！　先月も貸し、今月も貸してよ、手前にゃ貸し越しだらけだ。おりゃ見栄や伊達で商売してるんじゃねえんでえ、働きのねえ女にゃ、一切貸しは御免蒙ろう」

「ヘン！　何だい、たった二弗ぼっちの金……ケチケチしなさんな！」

「その二弗ぼっちを、手前にゃこれで何度貸したんでえ？　一遍だって、返した試めしゃねえじゃねえか！　儲けさしてくれりゃいいんでえ！　手前は、サッパリ儲けさしちゃくれねえじゃねえか！」

「…………」

「大体《でいてい》、始めて手前が来やがった時から、年ィ取り過ぎて、おりゃゾッとしなかったんでえ、厭《いや》だと断った奴を稼がしてくれと無理に頼みやがってよ！　男をコナス腕があるとか大きな法螺《ほら》吹きやがってよ！　もう手前は断りてえくれえのもんだ。人の気も知らねえで、いい気になりやがって、たった二弗だから貸せたア何んでえ！　文句いやムクれっ面しやがって、手前の働きのねえこたア棚に上げてやがる！　リリアンやアイリスが稼いでりゃこそ、家《うち》ア保《も》ってるんでえ！　手前見てえな奴ばかり揃ってたら、店は疾《とっ》くの昔に潰れてやがらア！」

　不況の愚痴も手伝って、後から後から、ジョー親方の忿懣《ふんまん》は止め度がない。そして人けのない店のカウンターを自棄《やけ》に拭きながら、どうでえあの景気は！　といわんばっかりに二階を見上げる。

「手前も女に生まれたら、偶《たま》に一度はあのくれえの景気を、やって見せたらどうでえ！　来る晩も来る晩も茶ばかり引きやがって！　女にスタリのねえアラスカでえ！　不景気な泣き面してる暇に、椋鳥《むくどり》の二、三匹も引っ張って来たら、どんなもんでえ！　とおりゃいってるんでえ！」

「ヘッ仰いましたね、黙って聞いてりゃ、好《い》い放題な熱を吹いてるようだが、親方伺いますがね、去年一番の稼ぎをしたのは、どこの誰だい？　リリアンかい？　アイリスかい？　あたしかい？　それをお前さんから聞きたいね」

「去年のこたア去年でえ！　おりゃ、今年の話をしてるんでぇ！」

「ヘン！　自分に都合のいい話ばかりおしでないよ！　そんならもう一つ伺おう、あたしのバッブはどうだい？　来るたびにいくら金を費うか勘定してるんだから、お前さんにゃ、わかるだろう」

「何をいやがる！　一人ぐらいの情人《いろ》が、何が自慢でえ！　ルースでも、アイリスでもみんな四、五四の情人をコナしてよ……まだその外にフリを咥《くわ》え込んで、どうでえ、今夜のあの景気と来たら？」

と、親方はもう一度、見習え！　とばかりに階上《うえ》を見上げる。

「親方、後生だから因業なことをいわないで、今夜だけ二弗貸しとくれよ？　ね、頼むからさ」

「なんねえ！　なんねえといったら、金輪際なんねえ……見やがれ……手前の帳面を！　ほら」

と親方は手摺れのした大きな帳面をカウンターの上へ抛《ほう》り出して、頁《ページ》をめくった。が、途端に慌てて閉じて、

「叱《し》っ」

と眼顔で知らせる。入り口の扉があいて、振り分け荷を肩に海豹《あざらし》皮の長靴を穿いた、見上げるような図体の客がはいって来たからである。

「父《とっ》つぁん！　泊めて貰えるだかね？」

無言で、親方は、ジロリと客の風体を見廻す。

「弾条《スプリング》の寝台《ベッド》の付いた、飛切り上等てえ部屋が欠《あく》びをしてるだ。その代り値段はあまり廉《やす》くねえ！」

「金は持っとるだ」

その間に親方には、客の鑑定が付いた。

「じゃここへ書いてくんねえか！」

「自慢じゃねえが、字は書けねえのだ。ジムてえそっちで書いてくんねぇ！　加奈陀《カナダ》の、サドヴァリー山のジムてえもんだ。今夜泊って、明日の朝発ちてえのだ」

「……酒も、上等のが揃えてあるだから、一杯味見て貰おうか」

「気の毒だが、そいつは要らねえ……うら、フォートユーコンへ着くまで、酒は飲まねえと決めたんだ！」

「詰らねえことを決めたもんだな……じゃ、女はどうでえ？　素晴しい玉が、今夜はまだ遊んでるだが……」

「女も久しく手を出さねえが……まアそいつもお預けにしとこう！　フォートユーコンの帰《けえ》りに寄って、腰の抜けるほど酒浴びて遊んでくつもりだ。その代り、夕飯ア二《に》人前《にんめえ》持って来てくんな。昼から食わねえで、ペコペコなんだ」

「ユーコン漁《と》りたての、跳ねた鮭を食わせるてえのが、ここの自慢だあ。じゃあ、若えの、前金で貰おうか。……部屋代が九弗《ドル》七十仙《セント》の、夕食代が七弗二十仙、敷布の洗濯と薪代で三弗八十仙と、……〆て二十弗七十仙だ」

　客が袋を取り出す。

「食事は、部屋でやるだかね？　じゃ、今、案内するだ」

そして、ガチャガチャ鍵束を取り上げて、親方が先きに立つ。階段を上りしなに、クソ面白くもなさそうに俯向《うつむ》きながら、爪を嚙んでるクララの足を厭というほど蹴飛した。びっくりして見上げたクララの顔を、このドジめ！ と親方は睨み付ける。ザクザクするほど金を持ってやがるのが、手前にゃわかんねえのか！ 面白くもなさそうに立ち上って、クララは顔を直し始めた。手前みてえな女は、年を取り過ぎてゾッとしねえんでい！ と親方は毒づいたが、肉付きもよく顔立も満更棄てたものではない。男好きのする淫蕩な眼付き！ ボッチャリと膏《あぶら》の乗った肥《ふと》り肉《じし》……腰のあたりの膨らみから脚へかけてどことなくみだらな年増の婀娜《あだ》っぽさを描いて、灯の下ではまだまだ酔った荒くれ共の、好色《すき》心を唆《そそ》るに充分であったろう。

「……持ってやがるぞ、持ってやがるぞ、あの若僧め溜め込んだ奴を、ドッカリ持ってやがるぞ！」

と、やがて二階から降りて来た親方が、声を落した。

「クララ、腕に縒《よ》りかけて、ぶん奪《ど》ってしめぇ！ 畜生、生意気に酒は要らねえと、吐《ぬか》しやがらあ。構わねえから、どんどん飲ましちめえ！」

「金鉱熱《ゴールド・フィーヴァー》かい？」

「フォートユーコンなんて吐しやがったんだが、野郎隠してやがる。ディームゆきだと、睨んどるだ。精一杯揉んで見てくんねえ。働き次第じゃ、二弗ばかりじゃねえ、五弗だってものは相談だあ」

聞き流しながら、クララは気取った恰好で調子を取って階段を上ってゆく。上り切ったところで胸を張ると、シャナリシャナリと、しなを作って歩み出した。男の部屋の扉をトントンと叩く。へえんねえ！　とでもいわれたのであろう。やがて扉の中へ消えてしまったが、首尾や如何《いか》にと親方は階上《うえ》を見上げて、炉の前に大股を開いて睾玉火《きんたまひ》鉢《ばち》であたった。

五分……十分……どんな言葉が、部屋の中で交わされたのか、要らねえといったら要らねえとでも、手荒く突《つ》っ撥《ぱ》ねられたのかも知れぬ。女は部屋の中から、突き出された。悄々《すごすご》と二足三足戻りかけたが、階下《した》へ眼を落した途端、忌ま忌ましげに階上を見上げて眼を剝《む》いている親方の視線とかち合うと、途方に暮れたように歩を止めて、今出て来た部屋を睨んで突っ立っている。

と、えらい勢いで、ノックもせずにいきなり、部屋の中へ飛び込んでしまった。又突き出される……又飛び込む……同じようなことを二、三度繰り返した挙句、もう出て来なかった。そして……五分……十分……と、時がたって行く。

畜生！　大きなことを吐《ぬか》しやがった癖に、腕なし女《あま》めが、泣き落しをかけてやがる！　と親方は嘲《せせ》ら笑ったが、泣き落しをかけようと、恐喝しようと酒さえジャンジャン売って、ついでに自分の身体も売ってくれれば、それでいい分はないのであったから、ニヤリとして親方がカウンターの方へ戻ろうとした途端、階上の扉があいて、クララが得意げに二本指を突き出して見せた。

「ラムを二杯だよ」

「畜生！　たった二杯と来やがらあ！　吝嗇《しみっ》たれめ！」

「おうい」

と親方は奥を向いて、旅人の食事を拵《こしら》えている女房のレベカに声をかけた。

「食物《くいもの》アなるべく、手間取って作んねえ。空腹《すきっぱら》にジャンジャン畜生！　流し込ましてくれるのだ。ラムを二杯、持ってってくんねぇ」

それが皮切りであった。

「お前さん、もう二つだとよ！」

と、二階から降りて来たレベカが、下司《げす》な笑いを泛べる。

「やってるよ、やってるよ、クララの奴！　お前さんにヤキを入れられたもんだから、死にもの狂いで、客の膝に凭《もた》れ込んでるよ」

「それを持って行くてえと、又二つ……ええ、面倒臭《く》せえ！　レベカ、瓶で持ってきねえ！」

客より先きに、聞こし召したらしいクララの姿が、二階の手摺《てす》りに現れた。

「なんかあたしの飲むような、柔らかなものはないかい？」

「柔らけえもんといやア、ドムかシェリーだ！」

「なんでもいいから、持って来て頂戴よう」

「OK！　ドムにシェリー一杯ずつ！」

「ウイスキー頼むわよ！」

「ほい来た、おいレベカ！　ウイスキー持ってゆきねえ！」

零下四十度の雪道一日の旅を終えて、温い部屋に空腹で寛ろいで、続けざまに強い奴を呷《あお》ると、いくら頑強な身体でも多少の酔いは発して来るのであろう。段々客の声が大きくなって、オホホオホホホと調子を合わしているクララの笑いに交じってハハハハハと腹の底から揺り上げるような野太い笑い声が、周囲の部屋のざわめきの中から、次第に階下《した》に聞えて来る。そしてルースの客でもなければ、リリアンの客の声でもない唄声が、洩れて来る時分には、久し振りに二階の昇り降りで、レベカの脚はくたくたになってしまった。

四

やがて酒のお代りを取りにフラフラと、怪しげな腰付きのクララが降りて来た。眼許《めもと》を真赤に染めて、さっきとは打って変った大変な元気である。

「親方、眼をあけて見て、おくれよ！　置くよ……ここへ！　ほら六十弗《ドル》あたしの祝儀をつけてくれたんだ。ヘン、どんなもんだい、クララ様の腕前は……」

「豪儀なもんだ、恐れ入ったもんだ！　お見それしやしたてえところだな」

と意地も張りもない拝金親方は、機嫌でホクホクのところを示す。

「若僧滅法強エじゃねえか！　構わねえから、その調子でドンドン飲ましてくんな、……料理はどうでえ、もう持ってくか？」

「お可笑《かし》くて、そんな物召上ってられますか！　てんだよ」

「ほら、クララ！　取っときねえ……後は又、明日勘定を済ましてからだ」

と親方は、さっき頑強に拒否した二弗《ドル》の外に、もう三弗付け加えて出す。酔っても金だけは忘れなかったのであろう。クララは酔顔朦朧《すいがんもうろう》と、袴《スカート》を捲り上げて、靴下の中へ札をたくし込む。そして煙草を啣《くわ》えながら、鼻唄交りで蹣跚《まんさん》と二階へ引き揚げていった。が、たちまち嬌声《きょうせい》を放って、横抱きにした客の首っ玉に噛り付きながら、ドタバタとえらい騒ぎで階段を降りて来た。

「親方！」

と存分に酒が廻ったのであろう。陽に灼けた頬を真っ赤にして、熟柿《じゅくし》臭い息を吐きながら客が、スタンドの前に仁王立ちに突っ立った。

「うら滅法界《めっぽうけえ》、面白くなって来ただぞ！　フォートユーコンさ着くまでア、酒ア飲まねえと決めてただが、なぜにこれえに旨エもん止めてただか、わかんなくなって来ただ。……

こねえに愉快なことは、近頃ねえこった！　ようし……酒も気に入った、女も気に入ったぞ！　部屋の中なんぞ素っ込んじゃいられねえ。じゃんじゃん飲むぞう！　……女達みんな呼んでくれえ！　女達の客も、呼んでくれえ！　酒は、うらが持つ……さ、親方も一杯やれえ！」

「そんなに高く挙げちゃ、眼が廻わるよう……怖いから厭だったらさあ……早く降しておくれよう！」

高々と宙に差上げられてクララがキャッキャッと騒ぐ！

「怖がるこたアねえだ！　これんぼっちの酒飲んだって、飲まれるうらじゃねえだぞう！　さ、早くみんな呼んで来う！」

「アイリス！　リリアン！　ルース！」

とクララが二階に向って、大声を張り挙げる。

「早くみんな降りといでよう！　あたしのお客が、御馳走してくれるんだとよう」

その声が聞こえたと見えて、アイリスの扉も、リリアンやルースの扉もあけ放たれて、しんねこで楽しんでいた連中がドヤドヤと降りて来る。

「面白えだ！　何とも面白くて、こたえられねえだ！　ようし思い切って騒ぐぞう！　今夜うら、存分に騒ぐぞう！　ここまで来りゃ、もうフォートユーコンへ帰《けえ》ったも同じだあ。眼くっつぶって長エ間、我慢してただア、今夜ア前《めえ》祝《いわ》いにうんと遊ぶだぞう！　別嬪《べっぴん》抱えて酒飲んで……この別嬪抱いて寝るだ。存分に可愛がってやるだぞう……こら、別嬪……」

「厭だよう、くすぐったいからさあ！」

そのクララの頬に男の鬚面《ひげづら》を押し付けて来た。振舞酒に集まった連中がヤンヤと喝采する。曖昧宿屋のケルトンは、破《わ》れ返るような大景気を現出した。

どこで流行《はや》ったのか、ドラ声で男は戯《ざ》れ唄を口吟《くちずさ》む、途方もない元気でその晩はクララを相手に寝たが、翌る朝の勘定たるや、ジョー親方が腕によりをかけて、眼球も引ン剝かんばかりの、凄まじさであった。男には何の記憶もない。

「ラムが八弗《ドル》五十仙《セント》で、ウィスキーが十二弗の、ええとドムとシェリーとう……」

「うら、そねえに飲んだ覚えはねえぞ」

「覚えねえとは、いわせねえだ！　こっちにゃちゃんと記《つ》けてあらあな。こちとら瞞着《マンキィ》商売《ビジネス》は、しねえでな！　こうやって、ちゃんとそのたんびに、記けてあるだ」

「記けてあったって、うら飲んだ覚えがねえだぞ」

「覚えがねえから、払わねえってのか……？」

「うら、そねえな余計な金アねえだ……」

「金がねえから、払わねえってのか？」

「喧《やか》ましいやい！　払わねえたアいわねえんでえ……腑に落ちねえ、といってるんでえ」

まるで両方共喧嘩腰である。

「その外に女の玉代《ぎょくだい》と……若えの、お前は暴れて瓶を叩き割ったな……その瓶代と……」

「うら飲む前に、女に幾らか渡した気がするだあ。その金はどうしやがったんでえ?」

「冗談はいい加減にしてくれえ! 手前まさか、この土地にいいがかりを付けに来たんじゃあるめえな?」

無理無体に二百何十弗……若者の八年間の汗の結晶の大半を捞《むし》り取ってしまった。宿《ふつか》酔《よ》いも醒め果てて、若者は軽くなった財布と振り分け荷を執り上げて苦笑した。

「前祝いにしちゃ、えらく高えもんにつきやがったな、畜生め! おれが阿呆だったからよ」

そして、まだいぎたなくクララが眠りこけている、朝の凍てついた戸外へ出て行った。フォートユーコンまでは、もう三日かかる。

それから一週間目の聖誕節《クリスマス》であった。さすがに、ケルトンにも、朝から奥地の採金業者三、四人が乗り込んで、木を飾った階下の広間で、引っ繰り返るような騒ぎをやらかしていた。年甲斐もなくはしゃいで、クララは泥のように酔っている。

午後の一時頃……そのドンチャン騒ぎの最中に、例の若者が又姿を現した。相変らず、ここを出ていった時の振り分け荷を肩にかけている。

「クララ、ほらほら、こないだのお客が来たわよ、ほら！」

と朋輩《ほうばい》に揺り起されても、酔ったクララは飲み疲れた客の膝に凭れて、ドロンとした眼をつぶって、わけのわからぬ唄を唄っている。

「うら遊びに来たんじゃねえ。お前達に、聞きてえことがあって寄ったんだア」

と男は丈高い身体を入り口に突っ立って、衝立《ついたて》の奥から聞えて来る、酔っぱらいの声に耳を澄ませている。

「宿屋のケルトンてえのはここけえ？」

「そうだよ」

オヤジのジョーは見えぬ。酔ったからだ。女の一人が応対する。

「じゃ、ここに、フォートユーコンから稼ぎに来てる、エミイ・フルトンて女はいねえか、洗濯女か何か、……本名はヘレン・ライヤンズてのだ」

「そんな名は知らないねえ、フォートユーコンから来てる女ならいるよ」

「そうか、いるだか？」

男の瞳が、急に輝きを増した。

「そうとわかってたら、わざわざフォートユーコンまでア行かねえものを！　散々探し廻って、莫迦《ばか》ア見ただ」

そして男は口笛でも吹かんばかりに、顔を綻《ほころ》ばせて莞爾莞爾《にこにこ》した。

「ちょいと、呼んでくんねえか」

　酔っぱらったクララを、女が頻《しき》りに起す。

「ちょいと眼を醒ましておくれよ、クララ！　ほら、お前のこないだのお客だよ、エミイ・フルトンはいねえかなんて真面目な顔して来るんだよ」

「蒼蠅《うる》せえや、うっちゃっとけえ！　俺の買ってる間は俺の女でえ、詰んねえこたア、取り次ぐに及ばねえ」

　とクララの男が、舌打ちした。

「だって、何だか様子がありそうなんだ。クララ、眼を醒ましたらさ。フォートユーコンから来てる、フルトンというヘレン・ライヤンズはいねえかなんて……」

　そのヘレン・ライヤンズが耳へはいったのであろう。

「なにい？　何んだって？」

　と舌なめずりしてエミイ・フルトンのクララが酔顔をみはる。

「……そいつが、どこにいるんだい……？」

「入り口に待ってるよ」

「だ……誰だい？　一体あたしに何の用があるんだ？」

　と、よろけながらクララが入り口へ行く。

「お……お前《めえ》は……誰でえ？」

　と男の声が激しく震えた。

「お前はこないだの女じゃねえか」

「そういうお前は、こないだのお客だね？　あたしに何の用があるんだい……探偵《でか》見たいに人の戸籍ばかり嗅ぎ廻して！　憚《はばか》んながら……クララ様こと、エミイ・フルトンのヘレン・ライヤンズてえのは、あたしのこった。まだお前達に跟《つ》け廻されるほど、悪いことをした覚えはないよ」

「お……お……お前だった……のか……」

　とその瞬間、若者の顔から凄まじく、血の気が引いた。

「こねえな女をめっけてえばっかりに……うら……八年間も苦しんで……アラスカ三界《げえ》……ウロ付き廻っただか！」

「……何をいってやがんだい！　昼間っから、世迷《よま》い言を並べやがって！　何の用だか、さっさといったらどうだい？」

「消えてしめえ！　この大淫売婦《おおじごく》の、くたばり損《ぞこね》え女《あま》め！」

　と地響き立てんばかりの大声が、突然彼女の頭に圧《おっ》かぶさった。ガチャガチャドターン！　と物凄い音がした。いきなり若者が荷物を、クララ眼がけて叩き付けたからである。袋から零《こぼ》れ落ちた金が、ジャラジャラとその辺に散らばった。

「なんだ、なんだ！　何をおっ始めやがったんだ！　俺の女に乱暴しやがるてえと、承知しねえぞ」

と飛び出して来たクララの客が、たちまち、

「ううん！」

と虚空を掴んで、ぶっ倒れた。だらだらと口から血が流れ出して来る。若者の烈しい鉄《メリ》拳《ケン》が、眉間の真っ唯中に飛んで来たからである。

そして若者は、フラフラと蹌踉《よろ》けるように戸外へ出ていった。ケルトンの中では女達が、散らばった金を拾い集めるのに、大騒ぎである。

「なんだい、あいつは！……気狂い見たいな男じゃないか！」

と酔いの醒め切らぬクララは、やがて朋輩達の拡げ出した若者の荷物を、人々の肩越しに眺めていたが、三つばかりの幼児の着る格子縞の襤褸《ぼろ》服を、アイリスが不思議そうに摘《つま》み上げた途端、怪しくクララの眼が光り出した。

「……アイリス、一寸貸して御覧！　ちょっとそれを、見せて御覧ったら！」

ひったくり取った、襤褸々々の古服を、左見右見《とみこうみ》していたが、匂いでも嗅ぐように顔に押し当てたかと思うと、突然酔いが醒め果てたように、直っ蒼になって身を震わせ出した。

「あの子だ、あの子だ！　アイリス！　早く追っ駈けて……早く追っ駈けておくれ、早く呼んでおくれったらさ！」

と、地団駄踏まんばかりに身悶えしたかと思うと、

「いいや、呼んじゃいけない……呼んじゃいけない……呼ばないでおくれよう」

気が違ったように、頭を振っておんおんと泣き出した。

そしてしまいには、その小さな服を顔に押し当てたまま、床の上を転げ廻って慟哭《どうこく》していたのであった。


「……いっちまう……いっちまう……ああ、あの子がいっちまうよう……あたしゃどうしたらいいだろう……どうしたら……？　アイリス！　あたしゃ畜生道に堕ちたよう……じ……自分の息子を、客に取っちまったんだよう……」

五

若者がさまよい出た頃から、変り易いユーコンの天地は激変し出した。

ちらちら降り出していた雪が、横殴りに吹付けて来る。

やがて又吹雪でも襲うて来そうな、凄まじい空模様に変って来たが、それから二時間ばかりもたった、午後の三時頃……ユーコンの三時といえば、夕暗《ゆうやみ》が、森の彼方から這《は》い寄ろうとする時刻である。ベレームから四哩ばかりも離れたコロドの雪原を——この辺は雪に包まれた原生林が、諸処に点在している外、眼を遮るものもない、皚々《がいがい》たる一面の大雪野原であった。この雪原を、例の若者が通りかかっている。通りかかっていたというよりも、やはりさっきのままの姿……さまよい出た夢遊病者の姿というべきであろう。

地平線の遥か彼方に、重苦しい灰色の雪煙りが挙がって、吹雪は既に、その辺まで、襲うていることを示しているのが、若者の眼には、留まらなかったのであろう。

一足ごとに膝を没するような、処女雪の中をうな垂れ勝ちに、考え考え歩を踏みしめていた。

雪煙りの下には、アラスカ・インディアンのデダン部落が横たわっている。

そのデダンの部落から、吹雪に逐《お》われるように一台の犬橇が、矢のようにこちらに疾駆《しっく》して来る。

「ハーレイ！　ハーレイ！」

と引っ切りなしに鞭は犬の頭上に弧線を描いて、橇には獣皮の密輸業者で、エスキモーや、アラスカ・インディアンの命を奪《と》るぐらい屁とも思わぬ、バッブ・ウィラードの仲間の、ビル・ランドンが乗っていた。

「おい、ビル！　停めろ！　妙なものが、やって来るぞ！」

ウィラードが鞭を揮《ふる》うランドンの手を留めた。

白一色の中に真っ黒なものが蠢《うご》めいて、狼とも見えれば熊とも感じられる。ウィラードの片手が、銃にかかる。

「ほう、妙なものが来やがるな！　あ、兄弟！　早まっちゃいけねえ、人間だ！」

「何、人間？……フウム！」

とウィラードは銃を降ろした。

「魂消《たまげ》た莫迦野郎が、あったもんじゃねえか！　この吹雪めがけて飛出すたア、何てえ命知らずだ」

犬はいよいよ脚を速めて、その黒い影の方へ近付いていった。が、つい側を通っても、気が付いたのか付かぬのか、別段顔を挙げるでもない。

何を考えてるのか、一足一足雪に埋めながら、俯向き勝ちに摺れ違って行く。

「おい……若えの！」

とウィラードが声をかけた。

「命は要らねえのか、命は？　疾風《はやて》が、手前にゃ眼に入らねえのか？　自殺しにくんじゃあるめえな？」

男は歩を止めたが、返事するでもなく、また歩き出す。

「人が親切に教えてやるのに、耳はねえのか？　手前は！……ほっとけア手前の体は、後一時間たア持たねえぞ！　見やがれ、あの雲を！　大吹雪の来るのが、わからねえかといってるんだ！」

男は顔を挙げて地平線の方角へ眼をやって、またウィラードの顔を眺めている。

「見やがれ、その面《つら》を！」

　と、酒と煙草の資本で無銭同様に毛皮の山を捲き上げて来た密輸業者は、上々の機嫌である。

「生きた顔色じゃねえぞ……おい、ビル！　気付けを一杯、こいつに恵んでやれ」

「飲みな！」

　と、橇の上からランドンの突き出した、ウイスキイを、ゴクリと男は口移しに呷《あお》り付けた。

「大《で》けえ図体じゃねえか！　大切《でえじ》に使や、大儲けの出来ようてえものを、惜しいたア思わねえか？　乗んねえ、おりゃ人の難儀を見過ごしにゃ出来ねえ性分だ。助けてやらぁ」

　男はしばらく考えていたが、無言のまま、否《いな》みもせず、温和《おとな》しく橇に乗った。

「さ、やれ、ビル！　急がねえと、吹っかけて来やがったぞ！」

　そして橇は、今若者の後にして来た、ベレームの宿駅指して、又雪を軋《きし》らせ出た。

　吹雪の前触れが颯《さっ》と雪煙りを捲いて、吹き過ぎる。

「人にばかり口をきかせやがって、返事しねえとは、張り合いねえや！　おい、若えの、何だって手前、死ぬ《いぬ》気になりやがった？」　ウィラードが話しかける。

「ははあ、手前は刑事に追われてやがったな？　そうかわかった！　その顔は容易事《ただごと》じゃねえと思ってたんだ！　よし、それならそれで話しアわかる。手前さえその気で片棒担ぎゃあ俺達がかくまってやる！　見よ！　あれを」

と、ウィラードは得々として、橇の上に積み上げた毛皮を示した。強奪に等しく捲き上げて来た毛皮の山である。

「俺達はワイレフへ帰るんだが、この吹雪じゃ今夜はベレーム泊りだ。仕方がねえ、ベレームで聖誕祭《クリスマス》祝うんだが、あすこまでゆきゃ、酒もある、女もある。世の中悧巧に渡る人間の生き方を、手前にも拝ましてやらあ！　クラてえ可愛いのが俺達のゆくのを待ってやがらあ！」

「何い！」うなだれていた若者の蒼黒い顔に、颯《さっ》と血が上った。眼が憎悪に燃えて、爛々《らんらん》と輝く。

「停めろ！　橇を停めろい！」

「何！　何で停めるんだ？」

「何でもいいだ。停めろといったら停めやがれ！」

密輸業者の眼にも、若者の血相の変ったのは映ったのであろう。

荒くれ特有の闘志が、これもたちまち眼に燃え上る。

「おい、ビル、橇を停めてくれ！　さすらいの王子様が、橇を停めろと仰《おお》せにならあ！　命を助けてくれた、礼をすると仰《おっしゃ》るでな。さ、停めた！　おい、若えの、停めたが、どうした！」

「立てえ！」

「面白えな！　急に、張りが出て来やがったな！　さ、立ったが、どうした！」

ウィラードの手が拳銃へゆかぬ瞬間である。グワーッと、一撃を食らって、眼と鼻の間に受けた。

「呀《あ》っ！」とのけぞると、辛うじて踏み止《とど》まったが、再び一撃を真っ向から、

「ううむ……やや野郎……やりやがったな……」

血反吐《ちへど》を吐いて、泳ぐように二、三歩……のめったと思うと、ドタリと突っ伏す……！

「ち、畜生！　飛んでもねえ真似をしやがって！」

ランドンが拳銃を振り上げた途端、これも猛烈な一撃を食らう。眼前が暗々として、昏倒した。

息一つ切らせず巨大な身体二つを橇の外へ蹴下ろすと、若者は手綱を絞って橇を、元来た方へ大きく旋回させた。そして、もはや濛々《もうもう》と咫尺《しせき》を弁ぜず吹き捲くって来た、吹雪の真っ唯中へうしろも見ずに、走らせ始めたのであった。

哮《ほ》えたけっている風！

飛礫《つぶて》のように殴り付けて来る雪！

吹雪の中心は、今やまったく、ここへ移行して来たのであろう。

一刻ごとに、天地が晦冥《かいめい》の度を増して来る。

人を呼ぶ湖

四人づれの客

人を呼ぶ湖という名で、最近、オーストリア、イタリア、フランスなどの国ぐにの新聞や雑誌に書きたてられて、たいへんにヨーロッパ諸国を騒がせている、恐ろしいお話があります。

いまの世の中に、そんなことが！　と、お疑いになる方がいられるかも知れませんが、わたしがオーストリアの首府、ウィーンにおります時にも、ずいぶんほうぼうでこの話を聞かされました。身の毛もよだつようなお話だと思いますから、この物語を申しあげることにいたしましょう。

ところはイタリアとオーストリアとユーゴースラヴィア……と、この三ヵ国の国境にまたがる東チロルのカルニオラという、たいそう山深い地方のことで、ヨーロッパの屋根と呼ばれる、アルプス連峰にもおとらぬ高山がそびえ立っています。

この山やまの麓《ふもと》に、最近東チロル山岳鉄道の一小駅で、モニケンという停車場ができました。このあたりは、もう、田舎も田舎、まことに草深い山奥の田舎で、山岳鉄道のそのまた支線が、一日に二度か三度、薪《まき》をたいてガタガタと走っておりますだけ……。一日の乗り降りとても、まことにさびしく、汽車がとまると、ちらりほらりと、二、三人の客が降りてくるくらいのもので、線路の上でニワトリが餌をついばんでいると申しあげましたなら、その閑散ぶりも想像が、おつきになりますでしょう。

ちょうど一昨年の六月ごろのことでしたが、この停車場へ、このへんには見なれぬスッキリとした都会風の三人の男女が、従者をつれて降り立ちました。

めいめい半オーバーをきて、リュックを背おい、ピッケルをついて凜々《りり》しい山仕度はしておりますが、どこやらにあらそわれぬ気品を見せて、よほどいい家の子どもさんらしく見えました。ひとりは、活潑そうな十八、九のお嬢さん、登山帽の下に、キラキラと金髪をのぞかせて、その顔の美しいこと！

ふたりの青年は、年のころ二十二、三……友だち同士のように思われます。ひとりはお嬢さんの兄らしく、他のひとりはお嬢さんに「アルベール」と、親しそうに呼ばれているところを見ると、……もしかすると、結婚したての若夫婦か、さもなければ、婚約者同士……のこるひとりはこの三人の従者らしく、屈強な三十七、八の男！　天幕や食糧や、山のような荷物を背負っていました。この四人が、汽車から降り立ってきました。

停車場を出ると、左手には、このへん特有の丸太づくりの店が二、三軒、右手に安物の菓子や蠟燭《ろうそく》や、少しばかりの果物やらを売っており、火のない土間のストーブをかこんで、ちょっとお茶か弁当でも使えるようになった茶店が一軒……後にも先にも、店といったらほんのこれだけです。石ころだらけの道は、もうその先からのぼりになって、こんもりとした山の中へ、曲りくねっています。

四人づれは、この粗末な茶店へ入ってきました。そこで蠟燭や果物などを買いととのえて、リュックへつめましたが、ついでに、弁当を使っていこうということになったのでしょう。

「食べるものは持っているから、いいのだが……なにか、飲むものでもないのかね？」

「さあね。……どうせここいらの山中ですから、だんなさま方のお口にあうものもございますまいが……」

コーヒーに紅茶……何なにと、おかみさんはならべたてました。青年たちは苦笑して聞いていましたが、もちろん都会の若い人たちに、このへんのコーヒーや紅茶などは、口にあおうはずもありません。

「まあ、そのほかには、ここいらのお百姓衆の飲む、ギルマスという地酒がございますだがね。これは、とてもだんなさま方のお口にはあいますまい……」

と、いった。最後の地酒のギルマスが気にいったと見えて、三人は従者もろとも、その地酒を出させて弁当を使いはじめました。

なるほど、こんな店の品物なぞは、目もくれぬも道理！　前夜泊ったホテルででも、こしらえさせたものでしょうか、まっ白なパンに、うまそうなベーコンや、ハムのはさまったサンドイッチ……チーズに、肉と野菜の缶詰……そして、すばらしいかおりをたてている、魔法瓶のコーヒー……。

「ほう！　これは、きついな……かなり強い！」

と、地酒をなめながら、これから先々の行程でしょう、ポケットから地図なぞを取りだして、たのしそうに何か笑いあっていました。

おかみさんは帳場にこしかけながら、さっきから見るともなく、お金のかかっているらしい贅沢なお嬢さんのみなりや、美しい横顔なぞに見とれているうちに、しきりに耳についてくるのはベルサという言葉だったのです。ハハア、このお客さんたちはベルサ湖へ行かれるつもりだな！　と、感づきました。それではあの湖の恐ろしさをなんにも知らずに、遠方から見えたお客さんにちがいなかろうが、ちょっくらおとめしなくちゃなんねえな！　と、肥《ふと》ったからだをヨチヨチと、お客さんの前へ運んでいきました。

「もし、……失礼でござんすが、だんなさま方は、ベルサ湖へいらっしゃいますだかね？」

「そうだよ。……たいへん、景色のいいところだってねえ。ここから十二、三マイルばかりだとか……」

「まあ、そんなとこかも知れましねえが、恐ろしいから、わしどもら行ったことがねえでございますよ。悪いことは申しあげねえから、お客さま！　ベルサ湖だけは、おやめになったがええでございますだ。とても恐ろしいところだと、申しますだからね」

「恐ろしいとは……？　どう、恐ろしいんだね？」

と、客はおもしろそうに、好奇心を満面にたたえました。

「じゃ、だんなさま方は、まだあの湖の恐ろしい話は、お聞きになったことはねえだかね？」

「知らんね！　ぼくたちは、遠くから来たんだから……なんにも知らんよ」

「それじゃ、お話いたしますけんど……あの湖は、昔から恐ろしいいい伝えがございますだでね」

と、おかみさんは話しだしました。

この肥ったおばさんは、どういう話をしてくれたのでしょうか？　それをわたしがかわって申しあげることにいたしましょう。

湖に呼ばれるもの

今もいったとおり、その湖はここからざっと、十三マイルばかりも山の中……昔、このおばさんの子供の時分には、ちゃんとした道もついていましたが、今では恐ろしがって猟師のほかにゆく人もありませんから、草におおわれて荒れはてて、道らしい道とてもありません。湖はその山の奥の、山また山の一番てっぺんに、……どうしてこんなところに、こんな湖が！　と思われるような、山かげの高原に、しずかに水をよどませているのです。

が、その景色のいいことも、すばらしいものでした。周囲にはユリアン・アルプス連峰の名もしれぬ高い山やまが、幾つも幾つも雪をいただいてそびえ立ち、水際には銀樅《ぎんしょう》や大カエデ、ニレ、白《はこ》ヤナギの老樹が、昼なお暗くこんもりと、湖に影をひたしています。

そして、晩春のころから初秋のころは、野バラや山スミレ、アルプス特有のエーデルワイスの花なぞが、いっぱいに咲きみだれて、小鳥やチョウは、だれ乱すものもないこの静寂境に舞いくるって、その美しいこと！　まるで絵か夢のようにのどかなところでした。

しかも、湖水の東はずれ、岬のように突きだしたところには、いまから四、五百年ばかり昔、ここに住んでいた領主の城のあとが、石垣や砦《とりで》がくずれたままにのこって、そこには蔦《つた》やかずらが一杯に、幽邃《ゆうすい》というのか、幽玄といっていいのか！　ここまでのぼってきた人びとは、みな目を細くして、

「いいなあ！　なんてすばらしいところだろう！」

と、芝生のような草の褥《しとね》に、寝ころんでみたり、藍碧《らんぺき》の手もきれそうな冷たい水をくんでみたり、空とぶ白雲をうつしている、水の面《おもて》にながめいったり、われを忘れてよろこぶ

ことでした。しかし、この美しい湖が、ほんとは、世にも恐ろしい魔の湖だったのです。

というのは、このしずかな湖には、昔からあわれな伝説がまつわっていて、どんなことがあっても若い女をつれて、この湖へはけっしてゆくな！　湖に呼ばれた女は、生きてふたたび帰ってくることができないぞ！　と、いい伝えられていたからなのです。そしてまた、昔からこの湖に魅せられて、死んだ婦人は数えきれぬくらいあるという、世にも恐ろしい、人を呼ぶ湖だったからなのです。

では、その昔からのいい伝えとは、いったい、どういうことなのでしょうか？

人の口から、口へと伝わってきた話ですから、くわしい年代はわかりませんが、なんでも今から四、五百年昔、この湖のお城の領主には、近隣に聞こえた美しいひとりの姫君がありました。この姫君は、顔や姿が美しいばかりでなく、心もまたたいへんにやさしく、五絃琴《ごげんきん》の名手でいられました。お父さま同士の約束で、湖の西にそびえた、山の峰五ツ六ツもこした中腹に、お城をかまえていられる隣国の、老領主さまの若殿と、許嫁《いいなずけ》になっていられました。この若殿も、また姫君におとらず心のやさしい、しかも武勇のほまれの高い方でいられました。しかし心のねじけた欲ばりな湖の領主は、この美しい姫君を餌にして、かねて富裕の聞こえ高い隣国の領地を、なんとかして手にいれたくてしかたがありません。

おりあらばと、心ひそかに時節の到来を待っていたのです。そのうちに友だちのそんな腹黒い心もごぞんじない隣国の領主さまは、ふとした病気にかかられて、いまでは今日か明日かと死を待つばかりの、重い床におつきになっていられました。やさしい若殿は、ひとかたならず心を痛めていられました。そのとき、時こそ来たれりと打ち微笑んだ湖の領主は、さっそく一計を案じて、ある月の美しい晩に、観月の宴《うたげ》をもよおすから、ぜひおいでをねがいたいと、若殿へ使いを出されたのです。

心はすすまぬながら、ほかならぬ姫君のお父さまのお招きとて、しぶしぶ城の客となって若殿が、宴に顔を出しておいでになるあいだに湖の領主は、心きいた部下に軍勢をひきいさせ不意に隣国へ攻めこませ、若殿のお帰りといつわって城門を開かせて、無二無三《むにむさん》に城を討ってかかりました。老いたる隣国の領主さまは、親しい友には裏切られ、自分は今日か明日をもわからぬ重い病いの床で、力とたのむ剛勇な若殿は、敵の城に人質同様となっているので、とうとう城はめちゃめちゃな混乱に陥った末、領主さまはうらみをのんで、死んでしまわれました。

いっぽう、なにくわぬ顔で、若殿の接待をしていた、ずるい湖の領主の勝ちほこった笑みに、はじめて敵の卑怯なはかりごとに陥ったことをしられた若殿は、歯《は》噛《が》みして無念がられました。若殿はもとより剛勇な気性ですから、姫君の美しさに心をうばわれて、オメオメと親の仇《かたき》に、屈服してしまうような方ではありません。わずかな手勢しか、したがえていられませんでしたが、斬って斬ってきりまくって、阿修羅のような働きで、一時はうらみ重なる領主を組みふせて、すんでに首をかき落そうとせられましたが、かたわらでオロオロと命ごいをしていられる、愛する姫君の顔を見れば、怒りは心頭に燃えていながらも、ついに、この心のやさしい若殿は、ずるい領主をはなしておやりになりました。

そしてご自分は、全身に無数の傷をおいながら、敵の囲みをきり抜けて、湖の突端の城の高楼《たかどの》まで、のぼってこられました。重病の老いたる父をのこして、許嫁に心ひかれて出かけてきた不幸の罪に、血の涙をこぼされつつ、追いすがってきた姫君をふりもぎって、無念々々と叫びながら、とうとう眼下の湖めがけて、身をおどらせてしまわれたというのです。

そして、それをごらんになると、姫君もまたおなじく、城の高楼から身をおどらせて、若殿の後を慕われてしまったのです。しかしその身をおどらせる直前に、姫君は涙の顔をあげて、きっと、お父さまの領主のほうにむかって、呪いの言葉をお吐きになりました。

「お父さま……お父さま……姫も、お父さまのお心をうらみまする。お父さま……お父さま……人を泣かせて、いくらでも領地を、おふやしなされませ！　けれども姫の一念、七度《たび》生まれかわっても、きっとこの城に草を生やさずにはおきませぬ！」

この湖のお城にまつわる伝説というのは、実に、こういうあわれな物語なのでした。

しかし不思議なことには、それ以来、月夜の晩に若い夫婦づれが、この湖へおとずれたときには、かならず、湖の波の彼方から世にも妙《たえ》なる、五絃琴の音が耳にひびいてきて……それを聞くと、若い女の人はどうしても、湖の中へ魅せられずにはいられないという、恐ろしいい伝えが、パッとひろまってきたのです。そしてこのあたりの人びとは、魔の湖とおそれて、もう屈強な男たちでさえ、けっしてこの湖の方角へだけは、足をむけなくなっているのです。

「こんなお話を申しあげても、お客さま方は、ほんとになさらねえかも知れましねえが、わしどもはけっして、根も葉もねえことは申しあげましねえだ。いまではもう、だれひとり、近寄るものもございましねえだ。わしどものおぼえているだけでも、三人もきれいな奥さまが、戻っておいでになりましねえだ。悪いことは申しましねえ、お客さま！　あの湖だけは、おやめになったがええでごぜえますよ」

おばさんの話というのは、こういうことだったのです。

むさぼり食う客

もちろん、おばさんは、親切でこういう話をしました。自分が恐ろしいと思っているのですから、このたのしそうな若い人たちに、もしまちがいでもあっては気の毒と、思いましたから、まごころこめてこういう話をしたのです。が、困ったことに、都会の元気な人たちには、田舎のおばさんのまごころは、通じませんでした。いいえ、通じなかったばかりではありません。

「まあ、すばらしいわねえ！　そんな、ロマンチックな伝説があるの？　まあ、すてき！」

と、手をうってよろこんだのは、さっきからおばさんの一番心配している、その美しいお嬢さんだったのです。

「そんな話を聞いたら、かえってわたし、是が非でも行ってみたいわ！　夜になったらわたし、その湖水の岸にこしかけて、お姫さまのひく五絃琴を聞いてあげるわ！　ねえ、アルベール。すばらしいわねえ！」

「きみが五絃琴を聞いているあいだに、ぼくは湖の中へもぐりこんで、そのお姫さまを引っぱりあげて意見してやるよ！　自分たちが不仕合せだからって、世の中のたのしい人たちを呪う法があるかって……」

「きみたちふたりに説教されたら、ハハハハ、せっかくの湖の詩がだいなしになるぜ」

と、お嬢さんの兄らしい人も笑っただけで、みんなさらに心を動かされた様子もありません。せっかく、まごころこめたおばさんの親切も、さんざんな笑いを、招いてしまいました。

「じゃ、おかみさん。いろいろありがとう……山の詩を聞かせてくれてたのしかった！　これは少しだけれど、取っといてくれたまえ！」

と、よほどお金持なのでしょう、代金のほかに、このへんではめったに見たこともない、ピカピカ光るお金までもくれました。

「あれ、まあ、めっそうもねえ！　こんな大枚《たいまい》なお金まで、……何もわしどもは、お金をいただきたくてお話したわけではございましねえから。これはどうぞ、そっちへおしまいなすって……でもお嬢さま、くどいようではごぜえますだが、みんな恐ろしがっておりますだで、湖へはおいでになりましても、決してお泊りにならずに……それから道を西のほうへおとりになれば、ここへおいでになるより少し遠ごぜえますだが、二十マイルばかりで、アルノンという村へ出ますだから、その村までおおりになれば、汚のうごぜえますだが、宿屋も一軒、ありますだから」

「おばさん、ご親切はありがたいけれど、わたし、そんな詩的な女じゃなくってよ。湖の中へ引っぱりこまれるかわりに、お姫さまを湖の中から引っぱり出しちゃうわ！　さんざん、アルプスで鍛えたこの腕でね……」

　と、お嬢さんは、リュックをまた肩へ担ぎあげますし、兄らしい青年も、婚約者らしい青年も、笑いながら左右から、この親切なおばさんの手をにぎりました。

「ぼくたちのたのしい旅行は、きみのような親切な人にあって、いっそう、たのしいものになったよ。ありがたく、お礼をいうよ。しかし、妹のいうとおりだ。実はぼくは、妹が湖のうたでもきいて、少しは水ん中へ引きずりこまれるのを、この妹のために、祈っているんだよ。そうすれば、このおてんばもちっとは、詩的になるだろうからね」

と、口では笑っても、さもかわいらしそうに、青年は妹の肩をたたきました。

「じゃ、おかみさん。いろいろとありがとう！　行こうぜ、アルベール！」

「おばさん、あなたの親切は忘れないわよ」

と、活潑なお嬢さんは手をふりました。従者は黙々として、肩の荷をゆりあげてつづきます。

自分のことなぞは、覚えていてくれなくていいから、なんとかして湖ゆきだけは、やめさせたいとおばさんは思うのです。しかし学問のない田舎女の自分の力ぐらいでは、学問のありそうなこの若い人びとを到底思いとどまらせることができそうにもないのを知って、おばさんもしかたなく諦めました。いいえ、諦めたというよりも、おばさんには何か、バカバカしいような気がしてきたのです。こんなにも自分が怖がっているのに、どうしてあの人たちはちっとも怖がらないのだろう？　それではあの湖は、そんなに怖くはないところなんだろうかしら？　でも……それならば自分が知っている帰ってこない三人の奥さまたちは、どういうわけだったんだろう？

「わからないねえ、いまの若い人たちの気持は！　トンとわたしにはわからないよ！」

と、後かたづけをしながら、おばさんは頭をふりましたが、おばさんにわからなかったのは、あながち若い人びとの気持ばかりではなく、ついでに自分の気持も、わからなくなってしまったのかも知れません。

ともかく、元気でハチきれそうなお嬢さんでしたから、おばさんは、張りあいぬけがしてしまいました。そして、あのくらい勇ましいお嬢さんなら、かえって何ごともないかも知れない、なぞと考えていました。おばさんがそんなことを考えて頭をふっている時分には、あのほがらかな三人は、笑いながら足どりも軽やかに、もうだいぶ山道をのぼっていったころでしたでしょう。はたしてその晩は、美しい月が東の山の端からのぼってきました。

「おかあさん、大丈夫？　こんなに月が出てきたけれど、あのきれいなお嬢さんは？」

　と、昼間の問答を耳にしていた、おばさんの末の娘が聞きました。

「たぶん大丈夫だろうよ。わたしゃ知らないよ！　人がせっかく親切に教えてやったのに、さんざん笑って行ってしまったんだから」

　と、人のいいおばさんは、プンプンして答えましたが、聞きようによっては、それはあんな元気なお嬢さんなら、かえって湖のほうで、びっくりして引っこんでしまうだろうと、いうふうにもとれたかも知れません。

　そのまたあくる晩も、いい月でした。またあくる晩も！　おばさんはあの人たちのことを、いつか忘れてしまったのです。

　それからまた幾日かたったある日の夕方、山ぞいのこの村にはもううっすら夕靄《ゆうもや》がただよって、そろそろ人の顔も見わけがつかなくなる夕ぐれどき、力なく疲れきったようにこの店へ入ってきた、三人づれのお客さんがありました。

幾日か十何日か、野宿でもしたように、服はよれよれに皺《しわ》がよって、ほうぼうに鈎裂《かぎさ》きがあり、草の汁がこびりつき、顔は泥にまみれ、頭髪はぼうぼうとして、顔色は青くよどんでこの世の人とも思えません。なん日もなん日も眠らなかったように、目はどんよりと血ばしって、よくもここまでたどりつけたと思われるほど、何から何までよろけきった感じでした。

「酒でもあったら、もらいたい……なんでもいい、食べるものをくれ……」

おばさんが仕度をしているあいだ、三人ともガックリと頭をうなだれて、口ひとつきく元気もなく、ただ、ときどき吐息をもらして、いかにも何か大きな出来事にでも、打ちのめされたような感じです。

どうしたんだろう。この人たちは恐ろしくがっかりして！ と不思議に思いながらも、べつだん気にもとめずおばさんは、いわれるがままに食事の仕度をととのえていましたが、やがて灯《あかり》をつけて、できあがった粗末な食事を、お客さんたちの前へ運びはじめたとき、このお客さんたちの横顔には、何か見覚えがあるような気がしました。

しかし、どうしても、思い出すことができません。テーブルの上へならべおわって、さて帳場へ戻ってきて椅子《いす》へ腰をおろそうとしたとたん、思わず、あっ！ と、おばさんは飛びあがりました。

　見覚えがあるもないも、この人たちは、こないだ休んでいった、あの元気のいい若いお客たちだったではありませんか！　しかもあの時いた美しい活潑《かっぱつ》なお嬢さんの姿が見えないのです。おまけに疲れはてて、首をうなだれて、三人ともろくろく口をきくこともできぬ、あの滅入りこんだ様子というものは、ただごとではありません。

「だ、だんなさまたちは、こないだ家《うち》にお寄りくださった……」

と、おばさんはびっくりして、客の前に棒立ちにつっ立ちました。

「ベルサ湖へおでかけになった、だんなさま方じゃございましねえだか！」

　ガツガツと、百日も食べなかったようにむさぼり食べていた三人は、その言葉におどろいて顔をあげました。

　目は落ちくぼんで、頬はやせおとろえ、二目《ふため》と見られぬ様子はしていますが、見れば見るほど、こないだの、あの元気のいい青年たちに違いありません。しかもおどろいたことには、幾日か幾十日か苦労をしぬいて、この人たちの記憶から、自分たちが行くときにここで休んだということも、もうまったく、脱け失せきっていたのでしょうか。そしていま、とおりすがりに店にならべてある、食べものに目がふれて、ついフラフラと、入りこんできたのかも知れません。

「…………」

　無言でおばさんの顔を見あげていた、青年のひとりの目が、やっとあの時のことを思い出したのでしょう。

「あっ、きみは、あのときのおかみさん。……そうだ。ぼくたちに、ベルサ湖へゆくなと教えてくれた、おかみさんだったな！」

「どうなさいましただ……そのお姿は！　そして、お嬢さんは……お嬢さんは、どうなされました？　お姿が見えましねえだが」

「……おかみさん……」

と、客はうなだれました。

「やっぱりあの時、きみの勧めにしたがって、あすこへゆかなければよかった！」

と、吐き出すようにうめいて、青年は頭をかかえたのです。

「おかみさん。……あのときは笑ったが、きみのいうことは、やっぱりほんとうだった。妹はあの湖に呼ばれてしまったよ……」

「まあ、お嬢さんが、あのお元気なお嬢さんが！　まあ、恐ろしいこんだ！」

と、ぞっと総毛立って、おばさんは身をふるわせました。

「いつ、いつ、……いつ、お呼ばれになりましただ？」

「やっぱりきみのいったとおり、……あすこへついて二日めの晩、……月夜の晩に……夜中にふと目をさました時には、もう姿が見えなかったんだ……大騒ぎして探したら、一マイル半ばかり離れたあの城のそばの、水際にハンカチや、妹の使ってたものが散らばっていた。……やっぱり湖から聞こえてくる、楽の音を聞いてるうちに、湖水の中へさそいこまれてしまったらしいのだ！……それから五、六日、ぼくたちは山の中じゅう必死に探してみたが、どうしても行方がわからんのだ……」

「おかみさん、どうだろう？　……もう少し、これをもらえんかね？　どうもいくら飲んでも、ちっとも酔わん！」

と、お嬢さんの婚約者らしい、アルベールとお嬢さんに呼ばれていた青年が、やつれきった泥だらけの手で、酒の空ビンをふって見せました。

　おばさんは、ただもう胸がつぶれて、なんとも言葉が出ませんでした。そして青年たちもグッタリとして、これ以上、もう口をきく元気もないらしいのです。病床の父親に、なんといって、この顚末《てんまつ》をうち明けたらいいだろう？　といったようなことを、ふたりでため息つきつき、言葉少なに語りあいながら、いくら飲んでも酔わぬ酒を、だいぶ重ねたらしいのでしたが、それでも重くとざした心はいささかも酒に酔わず、黙々として、ふたりは従者をつれて、汽車の時間をまって、およそ幾時間ばかりを、ここにすごしたことでしょうか？

　どういうふうに、あの活潑なお嬢さんが、湖の中へ入られたのか？　総毛立ちながらもおばさんは、いろいろ聞いてみたいことがこみあげてきましたが、口をきく気力もないらしいふたりを見ると、そんなことを聞くのも何か気の毒で、もう少したったら聞いてみよう、もう少したったら聞いてみようと思っているうちに、やがてふたりは時計を見ながら、力なく起《た》ちあがりました。とうとう、おばさんは、くわしいことを聞く機会を失ってしまったのです。

あわてて送り出しながら、どちらまでお帰りでございますだ？　と聞いてみたら、ふたりはスイスまで……ぼくたちはスイスから来たんだからと、言葉少なに答えました。

それでこの人たちは、スイスの人だな！　とおばさんにもわかったのでしたが、ともかく来た時の、あの張りきった元気いっぱいの姿にひきかえて、帰ってゆく後ろ姿のそれはまた、なんとうらさびしい、力ない足どりだったでしょう。ああ、こうと知ったらあの時、もっともっと、一心こめて、引きとめてあげればよかった！　と、しみじみ目をしばたたきながら、夜の闇に消えてゆく、その後ろ姿を見送っていましたが、寒くもないのに何かこう、ゾクゾクと全身の毛穴から、風でも吹きこんでくるような気がしてなりませんでした。

渦巻く噂

山のおばさんは、くわしい事情を聞きそこないましたが、おばさんの聞きそこねたくわしい話は、それからまもなく、ここを遠く離れた、世界の観光国スイスじゅうの新聞という新聞をにぎわしだしました。

それを読むと、このお客さんたちの身のうえがよくわかりますから、これからその意味を、ごくやさしい調子になおして、お伝えいたしましょう。

「世紀の不思議！　大富豪令嬢の、怪奇入水《じゅすい》事件！」というのが、これらの新聞の共通した見出しだったのです。

最近、まことに不思議な出来事が、スイス上流社会の話題をにぎわせております。ジュネーヴ市の富豪、レオン・ユイスマン氏といえば、わが国では音に聞こえた千万長者、スイス全国でも一、二といわれる大富豪です。そのユイスマン家の愛息ジョルジュ君（二十三歳）は、令妹ジュリエット嬢（十九歳）、その婚約者アルベール・ヴィヨー君（二十三歳）とともに、今春北イタリアから東チロル方面……主としてユリアン・アルプス山系の縦走の旅にのぼりましたが、その旅行の途中、東チロル山岳鉄道の小駅モニケンで下車、奥地のベルサ湖の探勝をくわだてました。

この湖には恐ろしい伝説があり、月夜の晩に若い男女がおとずれたときには、かならず湖の中から美しい楽の音が聞こえて、婦人のほうを湖中へ、誘《いざな》ってしまうと伝えられていました。そして昔から、この湖に誘われて入水した若い婦人は、おびただしい数にのぼると評判されて、人を呼ぶ湖として付近住民の、恐れるところとなっていましたが、もちろん、若い令息や令嬢たちが、そんな昔からのいい伝えなぞに、耳をかたむけるわけもありません。

令嬢ジュリエットは、ベルン国立高等音楽院を昨春卒業し、令息のジョルジュ君も婚約者のアルベール君も、それぞれにベルン大学の卒業生。……くだらぬ伝説なぞは一笑にふし、元気にまかせて山をのぼって、魔の湖と呼ばれる同湖畔にキャンプを張りました。その晩はいい月夜でしたが、べつにかわったことも起りませんでしたが、二日めの晩、この晩もいい月夜でしたが、夜中にふと目がさめた婚約者のアルベール君が見ると、そばに眠っていた令嬢の姿が見あたらないのです。

おどろいて、すぐさま令兄のジョルジュ君や、従者のモリスなどを呼び起こして、湖岸をくまなく探しましたが、不思議なことには、令嬢の姿は皆目見あたりません。同夜は一同寝ずに夜をあかして、翌朝さらに捜索をつづけますと、おどろいたことに前夜キャンプを張った場所から、一マイル半ばかり東南に離れて、伝説の古城が湖中に突出していますが、その古城付近の水際に、令嬢の外套《がいとう》やハンカチ、靴なぞの遺留品が見いだされたのです。

現場の模様から察すれば、べつだんに抵抗したり格闘したりした跡なぞは、まったく見うけられませんから、令嬢が悪漢におそわれたような様子もありません。悪漢どころか、むしろあたりの事情は、深夜テントを抜けだした令嬢が、この古城まで水際伝いに歩いてきて、ここで長時間、湖水をながめて物思いに沈んでいたらしい形跡があり、そのうちに何ものかに誘われて、外套を脱ぎ、靴を脱して、水中に没してしまったとしか考えられないのです。

が、もちろん、今の世にそんな伝説どおりの、バカバカしいことなぞがおこなわれようはずもありませんから、令兄などは湖岸から付近の高原にわたって綿密な捜索を開始しました。しかも令嬢の姿は、いぜんとして見あたらないのです。

遭難現場は、モニケン駅から北東に十三マイル、アルノン駅から南東に二十三マイル……このあいだは、ほとんど無人の山岳ですが、警官の駐在所は、そのアルノン村にあると聞きましたので、ジョルジュ君などは村人の応援を得、いちど食糧の補給もするために、大いそぎで山をくだって、このアルノン村へ急行しました。

が、アルノンの警察官も村民たちも、頭からいい伝えどおりに令嬢の入水説を主張して、ジョルジュ君などの捜索に、援助しようとするものもありません。出発のときモニケン村の村民たちもそうでしたが、今またアルノン村の住民たちも、ことごとく昔ながらのいい伝えを信じきって、令嬢はたしかにベルサ湖へ誘われて、入水死亡していられるにちがいない。いまさらこの付近を探したからとて、生きていられようはずもないことだから、諦めて早くご帰国になったがいいでしょうと湖へ行くどころか、かえって同君などに忠告するしまつです。

この村民たちのおろかしい態度に憤慨したジョルジュ君などは、やむなく食糧の補給だけをつけて、ふたたび山をのぼってベルサ湖へ引きかえし、さらにまた二日間必死の探索を続行しましたが、いかんとも令嬢生存の手がかりは得られないのです。

令嬢が行方不明になってから、もはやかれこれ十二日以上も経過していますし、ようやく同君らにも令嬢の生存のほどが疑わしく思われました。

やむなく、もはや死亡したものと諦めて、往路のモニケン村へ道をとって山をくだり、ともかくいったん引きあげてきた……と、だいたいの顚末はこういうことだったのです。

ジュネーヴに引きあげてきた同君らの、訴えに接したジュネーヴ検察庁では、いちおう、この伝説を利用した、従者のモリスのせいではないかとの疑いを深めて、さっそく、モリスを召喚、厳重な取りしらべを開始しましたが、モリスは十六歳の時からユイスマン邸に働いて、同家にあることすでに二十二年、無口ではあるが、篤実な性質であることが判明しましたので、嫌疑もはれて帰宅をゆるされました。よって検察庁はあらためて、チロル、カルニオラ州警察部へあてて、令嬢の正式捜索方《かた》を依頼しましたが、前後の事情から判断しておそらく令嬢はすでに入水死亡しているのではあるまいかと、検察庁でも考えている模様です。

いずれにせよ、この事件は、とうてい、常識では考えられぬことですが、付近村民らの、根強く信じきっている様子といい、令嬢の遺留品の模様といい、文明のこんにち、奇怪とも怪奇とも、いいようもない不思議な事件と、いわなければなりません。いまスイス各方面では非常な評判になっています。

ちなみに令嬢は、非常に明朗活潑な性質で、憂鬱《ゆううつ》なところなぞはおよそ微塵《みじん》だにもなく、しかも、ジュネーヴ市評判の美人令嬢として、父君ユイスマン氏寵愛の的であったということが、いっそう、この神秘的な事件の原因を、不可解ならしめているように思われます。

新聞に報ぜられたのは、ザッとこれだけのことでしたが、なるほど山のおばさんが、よほどいい家の子供さんだろうと思ったのも道理！　お金持もお金持、こういうどえらい大富豪の、令息や令嬢だったのです。しかも、ここに書かれただけでも、いまの時代に、こんな不思議なことが！　と、人びとの目をみはらせるにじゅうぶんなところへもってきて、なにぶんにも話題の主が、スイスで一、二をあらそう大富豪であり、奇怪な死をとげた令嬢が、ジュネーヴ市きっての美人とあっては、これ以上の新聞種《だね》というものはありません。

スイスじゅうの新聞は、こぞってこの記事に大きな紙面を割き、読んだ読者はまた、この不思議な死の顚末を、口ぐちに語り伝えますから、評判はいやがうえにも、それからそれとひろまって、今ではスイス全国この事件を、知らぬものはだれひとりもありません。

しかも、それから四、五日すると、新聞はいっそう読者を、あおらんばかりの大見出しを掲げて、「病床の富豪いよいよ自費を投じて、愛嬢の死体の捜索を開始せん！」と報じてきました。

ジュネーヴ市の大富豪、レオン・ユイスマン氏の愛嬢ジュリエットのベルサ湖入水事件については既報のとおりです。大富豪は昨秋来、リューマチスのため半身不随の身を、市内シュロッスベルグ街の本邸に、静養していられます。今回の愛嬢の、奇怪な入水事件にたいする心痛は、病勢をいたく昂進せしめた模様で、なにぶん七十二歳の高齢とて、側近の者は、むしろ老富豪の容態のほうを心痛している様子です。

老富豪にとっては令嬢の死が、どうしても諦めきれぬらしく、さりとてくだらぬ伝説などにとらわれている、地元警察や地元民の協力なぞは、なんの頼みにもならぬものとして、いよいよ独力をもって、愛嬢の死体を捜索すべく、病床において決意をかためたとの様子です。

確聞するところによれば、すでにジュネーヴ潜水夫協会に命じて、よりぬきの潜水夫四名と、潜水器具をとりいそぎ現地へ急送した模様であり、問題の湖は東、西、南、北、いずれの地点よりしても、山また山のけわしい山岳無人の地帯ですから、湖上には一隻の舟もなく、潜水作業用の組立鉄舟《てつしゅう》五隻を買いいれて、これもすでに現地へ送りだした様子です。

そして病床の老富豪にかわって、一切の指図をするために、なき令嬢の婚約者アルベール君と令息のジョルジュ君らは、支配人、執事らをしたがえて、これまた現地へ急行した様子です。これについて記者が、シュロッスベルグ街の本邸を訪《おとな》えば、病床の老富豪にかわって、総支配人のステファン・ルーゴン氏が面会してくれましたが、それらのことはいずれも事実ですと、ハッキリうなずかれました。

が、事実にはちがいありませんが、べつだんこちらでは、現地の警察や住民たちを信頼するとかしないとか、そういう気持は少しもなく、ただせめて死体なりと、一刻も早く引きあげて、病床の老富豪の心を落ちつかせたい、というだけの処置なのですから、その点誤解くださらぬようにねがいます、とのことでした。

愛嬢の生死もわからず、病床にもだえている老富豪の心を察してか、語る総支配人の目もうるんでいましたが、辞し去る記者の目にもまた、気のせいかスイス一の宏壮《こうそう》な大富豪の邸宅も、木立深くつつまれて、憂いと悲しみにとざされているように思われました。

これが、新聞に現われた第二の報道でしたが、老富豪は病床にもだえ、総支配人は目をうるませていても、一般の人びとにとっては、あまりにも怪奇な事件だけに、どうしてこれが、わきたたずにいられましょうか。

はたして令嬢の死体が、湖中から現われるか現われないかと、早くも賭けをする人もあれば、もし昔からのいい伝えがほんとうとすれば、ここには城の姫君や、若殿たちの死体もうずまっているはずですから、潜水夫をもぐらせてみれば、これらの死体が出るかもわかりません。……そして、その後にも婦人たちが投身しているとすれば、それらの死体が発見されぬともかぎりませんし、あるいはどんな金銀財宝が、引きあげられぬものでもありません。噂はいよいよ噂をうんで、人びとは熱狂して、評判ははてしもなくひろがっていきました。

もはや、このごろでは、この記事はスイス国内の新聞のみにとどまらず、イタリア、フランス、海をこえて遠く英国にまでも伝わって、近頃の怪事件として、ヨーロッパ全体の話題を、一手に引きうけたかの観を見せてきました。

地元スイスの有力な新聞社では、令嬢の死ももちろんですが、それよりも、この奇怪なる伝説をひめた湖の神秘を、いち早く読者に伝えるべく、社内選《え》り抜きの記者を現地へ張りこませますし……用意万端ととのえて明日にもあれ、潜水夫がもぐった湖底の神秘の第一報を送るべく、新聞社も手ぐすね引けば、読者もまた手ぐすね引いて、待ちかまえていました。

しかも時も時、そのころにいたって、さらにまた、この事件をいっそう奇怪ならしめて、人びとの好奇心をいやがうえにも、高めるようなことが起ってきたのです。

水藻に咲く花

　というのは、もう、そろそろ潜水夫たちも湖中へもぐって、どんな湖底の秘密があばかれるかと、胸をおどらせていた読者の目にうつった、現地特派員の第一声というものは、奇怪とも怪奇とも！　この湖は、どれほどの深さがあるのか、その水深のほども見きわめがつかず、しかも湖中の中央一帯には、世界にいままで、現われたこともない巨大な水藻の一種で、高さ何十メートルという、化け物のような水草が、さながら陸上のジャングルのように、茂りあいからみあって、危なくて危なくて、とうてい水にもぐれたものではない！　と、潜水夫たちがしりごみして、せっかくの老富豪の希望も、達せられないのではなかろうか？　という、現地特派員の報道だったからなのです。

　魔と呼ばれる湖は、どこまで行ってもやはり魔の湖だなと、読者はいずれも新聞を手にして、しみじみとその怪奇さにうたれずにはいられませんでした。が、こんどは何をバカバカしい！　夢みたいなことを騒いでる！　と、なかば冷笑をもって見送っていた、学者と呼ばれる人びともいま目《ま》のあたりにこの湖から、世界に類例を見ない巨大な水藻が発見せられ、どれほどの水深があるか見当がつかないと報ぜられるにいたっては、さすがにあらたなる驚異をおぼえて、もう一度、この不思議な湖を、見なおさずにはいられなくなりました。

かくて、特派員の放った現地からの第一声は、東チロル山中の無名の湖を、いよいよヨーロッパ全土の人びとの耳に大きくひびかせて、いずこもおなじ好奇心の虜《とりこ》となった人びとは、不便な山道をものともせず、続々と、この湖へたずねてきて、ふだんはひっそりとしたモニケン、アルノンの村むらも、時ならぬおまつり騒ぎを見せていると報ぜられました。しかし、現地ではいったいどんな騒ぎを演じ、潜水夫たちは、なんと湖底の様子を語っていたのでしょうか？

このへんで新聞記事を離れて、わたしたちも現地ベルサ湖へ、目をむけてみることにいたしましょう。

ユイスマン家で潜水夫を送り、着々と令嬢の死体引きあげの準備をはじめていたことは、前にも申しあげたとおりですが、いよいよ準備もととのって第一回の潜水にとりかかったのは、それから約一ヶ月ばかりも後であったといわれていました。

五隻の鉄舟は鎖でつないで、湖の中央やや東寄り……令嬢ジュリエットの入水《じゅすい》したとおぼしきあたりへ、浮かべられ、まず三人の潜水夫が手わけして、舟の前後から、水へくぐってみることになりましたが、なるほど評判のとおり水の冷たいこと！

五分と手を水中に、つけていることもできぬくらいです。しかもそのまた深いこと、ぐんぐんとめどもなく伸びてゆく命綱と、空気をおくる送風管とには、舟の中の人びとも、

「まだ伸びる……まだ伸びる」

と、その底しれぬ深さに、驚嘆の声をあげていました。が、潜水夫というものは、丈夫なゴムと鉄でできている、何十貫という、陸上ではとうてい一歩たりとも歩くことのできぬ、重い潜水具をつけているのですから、水の冷たいくらいのことは、いっこう苦になりません。

が、こう深くては、ふつうの潜水夫なぞでは、とうてい手も足も出るものではないのです。一定の限度をこした、深さへ入る潜水夫は、これを深海潜水夫と呼んで特別に区別して、潜水夫中でも、とくにいっそう熟練した技術と体力の持主にかぎられているのですが、スイスから連れていった潜水夫たちは、いずれもこの深海潜水夫ばかりだったのです。

そしてそういう深海潜水夫が、水からあがってきた時には、いきなり潜水具を脱がせると、空気の圧迫度がちがいますから、たちまち肺出血を起して死んでしまいます。ベルサ湖がこれほどまでに、深い湖とは、だれひとり知りません。いきなり潜水具を脱がせると、たちまちひとりの潜水夫は、口からおびただしい黒血をはいて死んでしまいました。

「お、いかん！　深海病だぞ！　そのままに、そのままに！」

と、ついであがってきた潜水夫は、約四十分ばかりも潜水具を脱がせずに、じょじょに血圧をならしてから脱がせましたが、それでも人事不省の状態で、すぐ医者の手当をうけたまま、口ひとつきくどころではありません。そのまま寝こんでしまいました。

三番目にあがってきた潜水夫は、三人の中でもっとも体力も強く、また経験も深かったのでしょう、舟へ引きあげられると、自分で手をふって、しばらく脱がせんで欲しい！と、合図しました。そして、約一時間半ばかりもたったころ、やっと潜水具を脱がせてもらいましたが、まっ青《さお》な顔をして、生きている人間の顔とも思われません。

気つけのブランデーを飲ませたり、休息させたり……また胸をあえがせながら、やっとポツリポツリと語りだしたところによると、この湖のきれいなこと、いままでに、自分はこんな美しい湖へ入った覚えは一度もないというのです。しかし同時に、この湖の深いこと深いこと……ほとんど底知れずであって、しかも湖の中には長いながい何メートルあるか知れぬ、化け物のような水藻がいっぱいにおおいかぶさっていて、底はうす暗く、さながらジャングルの中へでも、迷いこんだような気がしたというのです。

幾たびかその藻に、送風管をからまれようとしたり、まさかの時に引っぱる綱を――潜水夫はこれを、命綱と呼んでいるのですが――その命綱をからませたり、必死になって底へ底へとくぐっているうちに、やがて目についたのは、この蒼黒く繁茂した藻のあちらこちらに、花の咲いたように引っかかっている、無数の婦人たちの死体であったというのです。うす暗い湖の底で、死体だけはまっ白に……さながら大木の枝葉のしげみに、白い花が咲いてでもいるかのごとく……。

髪だけは解けて、ゆらゆらと水にただようていましたが、顔も手足もまるで昨日今日にでも死んだかのように、衣服さえもちゃんと身につけて、……おそらくそれは水があまりにも寒冷なために、いわば冷蔵庫の中へでもいれられたように、いささかも腐敗していないのだろうと察せられましたが、どれが令嬢の死体やら、あまりにもおびただしい死体なので、とてもとても見わけも判別もつくものではない。しかし、幾つ何十とも数しれぬ、その死体なぞを一つ一つ引きあげていたのでは、何十人潜水しても何百人潜水しても、とうてい追っつくことではない、とこういうのです。

なおも内部の様子を見さだめるために、下へ下へとくぐっているうちに、やっとこの潜水夫の見いだしたものは不思議な湖の湖底だったのです。

　湖底は、どろどろとした泥土《でいど》の沈殿なぞではなく、きれいな、まるで細螺《きしゃご》でも敷きつめたようにサラサラとした、白砂《しらすな》が目のとどく限りつづいていました。

　しかし、恐ろしいことには、これが湖の底では決してないというのです。幅はおよそ四百メートルばかり、長さはどれほどあるのか、見当もつきませんが、おそらくこの湖の直径同様あったのではなかろうかと思われました。底が割れて、その下にさらに深く深く、また一つの湖が水をたたえていて、しかもその湖もよほどの幅と深さを持っていると見えて、水はきれいでしたが、あまりの深さのために、ただまっ暗で、その割目からのぞいたくらいではとてもわかりませんし、また自分のつけている命綱の長さくらいでは、もうこのうえ入れもしないから諦めてあがって来た……と深い深いため息をついているのです。

……と、潜水夫のいうとおりにこう書いてきたのでは、まだみなさまにはハッキリとお飲みこめにもなれないでしょうから、潜水夫のいうところを、一つ形でおしめししたら、みなさまにもおわかりになるでしょうと思います。それはみなさまのお家《うち》の台所にある、すりばちの底へ、もう一つ同じようなすりばちを、逆さにくっつけたと想像してごらんなさい。潜水夫は、こういう形をいっているのだと考えれば、よくおわかりになります。湖底、すなわち二つのすりばちの底が、裂けて下へ行くほどまたひろがっているらしいというのですが、これではまるで湖水の下へ、もう一つ湖水を逆さにくっつけたようなかっこうで、しかも底しれぬ深さのために、その裂け目から下は真っ暗で、もうなんにも見えぬというにいたっては、いったい何がひそんでいることやら！青苔《あおごけ》むした古城の伝説といい、四百年来たえず人を呼んでいた湖の怪といい、……思いあわせてなんともいえず、ゾッとするような、背すじの寒さを覚えずにはいられないではありませんか。

しかも、恐ろしそうに身をふるわせながら、ポツリポツリとこれだけの話をすると、もうこの潜水夫はなんといっても、ふたたび湖へもぐろうとはしませんでした。

「恐ろしい！　わっしゃ、もうこんな恐ろしい湖へもぐるのは、なんとしてもごめんだ！なるほど、たたりのある湖だてえことが、今度というこんど、ハッキリとわっしにもわかりましたよ。もう一度もぐったら、もうわっしの命がありませんや！」

割増金を出そう！　スイスの金で、何万フランという特別手当をとらせようと、必死の引きとめをこころみましたが、よっぽど恐ろしさが骨身にしみわたったのでしょう、潜水夫はてんで金の話なぞはうけつけようともしません。そして、引きとめる人びとの袖をふりきって、逃げるようにして帰っていってしまいました。

それなればこそ、老富豪のせっかくののぞみも、挫折してしまうのではなかろうか？

と、現地の特派員は報じていたのですが、これでがっかりしたのは、かならずしも病床にある老富豪のユイスマン氏ばかりではありますまい。ベルサ湖から、何が出るだろう？　令嬢の死体が出るだろうか？　ついでに昔の若殿や姫君の白骨や、甲冑《かっちゅう》、剣、槍といったような武器類なぞも、出てくるのではあるまいか？　と血をわかした人びとの熱も、一《いっ》時《とき》にさめてしまいました。

それほどまでに深い湖で、そしてそのまた底にもう一つ湖があって、それほどまでに老練な潜水夫でさえ、おじけをふるって逃げだしてしまったとあっては、もうこの湖にからまる神秘も永久に明るみへ出る見こみはないのです。老富豪でなくとも、諦めるほかにはしかたがありません。

「しようのないもんだ……潜水事業というものも、まだそんな程度のものでしかないとは、心細い話だね……」

と、神秘の世界の入り口まで近づきながら、せっかく握った拳《こぶし》のやりばにこまった人びとは、愚痴たらたら、がっかりしてしまいました。が、潜水夫の話で、何十メートルという世界未曽有《みぞう》の水藻が繁茂していて、その水藻には美女の死体が、幾つ何千となく引っかかっていると、なまじっか聞かされただけに、なんとしても諦めきれぬ気持です。

　もしこの湖の謎がぜんぶ解かれたら、どんなに、小説以上の興味だろうに……と、諦めきれぬ気持を、愚痴にまぎらしていましたが、さすがの老富豪も、もはやこれで、令嬢の死をそれだけの運命と諦めて、死体引きあげも思いとどまってしまったのでしょうか？

　新聞はこのころから、もうフッツリとベルサ湖のことを、筆にしなくなりました。そして人びとも悪夢からさめたように、しだいしだいにこの湖の怪事件を、忘れさっておりました。事件の神秘さ怪奇さには、わたしも人一倍の熱をいれておりましただけに、なんともいえぬがっかりさを感じて失望しましたが、新聞に一行も現われてこないのでは、しかたがありません。

　老富豪の心中に深く同情しながらも、忘れるともなくわたしもまた忘れきっておりましたが、それから七ヶ月……本年の、三月はじめころのことであったと思われます。

　もはや日本へ帰ってきておりましたわたしは、パリの友だちが送ってくれました、近着フランスの新聞に目をとおしておりましたところ、思わず、あっ！　と叫んで、読んでおりました新聞を、鷲掴《わしづか》みにしました。目をつぶらにみはって、夢中で行を追わずにはいられなかったのです。

ごらんなさい、ごらんなさい！　忘れきっていたあのベルサ湖の事件が、なんと全段ぶっ通し一ページをしめて、くわしく出ているではありませんか！　パリーのル・マタンともあろう新聞が、これほどまでにも大きな扱いをしている以上、スイス、イタリア、オーストリアあたりの新聞も、われおとらじと書きたてているでしょうし……ヨーロッパ全体が割れかえるような騒ぎをしているであろうことも、想像にかたくありませんでしたが、その記事でいかにわたしがおどろかされましたか、例によってごく平易な日本語になおして、お伝えすることにいたしましょう。

特号ともいうべきル・マタンの大見出しは「ベルサ湖の神秘ついにあばかる！　五百年前の美姫《びき》と若殿」、そして脇に、さらに傍題《サブタイトル》として、「老いたる親の一念、ついに完成す！」と、こう書かれているのです。

山々にこだまして

昨年の秋、潜水夫がいかにしても就業を承知せず、ついにスイスの老富豪、レオン・ユイスマン氏の令嬢ジュリエットの死体引きあげが、暗礁に乗りあげてしまったことは、当時非常なセンセーションを起した事件ですから、たいていの読者がよく知っていられるところであろうと思われます。世の中の人びとは、富豪ももうその計画を断念してしまったものと考えていられたかも知れませんが、おどろくべし、老富豪は、けっしてそれくらいのことで愛嬢の死体引きあげを、諦めてしまったのではありません。

潜水夫によって湖水の中心部に、二十メートルあまりの水藻が生い茂り、何十ともわからぬ婦人の死体が、そのあちらこちらに引っかかっていると知った瞬間から、この老富豪の心には、自分の愛嬢のためのみならず、これらの捨ててかえりみられぬ不幸な死体のためにも、いっそう引きあげの熱意が、激しく燃えたっていたのです。

さすがに赤貧の中から生い立って、一代にスイス一の大金持になっただけあって、ひと思いにこの湖水の水を掻《か》い出してしまおうと、決心していたのです。ただそういう計画が世の中へもれて、また新聞種となって世間を騒がせることを、老人は極度に厭《いと》うていたために、この計画は総支配人のステファン・ルーゴン氏、愛息のジョルジュ・ユイスマン氏と、令嬢の婚約者アルベール・ヴィヨー氏以外には、一切だれにももらさず、きわめて秘密のうちに着々と進められていたのです。

招いたその道の専門家や、技師らによって計画案ができあがりましたので、本年一月極秘のうちに、ベルサ湖のある東チロル、カルニオラ州知事のもとへ願書を提出し、同知事の承諾を得ましたので、ベルサ湖畔に浚渫《しゅんせつ》事務所を設け、多くの技師、専門家等の指導のもとに、いよいよ大じかけの汲み出し作業を開始しました。

ベルサ湖は、東西が八キロメートル、南北が十一キロメートル……日本の里数になおして東西が二里弱、南北が二里半余の面積でしたから、さして大きな湖というのではありませんが、なにせ非常な深さをもっているのですから、一口に水を汲み出すといっても、決してたやすい業《わざ》ではありません。ポンプ十六台を、湖岸東、西、南、北の各地点にすえて、一台のポンプの馬力が、八万馬力……一日の揚水量何十万ガロンというものすごい水を、この湖からもっとも近いところを流れる、ジューゼラ河まで、約十三マイルの間に設けた溝渠《こうきょ》へ流し落とすのでしたが、千八百人の人夫がまる一日働きどおしに働いて、滝のように水を流しこんでも、なお二ヶ月と十八日もかかったと申しあげれば、この仕事がいかに大事業であったかということが、みなさまにも想像がおつきになれますでしょう。

　老富豪は、そういうことを一切、だれにももらしませんでしたが、あるもの好きな人の計算したところでは、ユイスマン老人のこれに費やした金はおそらく、七千八百万法《フラン》はくだらなかったであろうといわれていました。もちろんお金があったからこそ、これだけのことができたにはちがいありませんが、それにしても子を思う親の一念の尊さには、しみじみ頭のさがるのをおぼえずにはいられません。

　しかも老富豪は、自分の子供のためだからと、世間へはひた隠しにしてこれだけのことをしたのですが、その結果としては今日まで死体の判明しなかった、若き婦人たちの入水体《じゅすいたい》八十四個というものを引きあげ、さらに五百年前の武具、甲冑《かっちゅう》、宝石類をとりだして、歴史の上にも大きな貢献をしたのですから、大富豪のありあまるお金のつかい途《みち》としては、立派なおこないだったといわなければなりますまい。が、こんな理屈ばったお話は申しあげないことにしましょう。

水が湖面から、約六百尋《ひろ》ばかりも引いた時分から、湖水の中央には大森林のようにおおいかぶさった、巨大な水藻がその頂上を現わしはじめてきました。湖の中央部から古城《こじょう》址《し》にむかって、東のはずれまで、ほとんど密生したこの水藻の群れ……そして、ポンプで水が引いてゆくにしたがって、根ははえているにもかかわらず、水の中にただようているこの巨大なる水藻は、しだいしだいに、横に倒れ伏して行くのでしたが、直立すればおよそ二十七、八メートルもあったでしょうか？

茎の直径、約三十センチにさえおよぶものがあり、これらが群がりわだかまって、深い湖の底いっぱいに天日をおおっている姿は、想像しただけでも何か、怪奇なすさまじさを感じさせます。しかも、いま水が引いてゆくにつれて、水中に白い花のように点々として、この水藻のかなたこなたに透かし見られるものは！　なるほど、潜水夫のいったことはウソではありません。

「おうい……死体が、見えてきたぞう！」

「死体が出てきたぞう！」

たちまち、こちらからもあちらからも、叫び声があがりました。しかもなんという、それは美しさだったでしょう！　無惨な死体を美しいといったのでは、なにか心ない言葉のように聞こえるかも知れませんが、もうそれは美しいというよりほかには、なんともいい現わしようもない姿です。透きとおるような、きれいな水の中いっぱいにひろがった深緑色の水藻のかげに、あちらに一つ、こちらに一つ、色さまざまな衣裳の色はことごとく水にさらされて、ただ白一色と化して……その白い着物の裳裾《もすそ》をからませながら、手を水藻の茎にかけている姿は、なるほどこの湖が昔から、若い婦人ばかりを呼びこんでいたというい伝えに、なんのウソもありません。

いずれも月のいい晩に、うっとりとさざなみをみつめているうちに、知らずしらずに波のかなたへと、誘《いざな》いこまれたものでしょう。顔にはなんの死の苦痛もなく、つい今しがたまで、たのしげにささやきあっていたかのように、蒼白い頬には笑みさえもふくんでいるとしか思われないのです。しかも、そのいずれも、新婚間際と思われる若い美しい婦人ばかり……男の死体なぞは、ただの一つもありません。

なるほどこれでは伝説のように、この湖の中から五絃琴《ごげんきん》の音が聞こえてくるというのも、まんざらウソとばかりはいえなかったかも知れません。そして、その中央いくらか古城址寄りに、はたして老富豪の愛嬢、ジュリエットの死体は引っかかっていたのです。

「あっ！　お嬢さまだ！　お嬢さまだ！」

「おうい、お嬢さんが見つかったぞう！」

「早く集まれエ！　お嬢さんの死体が、見つかったぞう」

小舟を乗りまわしていた群れから、一時《いっとき》に叫びがわき起りました。

「第三のポンプと、第五のポンプをとめエ！」

こうポンプで吸いあげていたのでは、水が揺れてさざなみがたって、ハッキリと顔を見さだめることもできません。そこですぐ近所の、第三のポンプと第五のポンプをとめて、水が揺れ動かぬようにしておいてから、令嬢の兄君のジョルジュ青年や、令嬢の婚約者のアルベール青年らが、呼びたてられました。総支配人のルーゴン氏も、いそいで小舟を乗りつけてくれれば、技師長のムーラン氏も集まってきました。

そして、令嬢の死体を中心に五、六隻の小舟の人びとは、いま水中をまたたきもせずにのぞきこんでいるのです。美しい髪がとけて……しなやかな手を、水藻の茎にかけて……心持ち顔を傾《かし》げかげんに、何かまだ五絃のひびきに耳をかたむけて、見はてぬ夢でもたのしんでいるような姿は、青い波間にただよいながら、まったく今にもそこから、にっこりと微笑まんばかり、生きている姿としか思えません。

「おうジュリエットだ！　たしかに、ジュリエットだ！　ジュリエット……なんでそんな、かわりはてた姿になったのだ？」

「ジュリエット……まちがいないジュリエットだ！　ようし、スグに引きあげてくれ！」

じっと波間をのぞいていた兄君の目にも、アルベール青年の面《おもて》にも、涙がポロポロと伝わっています。

「ようし、ポンプはじめェ！」

技師長の合図とともに、湖岸のポンプは、ふたたびモーターの音を立てて、運転をはじめました。一センチ……二センチ……五センチ……七センチ、水はだんだんと減ってゆきます。そして、青白い死体はゆらゆらと……。

たまらなくなった婚約者のアルベール青年は、水の中へ手をつっこんで、死体の腕へ手をかけました。

「あ、いかん！　いかん！　布をもってこい、布を！」

ごらんなさい！　それは寒冷なこの湖の中なればこそ、今日まで生けるようにそっくりと、その肉がくずれなかったのでしょう。令嬢が入水してから、今日までに五ヶ月と八日の日がたっています。

いま腕をつかんで引きあげようとした、ジュリエットのまっ白な腕の肉は、アルベール青年の指の間からズルリと脱け落ちて、つかんだところだけ見るも無残な、白骨とかわってしまいました。このまま水中から無理に引きあげようとすれば、たちまち全身が白骨と化してしまうにちがいありません。しかも気のせいか、ジュリエットの死体は、このしずかな山の安息所から、ふたたび騒がしい下界へおりることを厭うもののように、裳裾《もすそ》をあちらの葉の間へからませ、こちらの茎へからませて、ふれればそのふれただけの肉が脱け落ちて、引きあげの困難さは、たやすくはありません。

「だめだ、だめだ！　だれか水の中へもぐれ！　もぐって藻をかりとってしまえ！」

たちまち二、三人の屈強な若者が、着物をぬいで水の中へ飛びこみました。

水藻の茎をきりとって、葉や茎に衣服のからんだままに、死体を引きあげようとつとめましたが、寒冷な水の中には、五分ともぐっていられるものではありません。たちまち口唇を紫色にわななかして、ふたりの若者が舟の上へ引きあげられました。また、かわって飛びこむ……しかしどんなに苦心をしても、ちょっとでも手をふれた部分は、たちまち肉がくずれてところどころまだらに白い骨を現わして、そのむごたらしい姿は、じっと見るにたえません。

ああ、できれば死体を引きあげずに、このまま永久にこのしずかな山の湖に、眠らせておいてやりたいな！　と、しみじみそう思わずにはいられなかったのです。が、それではきょうまで何千万法《フラン》とかけた、この費用も水の泡になるし、また病床にある、父富豪のもとへ死体を送りとどけるわけにも行きません。そして死体を一目見なければ、いつまでたっても老いたる父には、諦めがつかないでしょう。

しかたがありません。水にくぐった若者たちは、白布を水中にひろげて、令嬢のからだにからんだ藻や水草もろとも、白布でグルグルまきに死体をつつんで、やっとのことで舟の上へ引きあげることができました。

……もはや、氷づめにしてスイスへ運ぶも何もできたものではありません。かねて用意したお棺におさめて、湖畔に雑木をたいて棺もろとも火葬にしました。

この間、スイスの本邸とのあいだには、こういう電報がとりかわされたのです。

ジュリエットの死体引きあげたれども、原形のまま保存輸送は困難なり。遺骨にして持ち帰る予定、それにてさしつかえなきや？

現地において、たしかにジュリエットの死体にまちがいなしと認めたるうえは、いたしかたなし、遺骨として持ち帰れ！

ジュリエットの死体引きあげのうえは、この作業、中止すべきや？

子を思う親の心はおなじなり、不幸なる婦人たちの親になりかわって、死体ぜんぶを、引きあげよ！　なお、将来の禍《わざわい》のもとをのぞくため、湖底ぜんぶをさらけだせ！

もはや、ここにいたっては、老富豪の心は、神さまのようなものでした。わが娘一人の死体引きあげにあまんぜず、死体ことごとくを……湖中の死体ことごとくを引きあげても、なおこのような奇怪なる湖は今後の禍をなくすため、ぜんぶの水をさらって干してしまえ！　と、命じてきたのです。

スイスの本邸において、丁重なお葬式をいとなむため令嬢の遺骨をたずさえて、兄と婚約者のアルベール青年は、山をくだってジュネーヴへ帰りましたが、老富豪の命令で、湖岸十六台のポンプはふたたびモーターのひびきを、けたたましく山やまにこだまさせながら、機関を全回転して、奔馬のように水を流しはじめました。

いよいよ水が減るにしたがって、いよいよ白い死体の花は、あちらにもこちらにも……それを収容しては湖岸で火葬にし、また収容しては火葬に付し、その一ッ一ッの作業がいかに困難をきわめたかは、さっきの令嬢の死体収容の場面一つをお考えになっても、たやすく想像がおつきになれるでしょう。ぜんぶの死体八十四個を、ことごとく火葬に付しおわるまでには、約十三日間を費やしたといわれています。

これらの死体は、もちろん、身許も名前もわかろうはずはありませんから、骨箱の上に、湖中のだいたいの位置、着ていた服の縞柄《しまがら》、所持品等をしるしておきました。ここにおどろいたことには湖が、低く低く減水してから現われでる死体にいたっては、そのことごとくが、あたかも昨日にでも入水したかのように、顔に微笑をふくんでいるにもかかわらず、その衣裳の流行年代、所持の貨幣や髪かざり、腕環《うでわ》の彫刻等から考えて、とうていここ五十年や六十年代の人びとではありません。百年……百五十年以前……もっとも湖底近くから現われでた死骸四ッ五ッのごときは、どんなに少なく見つもっても、時代はまさに今から四百年前のものと推定されました。

　しかも今もいうとおり、それらの死体の一ッ一ッがどれを見ても、まるで昨日にでも亡くなったように蒼白い笑みをふくんでいたとは、なんという不思議な湖の作用だったでしょう。そしてそれにもまして、もっと不思議なのは、四、五百年このかたどうしてこうも、選《え》りにも選って眉目《みめ》うるわしい人妻ばかりを、この湖は呑んでいたのでしょうか？　そこにいたってはもはや、不思議というよりも伝説にからまる、因縁の恐ろしさが背筋を走って、排水にたずさわっている人びとも、身ぶるいを禁じ得なかったという話でした。

　しかも恐ろしさは、まだそれのみにはとどまりません。いよいよ水が眼下はるかな湖水ひたひたに減水してきましたとき、おどろくべし！　白砂や小石のきれいな湖底の中央九百メートルばかりが、幅四百メートルくらいも裂けていて、そこからさらに洞穴《ほらあな》のような口を見せて、もう一つの湖が、また満々と青黒い水をたたえているのです。そしてその湖もまた、そうとうな深さと幅を持っていると見えて、水は清冽《せいれつ》手も切れんばかり冷たく、清らかなること玉のように透きとおっていながら、深さのためにまっ暗で、中はサッパリ見えません。

　潜水夫が、すりばちの底に、また逆さにすりばちを重ねたような、恐ろしい二重底の湖だといった時には、聞いていた人たちは、みんなふきだしてしまいました。何をこの臆病潜水夫がでたらめばかりいっている！　この世の中に、そんなバカバカしい二重底の湖なそがあってたまるものか！　と、一笑に付してしまいましたが、バカバカしいどころか！　まさに少しの偽りもなく、潜水夫のいったとおりまちがいはなかったのです。これを見た時には、さすがの荒くれ人夫どもも、思わず顔色をかえずにはいられませんでした。そしてなるほどこれでは、老練な潜水夫でさえ逃げださずにはいられなかったはずだ！　と、いまさらのように思いあたらずにはいられなかったのです。

しかし、もはや、万事は乗りかかった舟でした。ここで作業を中止することは、老富豪の本意ではありますまい、それに死体八十四個の収容は、すでにことごとく終ってはおりますが、まだこのうえに、どんな奇っ怪なことが現われてくるものか？　それを見きわめるためにも、早く水を掻い出してしまえ！　そして老富豪のいいつけどおり、こんな奇っ怪な湖の怪事は、根だやしにしてしまえ！　人びとはさらに勇気をあらたにして、湖底に顔をのぞかせている、第二の湖の排水にとりかかりだしました。悠々たる白雲の影を落としている、山の峰々にこだまして、モーターはさらに地ひびきを立て、ポンプはいっそう圧力をくわえてうなりはじめました。

若殿と姫君

ごらんなさい！　湖岸に立って、はるかの下に目を放ってごらんなさい！　あれから三十余日、夜昼たえまなくうなりをあげて水を汲みあげて、いまこの湖岸からながめると、湖底に立って働く人びとの、なんとアリのように小さく見えるではありませんか！　なんという深い深い湖……。

まわりわずかに、八キロメートルくらいの小湖にすぎないくせに、なんという底深い湖か！　しかも水を汲みあげているのは、その千八百人からの人びとが、アリのように見える湖底の、そのまた下の湖です。もはやここにいたっては、世界最深の湖といっても、いいすぎではなかったでしょう。心ない人夫たちにも、たとえ最愛の一粒種の令嬢のためとはいえ、一個人の財力をもってこれだけの大仕事をはじめたのでは、老富豪の財産のいかに大きな損失であったかが胸にひびいて痛切に感じられる気持でした。

そして、それからまたもや二十日間……さいわいなことには今度のこの第二の湖は、周囲もさして広くはなく、また光線の加減でまっ暗に、よほど底深くは見えましたが、さしたることもなく、周囲二キロ深さ半キロくらいではなかったかと観測されました。そして二十二日めには、ようやくその第二の湖底にも水はピチャピチャと、膝ぐらいの深さに引いてきました。

それを第一の湖底面からのぞいて見ると、この第二の湖底面もまた泥深いものではなく、美しい小石をしきならべたように、さしも、蒼黒かった水もキラキラと、いま第一の湖底の割れ目からさしこんでくる、太陽の光線をうけてかすかに底の小石をかがやかせているのです。

「ようしぜんぶのポンプをとめろ！　ポンプの操作、やめい！」

と、技師長は片手をあげましたが、さて半キロの高さとあっては……おまけに下が末ひろがりにひろがっていて、天井のような第二の湖底面の割れ目からではいくらつないでも、鉄梯子《てつばしご》でも縄《なわ》梯子でもとどくものではありません。

やむなく第二の湖のもっとも突端と思えるあたりへ、ダイナマイトをしかけてこの湖底へ降りられるよう、しだいしだいに爆破してゆきました。どうにかやっと、なだらかになったその断面へ階段をきざんで、あとは数メートルの縄梯子を伝わりさえすれば、まずは第二の湖底面へおりられるだけの道も、ようやくにつけ終りました。

「さあ、道がついたぞう……縄梯子を持ってこい！」

総支配人や技師長を先頭に、道がついたと聞いてユイスマン所属会社の社員たち五、六名、それに好奇に胸をおどらせた人夫頭《にんぷがしら》の何人かが！　つづいて人夫たち一同、われ勝ちにとこの斜面をおりて、縄梯子を伝わりました。排水工事をはじめてから、まさに六ヵ月と十六日めに、湖の最底面へ、降り立つことができるようになったのです。何百年か何千年か、この湖水はじまって以来汲み出されたこともない水は、なるほど上からのぞいたとおり、今では脛《はぎ》くらいの浅さになっていました。しかも、履いているゴムの長靴をとおして、その水の冷たさ！

四周《まわり》の岩壁は、ポタリポタリとしずくをたらして、氷のような空気はひやりと胴にしみとおって、肌ぶるいせんばかりの寒さです。

高い高い、はるかな第一の湖底面からもれてくる陽の光も、さすがにこの地軸のような底にまではとどきかねて、一同は懐中電灯の光をたよりに、いま、しだいしだいに東の端から、湖の底をわたりはじめました。見あげるようなまわりの岩壁は、上の湖底面からのぞきこめば、まことになめらかにも見えましたが、さてこうして今その下を伝わって見れば、出たり入ったり鋸《のこぎり》の歯のごとく、手をかければ何百年来の水苔《みずごけ》にツルリとすべって、手がかりもありません。

このようにして一同足もとに用心しつつ、幾度か折れ曲り折れ曲り、もはや入口から二十分近くも水をわたってきたころかも知れません。そしておそらく、それが古城址の湖中に突き出した、ちょうどま下あたりの位置ではなかったかと思われました。岩角を曲って懐中電灯をさしむけたとたん、思わず、あっ！　と息をのんで、一同そこに棒立ちにつっ立ちました。

見よ、見よ。なんという奇っ怪さ！　なんという荘厳さ！　そしてなんという気高さ、美しさ！　そこだけ、第一の湖底面の割れ目が、大きく蒼白い月影のように屈折して、陽の光のおぼろにさしているところ、眼前の岩角にもたれて直立している、若い若い昔の武士の死体！　おそらくこれが伝えられている、隣国の老いたる城主の若殿だったのでしょう。

　白銀《しろがね》のかぶとの下に見える顔色こそは、蒼白く蠟《ろう》のように透きとおっていましたが、キリリとむすんだ唇や、とじた瞳《ひとみ》！　重いきり傷のあともなまなましい秀いでた眉、年ごろは二十一、二……身には中世紀そのままの鎧《よろい》姿りりしく、腰にはキラキラと黄金《こがね》づくりの太刀《たち》をはいて……おなじような鎧姿の侍者とも思われる侍たち五、六人がこの若殿のうしろにひかえているのです。

　そして瞳をとじた若殿のかなた、約三十メートルばかりにはむこうの岩角に背をもたせて、世にも気高い姫君の立ち姿……まっ白の裳裾を長く引いて、髪はとけてしなやかなくびすじから胸にまつわり、これも目をとじていましたが、匂わんばかり臈長《ろうた》けた美しい眉……鼻……口もと……いかにも若殿の心を五絃琴でなぐさめながら、何かわびてでもいるかのように、ほっそりとした指をかるく五絃の絃《いと》にかけて……その姫君のまわりを取りまいて、これまた数人の侍女が足もとにひざまずき、地にひれ伏してさながら姫君を掻《か》い抱《いだ》かんばかりにかしずいているのです。……その美しい姫君の胸もとや、腕にぬれてキラキラと五彩の虹をはなっている瓔珞《ようらく》や古代宝玉のかがやかしさ！　あっ！　と瞳をみはったまま、一同そこに言葉もなく、何分何十分を化石のように、黙然《もくねん》とつっ立っていたことでしょう。

気がついたときには、一同われがちに水を跳ねとばし、水底《みなそこ》にころびながら必死になって、またもと来た方へとなだれを打って駆け戻っていたのです。ただ物の怪《け》におそわれたように、あまりにも神々しい、あまりにも美しくあまりにも気高い、五百年前の姫君と若殿を、いま目の前に見て、ただもう夢中になって顔色かえて息をきらせながら、ビッショリと手に冷汗をかいてもときたほうへ駆け戻っていたというのです。

　まことに残念ながら、わたしの入手したパリの新聞には、これだけのことしか出ておりません。それからどうしたのか？　そしてこの不思議な、昔の人びとの死体をどう処理したのか？　それらのことは、この日付の新聞には一切出ておりませんから、これ以上くわしいことを申しあげることのできないのは残念ですが、それにしてもこんな不思議なことが、いまの世の中にあり得ることでしょうか？

　そして第一の湖の、水藻のあいだからひろわれた老富豪の令嬢はじめ、この四百年間に入水《じゅすい》した若き婦人たちの死体八十四個というものは、いずれもはたして伝説のごとくに、月の明るい晩、水底からひびいてくる楽の音に聞きほれつつ、知らずしらずに湖の中へさまよい入った人びとばかりなのでしょうか？　あまりの不思議さに、新聞を読みおわっても、しばらくは茫然として、わたしは、われにかえることもできませんでした。もし、楽の音にさそわれたのでないとしたならば、八十四人の婦人たちは、いったい何がゆえにあんなにもうっとりとたのしげに、水藻の間で微笑みかわしていたのでしょうか？　わたしは夢につつまれたような気持で幾度も幾度も、自分の読んでいる、このフランスの新聞の表題を読みなおしてみました。

パリで発行されている、本年六月二十七日付のル・マタン……幾度読みなおしてみても、この表題にはなんのかわりもありません。そしてパリのル・マタンといえば、フランスきっての大新聞……いいえ、フランスはおろか！　世界でも有名な信用ある大新聞です。報道の迅速よりも、むしろ記事の正確ということに力をそそいで、どんなに読者の喝采があろうとも、いやしくも出所の疑わしい記事や根拠の不確かな記事なぞは、一行たりとも載せぬのをもって、昔から聞こえている有名な新聞です。

その信頼できる大新聞が、これほどのくわしい記事を大々的に報道している以上、この事実はもはや百パーセント、確実なものと見なければなりません。いわんや、このル・マタンの掲載記事のただしさを裏書きするかのように、七月八日の東京各新聞もまた、このベルサ湖の事件についてのアメリカ電報を載せていたにおいてをや！　みなさまも、この電報だけは当時お気づきでしたでしょうが、ついでですからその全文を、ここに掲げてみることにしましょう。

英国植物学界の泰斗《たいと》、ケンブリッジ大学の教授アーサー・マクマナス博士は、かねてベルサ湖事件のため現地調査中の学者の一人であるが、このほどロンドンに帰来、ユーピー特派員に語るところによれば、ベルサ湖において発見せられたる水藻は現存の植物中もっとも巨大なるものであって、これこそ今日から百八十年前に、スエーデンの有名なる植物学者リンネー博士によって想像せられたるプロミジスと称する有史以前の原生植物なることは、まさに一点の疑いもないところである。現在生存していたものは、地球上でおそらくこのベルサ湖だけであろうと思われるのであるが、この貴重なる植物が八十四個の死体収容のために、ことごとく刈り取られてしまったということは、世界学界のため、まことに惜しみてもあまりあるところである。このの巨大なるプロミジスが繁茂していたということによってみても、ベルサ湖はよほど古くからあった……おそらくは、世界最古の湖水ではなかろうかと、同博士は語っていた。

とあるところをもってみても、このベルサ湖が怪奇な事件の発生するにふさわしい、怪湖であるということはみなさまにも、おわかりになれたであろうと思われます。しかも続いてもう一つ……さらに翌七月九日付英国のロイター電報は、ベルサ湖引きあげ死体の遺族が、続々と、老富豪ユイスマン氏に感謝状をよこしている事実を報道して、

一八七〇年、子爵《ししゃく》エドワーズ・ウィルビー卿とともに、東部アルプス山岳地帯遊歴中行方不明を伝えられた子爵夫人ハリエットは、今回ベルサ湖引きあげ死体中、左手

無名指《むめいし》にはめたダイヤの指環《ゆびわ》の刻印によって、当時ベルサ湖に入水死亡せることが、判明した。また一九一三年、南部ハンガリー地方よりルーマニアの首府ブカレストにむかう途中、行方不明を伝えられたブダペスト駐在の英国総領事、ベンランズレー氏夫人ケートも、今回ベルサ湖より引きあげた死体中の腕環裏の刻印によって判明し、両家ともそれぞれ、遺骨引き取りのため現地へおもむくと同時に、スイスの富豪レオン・ユイスマン氏あてに、丁重なる感謝状を発送した。

と、あるのを見ても、この事件が疑いをさしはさむ余地のない事実であることには、もはや、なんの異論もないところであろうと思われます。いずれにせよ、わたしの入手している材料では、現在のところ、これ以上のくわしいことはわかりませんが、この怪奇な事件をめぐって欧州では、さぞかしたいへんな騒ぎをしていることであろうと思われますから、いずれもっと新しいニュースが入り次第、さらに筆をあらためてお話申しあげることにいたしましょう。

あまりにもめずらしい事件と思いまして、以上わたしは、自分の滞欧中の記憶に新聞記事を取りまぜて、ほんの外貌《がいぼう》だけをお伝えすることにいたしました。

解説　孤高の法螺吹き――「変格ミステリ」作家としての橘外男

倉野憲比古

私は幼い頃から、かなりの天邪鬼というか、思考の道筋が一風変わっていたようだ。読書においても本選びの際に、売れている小説には背を向けてきた。

「売れている小説は私などが読まなくても、読者がたくさんいる幸せな小説なのだ。ならば売れていない日蔭の小説を読もう……」と心に誓い、戦前の文学を主に読んできた。その中には、「変格ミステリ」と呼ばれる作品が多数あった。

「変格ミステリ」とは、ジャンルの一種である。論理的な謎解きを中心としたミステリを日本では「本格」と呼ぶが、「変格」のほうは、怪奇幻想味を主軸とした作品に関し「本格ではないもの」というような意味合いで使われることが多い。

だが、「変格とは一体何だろうか?」と考え始めると、それを明確に定義することは案外難しい。事実、本格／変格の違いについては、「理想のミステリとは何ぞや」をめぐって、戦前から様々な論争や定義がなされてきた。しかしネーミングからいっても、「変格」の方がなんとなく、非主流派な感じがするのは確かではないだろうか。

私は長じて物書きになってから、「変格ミステリ作家クラブ」発起人の片割れとなった。これは数年前のある日、私がネット上で「変格探偵作家」を名乗り始めたところ、大先輩である竹本健治さんに賛同していただき、「変格ミステリ」普及を目的として結成するところとなったものである。といっても勿論、社団法人のような団体ではなく、「変格」が好きであれば誰でも会員を名乗ることができる、というだけの緩いつながりだ。しかし中には、れっきとした「本格」ミステリを長年書き続けてこられたような作家の方もいて、「ああ、あの人も実は変格愛好家だったのか！」と驚くこともある。私も小説家デビューして十年以上が経つが、このクラブの発足によって、ミステリの世界でやっと居場所を見つけられた気がしたものである。

さて、橘外男はミステリに限らず、かなり幅広いジャンルの作品を書いている作家である。が、もし仮に本格派か或いは変格派かと問うならば、おそらく全員一致で「変格派」と答えるだろう。昨年（二〇二二）、クラブ員のアンケートを基に刊行された、竹本健治選『変格ミステリ傑作選　戦後篇Ⅰ』（行舟文化）というアンソロジーに、彼の代表作『陰獣トリステサ』が採られたことからも、それは頷けよう。なにしろ、全十編約六百頁の選集であるにもかかわらず、彼一人だけで二百十頁を占めるという破格の扱いなのだから。橘外男はいわば、変格中の変格作家なのだ。

この度、橘外男の短篇傑作集に、異国奇譚を集めた第二弾が出ることとなった。同じく戦前の「新青年」に書いていた夢野久作や久生十蘭などとは違い、外男の新刊というと十年に一度出るかどうか、という印象だったが、『変格ミステリ傑作選』と奇しくも相次いで刊行された前著『橘外男日本怪談集　蒲団』は、ホラー系の読者を中心に、ＳＮＳなどでも好評だったそうだ。「時代も変わったなあ、これは変格ミステリに追い風が吹いてきたのだろうか」と感慨も一入《ひとしお》である。

改めて考えてみよう。変格ミステリとは一体、何だろうか？

私個人は、ただ「変な物語」というだけではなく、「合理では収まりきらない謎を取り扱う」文学が、変格ミステリだと思っている。それを一歩進めて、「理想の変格ミステリとは何ぞや」となると、

一、合理と非合理のあわいのギリギリを攻めているミステリ
二、非合理に振りきっているミステリ

あたりになるのは当然だ。が、面白いことに、本格ミステリを志向していながら、

三、論理の構築に振りきり過ぎて、奇怪極まる論理構成になっているミステリ

の中にも、変格の傑作と言いたくなるものがある。

橘外男の日本怪談や異国実話風奇譚は、間違いなく、上記の二になるだろう。

現代において、古沼から吐き出される瘴気の如く、「本格だけでなく変格も好きだ！」

という作家や読者の声がフツフツとあがりだしたのも、実質的な変格ミステリ作家クラブの会長・竹本健治さんの辣腕(?)もさることながら、合理だけでは飽きたらない人間の性《さが》を、変格ミステリの世界がいたく刺戟するからではないだろうか。

そう、……人間は合理だけでは生きていけない。われわれの世界は、実は様々な不合理、不条理に侵蝕されているからだ。

そのため、自らの身体や行動、さらには想像力さえも縛るガチガチの論理社会で生活していると、たまにはロジックを突き破った物を読んでみたくなるのは、人情と言える。不合理の世界にひと時浸りたくなるのも、動物的本能に衝《つ》き動かされた結果であろう。

そんな折に、橘外男の文学は最適である。彼の文学世界には、日本の伝統的怪談から、外国を舞台にした人獣間の愛慾劇や実話風犯罪奇譚に至るまで、想像力の翼を奔放に拡げ（そしてなぜかディテールは妙に細かく）、人間社会の窮屈な論理とは無縁の作品が豊富にある。

というわけで、本書に収録された作品を簡単に見ていこう。

「令嬢エミーラの日記」（「オール讀物」一九三九年三月号）

ゴリラの言語を研究するため、アフリカの密林奥深くに分け入ったゲイレック教授一行。教授の愛娘エミーラは、アラン青年と婚約をしているが、雨季を迎え、一団の人々の精神に次第に異変が現れる……。

ジトジト降る密林の驟雨と、人間界からの孤立により、次第に精神が根腐れを起こしたかのように狂っていく人々の描写が恐ろしい。ラスト近くにある「人生記録《ヒューマン・ドキュメント》」という言葉がいみじくも示す通り、見てきたような嘘をつく外男の筆致には、人間の浅ましさを抉る確かなものがある。それゆえ、ただの異国法螺話に終わらぬ、狂気と悲哀を感じさせるのだ。

それにしても、ゴリラ言語の yoo-hw《ユーウ》 行や nwah《ヌワー》 行など、細かくリアリティを補強している部分は、「よく考えつくものだ」と微笑ましくなる。


「鬼畜の作家の告白書」（「オール讀物」一九三七年二月号）

物語の展開とオチは予想の範囲内かもしれない。しかし、ラストで作家ダミアニが妻に叩きつける言葉は、エログロの極みであり、読んでいて嬉しくなってくる。軽蔑するなかれ、これもまた人間の心理と真理を抉《えぐ》る、変格の大きな要素なのである。

ちなみに本作の怪しげなモチーフを凶悪な犬に置き換え、大幅な改稿を施したのが、先述の『陰獣トリステサ』（一九四八年）である。興味のある方は読み比べてほしい。


「聖《セント》コルソ島復讐奇譚」（「新青年」一九三七年十一月号）

因習に彩られた聖コルソ島の娘と恋におちた名家ヘルマノス教授の息子が、忽然と姿を消す。彼は一体何処へ消えたのか？

事件の展開は読者に容易に予測がつくように書いてあるが、この物語の肝はオチにあるのではない。クライマックスのキロパの祭りからのカタストロフが読みどころで、祭りは「破れ返るような」騒々しさとあるが、私には反対に、悪夢のように寂《じゃく》とした情景に思えるのだ。死のような静けさが満ちた、だだっ広い最後の食堂の場面――醒めない悪夢を見せられているような無気味な気分に読者は陥るかもしれない。

「マトモッソ渓谷」（「新青年」一九三九年三月号）

読みどころは、事件の後日譚になる「六」の章。リアリティ付与のために、本当らしくも胡散臭い叙述が凝らされる。特に獣人が放った「ガグロ！」という吠え声は古代インカ帝国言語にもあり――などという嘘か真か不明の説明などに、思わずニヤニヤしてしまう。

「ムズターグ山《アタ》」（「月刊さきがけ」一九四七年一月号）

本書をこの辺りまで読み進むと、「同工異曲で馬鹿馬鹿しいなあ」と思う読者もいるかもしれない（実際、本作と「マトモッソ渓谷」の展開はほぼ同じである）。しかし、稚気《ちき》溢れる魔境の怪獣人を嬉々として書き綴る外男の姿は、私にとって物書きの理想境である。

「殺人鬼と刑事」（「小説新潮」一九五五年二月）

収録作の中では珍しい、まっとうな犯罪実話風小説。犯人の意外性はあるが、勿論本格探偵小説ではないので、解決に至る道筋がちょっと唐突な気がする。

「雪原に旅する男」（初出時「運命」「オール讀物別冊」一九四八年九月／改題版「探偵実話」

五八年一月）

　母を訪ねてアラスカに渡った男の悲劇。過不足のない叙述に裏打ちされ、収録作中、最も整った作品と言えるかもしれない。

「人を呼ぶ湖」（「少女の友」一九五一年一～二月号）

　初出時は「藤崎彰子」という女性名義で発表された、ジュヴナイルの一篇。スイスの底知れぬ湖に群生する水藻に絡まり漂う、美しい女たちの屍骸の描写は荘厳ともいえる。外男の大法螺は最高潮に達し、詩的な美を湛えるまでになっている。

『変格探偵小説入門』（岩波書店）の著者である谷口基氏などの研究によると、橘外男は過去作の舞台設定を書き換え、何度もエログロ、怪奇な法螺話を使い回して、原稿の二重売り、三重売りも厭わなかったらしい。再生産の題材となった作品は、お気に入りの主題ということもあったろうが、私はそこに文学者の姿というよりも、法螺吹き職人、或いは売文家としての潔さを見る気がする。

　外男の奇譚は、迫真性溢れる異国の情景など、職人技の確かさに満ちており、我々に奇怪な夢を恍惚と見させてくれる。一流の詐欺師の法螺は、ディテールには凝りつつも何処か破綻しているものだが、「ああ、この人の言う通りであったらどんなにいいだろう……」と被害者に夢を見させる効用があるように。

外男も自覚していただろうが、彼が得意とした「実話」という文学形式は、まさに法螺吹き職人、一流の文学詐欺師のためにあるものだ。形式は真実らしく、細部の作りもリアリティを補強しつつ、描かれる物語は到底信じられないような、合理性を無視したブッ飛んだ話だ。「人と獣の間に交婚など不可能だろうに」という野暮な合理的反論を受けつけない外男文学は、変格ミステリのひとつの到達点でさえある。

しかも彼の法螺吹きぶりは、小説だけにとどまらない。その一流の韜晦《とうかい》趣味によって、半生の記録（『ある小説家の思い出』などの自伝）にすら虚実が入り混じっているのだ。彼の経歴の何が真で、何が偽なのか？——読者がその奇譚を読んで陥るであろう疑問の渦の中に、自らの人生をも投げ入れ、糊塗《こと》してしまったのである。人生までもがミステリ——「変格ミステリ一代」とも言うべき、徹底した孤高の法螺吹きの姿勢である。

第一弾の日本怪談篇と対になる本書、海外伝奇篇も話題をさらうとなれば、変格ミステリの本格的な復権の日も近いと言えそうである。

筋金入りの法螺吹きによる珠玉の作品をお読みいただき、読者にも「ガグロ！」と雄叫びをあげていただけたら幸いである。

だが、それは恐怖の叫びだろうか。それとも、あまりに奇怪な法螺話を読ませられたことへの憤怒だろうか……？

（くらの・のりひこ／変格探偵作家）

底本一覧

令嬢エミーラの日記　『橘外男ワンダーランド2　人獣妖婚譚篇』中央書院、一九九四年

鬼畜の作家の告白書　『米西戦争の蔭に』春秋社、一九三七年

聖コルソ島復讐奇譚　『怪奇探偵小説名作選5　橘外男集・逗子物語』ちくま文庫、二〇〇二年

マトモッソ渓谷　『橘外男ワンダーランド2』

ムズターグ山　『私は呪われている』戎光祥出版、二〇一四年

殺人鬼と刑事　『探偵怪奇小説選集3　棺前結婚』広論社、一九七五年

雪原に旅する男　『橘外男傑作選2　ナリン殿下への回想』現代教養文庫、一九七七年

人を呼ぶ湖　『橘外男ワンダーランド6　怪談・心霊篇』一九九六年

編集付記

一、本書は、著者の日本国外を舞台にした怪奇幻想短篇小説を独自に選び収録したものです。中公文庫オリジナル。

一、底本中、明らかな誤りと考えられる箇所は訂正し、ルビは適宜整理しました。その他、正字は新字に、旧かな遣いは新かな遣いに改め、また一部の作品では『橘外男ワンダーランド』等の表記に準じて、漢字をひらがなに、ひらがなを漢字に変更しました。

一、本文中、今日の人権意識に照らして、不適切な語句や表現が見受けられますが、著者が故人であること、発表当時の時代背景や作品の文化的価値に鑑みて、そのままとしました。

中公文庫

橘《たちばな》外《そと》男《お》海外《かいがい》伝《でん》奇《き》集《しゅう》

人《ひと》を呼《よ》ぶ湖《みずうみ》

2023年 3 月25日　初版発行

著　者　橘《たちばな》　外《そと》　男《お》

発行者　安部 順一

発行所　中央公論新社

〒100-8152　東京都千代田区大手町1-7-1
電話　販売 03-5299-1730　編集 03-5299-1890
URL https://www.chuko.co.jp/

DTP　平面惑星
印　刷　三晃印刷
製　本　小泉製本

Published by CHUOKORON-SHINSHA, INC.
Printed in Japan　ISBN978-4-12-207342-5 C1193

定価はカバーに表示してあります。落丁本・乱丁本はお手数ですが小社販売部宛お送り下さい。送料小社負担にてお取り替えいたします。

中公文庫既刊より

各書目の下段の数字はISBNコードです。978－4－12が省略してあります。

た-19-5
橘外男日本怪談集 蒲団
橘 外男
虚実のあわいに読者を引きずり込む、独特の恐怖世界――日本怪談史上屈指の名作である表題作他全七篇を収録した、著者初の怪談傑作選。〈解説〉朝宮運河
207231-2

か-30-7
川端康成異相短篇集
川端康成
高原英理 編
現世界への通常の認識からはいくらかずれた「異相」。初期の掌篇『心中』をはじめ、小説十六篇、随筆三篇により、川端文学の特異な魅力を一望できる作品選。
207216-9

お-99-1
小沼丹推理短篇集 古い画《え》の家
小 沼 丹
「私小説の名手」が作家活動の初期に書き続けた、スリルとユーモアとペーソス溢れる物語の数々。巻末に全集未収録作品二篇所収。〈解説〉三上 延
207269-5

の-2-4
野口冨士男犯罪小説集 風のない日々／少女
野口冨士男
二・二六事件前夜、平凡な銀行員が小さな行き違いの果てに一線を踏み越えるまで。日常のリアルな描写の積み重ねがサスペンスを生む傑作。〈解説〉川本三郎
207128-5

い-37-8
殺 意 サスペンス小説集
井 上 靖
戦中戦後の混乱期を背景とした昭和サスペンスの至宝。表題作ほか、「傍観者」「雷雨」「ある偽作家の生涯」など全九篇。文庫オリジナル。〈解説〉米澤穂信
207242-8

い-74-20
金雀枝《えにしだ》荘の殺人
今 邑 彩
完全に封印され「密室」となった館で起こった一族六人殺しの犯人は、いったい誰か？ 推理合戦が繰り広げられる館ものミステリの傑作、待望の復刊。
205847-7

れ-1-4
黒 真 珠 恋愛推理レアコレクション
連城三紀彦
反転する愛憎と虚実、そして待ち受ける驚愕の結末――騙りの巨匠の大技が冴え渡る、単著未収録の恋愛推理短篇十四篇。文庫オリジナル。〈解説〉浅木原忍
207302-9